TIEN MET STIP

Janet Evanovich

TIEN MET STIP

the house of books

Oorspronkelijke titel
Ten Big Ones
Uitgave
St. Martin's Press, New York
Copyright © 2004 by Evanovich, Inc.
Copyright voor het Nederlandse taalgebied © 2006 by The House of Books,
Vianen/Antwerpen

Vertaling
J.J. de Wit
Omslagontwerp
Marlies Visser
Omslagdia
Imagebank/Ghislain & Marie David de Lossy
Foto auteur
Deborah Feingold
Opmaak binnenwerk
ZetSpiegel, Best

ISBN 90 443 1463 7
D/2006/8899/57
NUR 302

Dit boek is een uitgeefavontuur van
de Evanovich/Enderlin-combinatie.
Dank aan SuperJen, alias SuperEditor!

Dank aan Mitch Adelman voor zijn titelsuggestie

I

Volgens mij lijkt het leven op een jamdonut. Je weet pas wat het inhoudt nadat je er je tanden in hebt gezet. En dan, net als je constateert dat het lekker is, valt er een klodder jam op je beste T-shirt.

Ik heet Stephanie Plum en ik laat nogal eens wat jamklodders vallen, letterlijk en figuurlijk. Zoals die keer dat ik per ongeluk brand heb gesticht in een uitvaartcentrum. Dat was de moeder van alle jamklodders. Ik kwam met mijn foto in de krant te staan bij die gelegenheid. Als ik over straat liep, werd ik herkend.

'Nu ben je beroemd,' zei mijn moeder toen de krant was verschenen. 'Je moet het goede voorbeeld geven. Je moet naar fitness, gezond eten en aardig zijn voor oude mensen.'

Tja, mijn moeder zal wel gelijk hebben, maar ik kom uit New Jersey en om eerlijk te zijn, ik heb nogal moeite met dat goedevoorbeeldgedoe. In Jersey geldt het geven van het goede voorbeeld niet bepaald als het nationale ideaal. Bovendien heb ik een dikke bos weerbarstig bruin haar en obscene gebaren overgenomen van mijn vaderskant van de familie, die Italiaans is. Wat moet ik daar dan mee?

De familie van mijn moeder is Hongaars en daaraan dank ik blauwe ogen en het vermogen om slagroomtaart te eten en toch het bovenste knoopje van mijn spijkerbroek dicht te krijgen. Ik

heb gehoord dat het met de snelle Hongaarse spijsvertering afgelopen is op je veertigste, dus het aftellen is begonnen. De Hongaarse genen zijn ook drager van een flinke dosis geluk en zi-
geunerintuïtie, die ik allebei nodig heb voor mijn tegenwoordige
werk. Ik ben borgstellingsagent, ik werk voor mijn neef Vincent Plum en ik spoor boeven op. Ik ben niet de beste premiejager, maar ook niet de slechtste. Een ongelofelijk strakke man
die in de wandeling Ranger wordt genoemd is de beste. En
Lula, mijn incidentele partner, zou de slechtste kunnen zijn.

Misschien is het niet eerlijk Lula voor te dragen als slechtste
premiejager aller tijden. Ten eerste lopen er heel wat beroerde
premiejagers rond. En wat belangrijker is: Lula is geen echte
premiejager. Lula is een voormalige prostituee die is aangenomen om de dossiers bij te houden op het borgstellingskantoor,
maar meestal trekt ze liever met mij op.

Nu stonden Lula en ik op de parkeerplaats van een delicatessenzaak aan Hamilton Avenue, zo'n driekwart kilometer van kantoor. Tegen mijn gele Ford Escape geleund probeerden we te bedenken hoe we onze lunch zouden invullen. We wogen nacho's
van de delicatessenzaak af tegen een broodje bij Giovichinni.

'Vertel eens,' zei ik tegen Lula. 'Moet je de dossiers niet bij-
houden? Wie archiveert er tegenwoordig?'

'Ik natuurlijk. Ik archiveer me een ongeluk op dat kantoor.'

'Maar je bent nooit op kantoor.'

'Welles, verdomme. Ik was toch zeker op kantoor toen je
vanmorgen binnenkwam?'

'Ja, maar toen was je niet aan het archiveren. Je deed je nagels.'

'Ik dacht na over archiveren. En als je me niet nodig had gehad om die loser van een Roger Banker te vinden, was ik nou
nog aan het archiveren.'

Roger werd beschuldigd van autodiefstal onder verzwarende

omstandigheden. Zoals de leek zou zeggen: Roger had met een slok op een wagen gejat.

'Dus officieel ben je nog steeds administratief medewerker?'

'Ben je gek,' zei Lula. 'Dat is vet saai. Als je mij ziet, denk je toch niet aan administratief werk?'

Eigenlijk zag Lula er nog altijd uit als een hoer. Lula is een stevig gebouwde zwarte vrouw met een voorkeur voor spandex met een tijgerprint en lovertjes. Ik dacht niet dat Lula zou willen horen wat ik van haar kledingkeuze vond, dus zei ik maar niets. Ik trok alleen een wenkbrauw op.

'Mijn werkbeschrijving klopt niet helemaal omdat ik nogal veel premiejaag, maar zelf nooit eigen zaken krijg,' zei Lula. 'Ik denk wel dat ik je bodyguard kan zijn.'

'God nog aan toe.'

Lula keek me met bijna dichtgeknepen ogen aan. 'Niet dan?'

'Het doet me een beetje denken aan... Hollywood.'

'Ja, maar soms heb je meer vuurkracht nodig, zo is het toch? En die kan ik leveren. Jezus, jij hebt zo vaak je pistool niet bij je. Ik heb altijd een pistool bij me. Nu ook. Voor het geval dat.'

En Lula haalde een .40 Glock uit haar handtas.

'Ik mag hem ook graag gebruiken. Ik kan goed schieten. Ik heb er het juiste oog voor. Moet je kijken hoe ik die fles naast die fiets raak.'

Iemand had een opvallende rode mountainbike voor de grote etalage van de delicatessenzaak geparkeerd. Naast de fiets stond een literfles. In de fles was een lap geprop.

'Nee,' zei ik. 'Niet schieten!'

Te laat. Lula had de trekker al overgehaald, de fles gemist en de achterband van de fiets aan flarden geschoten.

'Ai!' zei Lula pijnlijk getroffen en stopte het pistool meteen weer in haar tas.

Een ogenblik later kwam er iemand uit de winkel gerend. Hij droeg een monteursoverall en een rood duivelsmasker. Hij had een kleine rugzak over zijn ene schouder hangen en in zijn rechterhand had hij een pistool. Zijn huidskleur was donkerder dan de mijne, maar lichter dan die van Lula. Hij greep de fles, knipte zijn Bic aan om de lap in de fles aan te steken en gooide de fles naar binnen. Hij draaide zich om en wilde op zijn fiets stappen, maar besefte dat de achterband aan gort was geschoten.

'Godverdomme,' zei de man. *'Godverdomme!'*

'Ik heb het niet gedaan,' zei Lula. 'Ik niet. Er kwam iemand langs en die heeft op je band geschoten. Je bent zeker niet populair.'

In de winkel klonk veel geschreeuw, de man met het duivelsmasker draaide zich om en wilde vluchten, en Victor, de Pakistaanse bedrijfsleider die er overdag werkte, vloog naar buiten. 'Ik heb er genoeg van! Hoor je me?' schreeuwde Victor. 'Dit is al de vierde overval deze maand en ik heb er genoeg van. Je bent hondenpoep!' schreeuwde hij tegen de man met het masker. 'Hondenpoep.'

Lula had haar hand weer in haar tas. 'Wacht even, ik heb een pistool!' zei ze. 'Verdomme, waar is dat ding nou? Waarom kan je dat verdomde ding nooit vinden als je het nodig hebt?'

Victor wierp de aangestoken maar kennelijk heel gebleven fles naar de man met het duivelsmasker en trof zijn achterhoofd. De fles kaatste van zijn hoofd en sloeg tegen mijn autoportier. De duivel struikelde en trok instinctief zijn masker af. Misschien had hij het benauwd, of misschien wilde hij voelen of hij bloedde, of misschien dacht hij er gewoon niet bij na. In elk geval was het masker maar een ogenblik af voordat hij het haastig weer opzette. Hij draaide zich om en keek me strak aan; toen rende hij naar de overkant en verdween in een steeg tussen twee gebouwen.

De fles was ontbrand zodra hij mijn portier raakte en de vlammen schoten langs de zijkant en onderkant van de Escape. 'Allemachtig,' zei Lula zodra ze opkeek van haar tas. 'Verdomme.'

'Waarom ik?' jammerde ik. 'Waarom moet mij dat altijd overkomen? Het is toch niet te geloven dat mijn auto in brand staat. Het zijn altijd mijn auto's die exploderen. Hoeveel auto's ben ik al kwijtgeraakt sinds je me kent?'

'Heel wat,' zei Lula.

'Het is gênant. Wat moet ik tegen de verzekering zeggen?'

'Je kon er niets aan doen,' zei Lula.

'Al die keren kon ik er niets aan doen. Kan dat ze wat schelen? Volgens mij niet!'

'Je autokarma is niet goed,' zei Lula. 'Maar je hebt tenminste geluk in de liefde.'

Al een paar maanden woonde ik samen met Joe Morelli. Morelli is erg sexy, erg knap en rechercheur bij de politie in Trenton. Morelli en ik delen een lange voorgeschiedenis en misschien is er ook wel een lange toekomst voor ons weggelegd. We bekijken het van dag tot dag en geen van beiden heeft behoefte aan een formele verbintenis. Een voordeel van samenwonen met een politieman is dat je bij rampen nooit naar huis hoeft te bellen. Zoals je je kunt voorstellen is dat ook een nadeel. Seconden nadat de melding van de overval en de brandende auto is binnengekomen geven minstens veertig collega's, ambulancebroeders en -zusters en brandweermensen die door aan Morelli, om te zeggen dat het zijn vriendin weer is gelukt.

Lula en ik namen enige afstand van de brandende auto, want we wisten uit ervaring dat een explosie tot de mogelijkheden behoorde. Geduldig bleven we staan wachten en beluisterden de naderende sirenes in de verte. Morelli's onopvallende dienstwagen zou de sirenes op de hielen zitten. En ergens uit de verzameling wagens van hulpdiensten zou mijn professionele mentor, de geheimzinnige Ranger, zich losmaken om poolshoogte te nemen.

'Misschien kan ik beter opstappen,' zei Lula. 'Er valt nog heel wat te archiveren op kantoor. En van de politie ga ik aan de dunne.'

Om maar te zwijgen van het feit dat Lula wederrechtelijk een verborgen vuurwapen bij zich had, dat de aanleiding tot het hele fiasco was geworden.

'Heb je het gezicht van die vent gezien toen hij even zijn masker afdeed?' vroeg ik.

'Nee, ik zocht naar mijn pistool. Niet op gelet.'

'Ga dan maar liever weg,' zei ik. 'Haal onderweg naar kantoor een broodje voor me. Ik denk dat ze hier voorlopig geen nacho's zullen bakken.'

'Ik heb toch al zin in een broodje. Van een brandende wagen krijg ik altijd trek.'

En Lula ging er snelwandelend vandoor.

Victor stond te stampvoeten aan de andere kant van de auto en trok aan zijn haar. Hij hield daarmee op en richtte zijn aandacht op mij. 'Waarom heb je hem niet neergeschoten? Ik ken jou. Jij bent premiejager. Jij had hem moeten neerschieten.'

'Ik heb geen pistool bij me,' zei ik tegen Victor.

'Geen pistool bij je? Wat ben jij voor premiejager? Ik kijk tv. Ik weet hoe het gaat. Premiejagers hebben altijd een pistool.'

'In werkelijkheid is het neerschieten van mensen juist taboe in de borgstellingswereld.'

Victor schudde zijn hoofd. 'Waar moet het met de wereld naartoe als premiejagers niet op mensen schieten?'

Er verscheen een blauwwitte surveillancewagen en twee uniformen stapten uit om met de handen op de heupen de situatie in te schatten. Ik kende beide dienders: Andy Zajak en Robin Russell.

Andy Zajak was bijrijder. Tot voor twee maanden was hij rechercheur in burger, maar bij een onderzoek naar een overval had hij een plaatselijke politicus een paar pijnlijke vragen gesteld, waarna hij was teruggestuurd naar de geüniformeerde dienst. Het had erger gekund. Ze hadden Zajak ook achter een bureau kunnen zetten in de Toren van Onbelangrijke Zaken. De dingen lagen nog wel eens moeilijk bij het politiekorps van Trenton.

Zajak stak zijn hand naar me op toen hij me zag staan. Hij zei iets tegen Russell waar ze allebei om moesten grinniken. Ongetwijfeld maakten ze zich vrolijk over de flaterserie van Stephanie Plum.

Robin Russell kende ik van school. Ze was een jaar jonger dan ik, dus vriendinnen waren we niet geweest, maar ik mocht haar wel. Op de middelbare school had ze zich niet echt onderscheiden als sportvrouw. Ze was eerder van het rustige en intelligente soort. En het had iedereen verbaasd toen ze twee jaar terug bij de politie in Trenton was gegaan.

Na Zajak en Russell kwam de brandweer aanrijden. Plus nog eens twee surveillancewagens en een ambulance. Tegen de tijd dat Morelli verscheen, waren de slangen en chemische blusapparaten al ingezet.

Morelli parkeerde scheef achter de wagen van Robin Russell en liep naar me toe. Morelli was slank, met harde spieren en een sceptische dniendersblik die pas in de slaapkamer vriendelijker werd. Zijn bijna zwarte golvende haar viel over zijn voorhoofd en raakte zijn boord. Hij droeg een wat ruim uitgevallen blauw hemd met opgerolde mouwen, een zwarte spijkerbroek en zwarte bergschoenen met Vibramzolen. Hij had zijn dienstpistool op zijn heup hangen en zag er, met of zonder wapen, uit als iemand met wie je liever geen ruzie zou krijgen. Hij had een trekje om zijn lippen dat een glimlach zou kunnen zijn. En misschien ook een grimas van ergernis. 'Gaat het?'

'Ik kon er niets aan doen,' verzekerde ik hem.

Nu lachte hij me echt toe. 'Schatje, je kunt er nooit iets aan doen.' Zijn blik gleed naar de rode mountainbike met de vernielde band. 'Hoe komt die fiets zo?'

'Die band heeft Lula per ongeluk kapotgeschoten. Er kwam een man met een rood duivelsmasker de winkel uit gerend, keek naar de fiets, mikte een brandbom de winkel in en vluchtte te voet. De fles brak niet en dus gooide Victor hem naar de duivel. De fles trof het achterhoofd van de duivel en sloeg toen tegen mijn auto.'

'Ik heb je niet horen zeggen dat Lula die band heeft kapotgeschoten.'

'Nee, het lijkt me niet nodig dat in het rapport te vermelden.'

Ik leek langs Morelli naar een zwarte Porsche 911 Turbo die bij de stoeprand parkeerde. Er waren niet veel mensen in Trenton die zich zo'n auto konden veroorloven. Voornamelijk drugsbaronnen... en Ranger.

Ik keek toe terwijl Ranger achter het stuur vandaan kwam en naar ons toe wandelde. Hij was ongeveer even lang als Morelli, maar zijn spieren waren zwaarder ontwikkeld. Morelli was een grote kat. Ranger was een kruising tussen Rambo en Batman. Ranger droeg een zwarte cargobroek zoals leden van arrestatieteams dragen, met een zwart T-shirt. Hij heeft donker haar en donkere ogen en de huidskleur van iemand van Cubaanse komaf. Niemand weet hoe oud Ranger is, maar ik schat dat wij niet veel schelen. Eind twintig, begin dertig. Niemand weet waar Ranger woont of waar hij zijn auto's en geld vandaan haalt. Waarschijnlijk is het ook maar beter dat niet te weten.

Ranger groette Morelli met een knikje en keek mij strak in de ogen. Soms was het of Ranger door je aan te kijken kon zien wat er in je hoofd omging. Het was een beetje verontrustend, maar het bespaarde veel tijd omdat er niet gepraat hoefde te worden.

'Meid,' zei Ranger. En daar liet hij het bij.

Morelli keek naar Ranger, die in zijn Porsche stapte en wegreed. 'De helft van de tijd ben ik blij dat hij een oogje op je houdt. En de andere helft vind ik het verdomd griezelig. Hij draagt altijd zwart, het adres op zijn rijbewijs is een braakliggend stuk land en hij zegt nooit wat.'

'Misschien heeft hij een duistere voorgeschiedenis... net als Batman. Een gekwelde ziel.'

'Gekwelde ziel? Ranger? Schatje, de man is een huursoldaat.' Morelli draaide een lokje van mijn haar om zijn vinger.

'Je hebt zeker weer naar dr. Phil gekeken? Oprah? Geraldo? Extreme Makeover?'

'Extreme Makeover. En Ranger is geen huursoldaat. Althans niet officieel in Trenton. Hij is premiejager... net als ik.'

'Ja, en ik vind het echt verschrikkelijk dat je premiejager bent.'

Ik weet ook wel dat ik een rotbaan heb. Het levert weinig op en soms wordt er op me geschoten. Maar iemand moet ervoor zorgen dat verdachten voorgeleid kunnen worden. 'Ik maak me verdienstelijk voor de gemeenschap,' hield ik Morelli voor. 'Als er geen mensen waren zoals ik, zou de politie die mensen moeten opsporen. Dan zou de belastingbetaler moeten dokken voor uitbreiding van de politie.'

'Ik heb niets tegen het werk, ik wil alleen niet dat jij het doet.'

Er klonk een luid *foenf* aan de onderkant van mijn auto, gevolgd door steekvlammen, en een oververhitte band schoot los en rolde over de grond.

'Dit is de veertiende overval van de Rode Duivel,' zei Morelli. 'De gang van zaken is altijd dezelfde. Dreigen met een vuur-

17

wapen en de inhoud van de kas opeisen. Vluchten op een fiets. Aftocht dekken met een brandbom. Niemand heeft hem ooit goed genoeg gezien om hem te kunnen aanwijzen.'

'Tot nu toe,' zei ik. 'Ik heb zijn gezicht gezien. Ik herkende hem niet, maar ik kan hem er uithalen bij een confrontatie.'

Een uur later zette Morelli me af bij het borgkantoor. Hij greep me bij mijn hemdboord terwijl ik uit zijn afgeragde Crown Vic dienderswagen wilde stappen. 'Je doet toch voorzichtig?'

'Natuurlijk.'

'En je laat Lula niet meer schieten.'

Ik zuchtte onhoorbaar. Hij vroeg het onmogelijke. 'Het is niet altijd eenvoudig om Lula in de hand te houden.'

'Neem dan een andere maat.'

'Ranger?'

'Heel geestig,' zei Morelli.

Hij gaf me een tongzoen ten afscheid en ik dacht dat het me wel zou lukken met Lula. Morelli's kussen gaven me het gevoel dat alles mogelijk was. Morelli kon geweldig goed zoenen.

Zijn pieper ging en hij liet me los om naar het schermpje te kijken. 'Ik moet weg,' zei hij en duwde me de auto uit.

Ik boog me bij het raampje naar hem toe. 'Denk eraan dat we mijn moeder hebben beloofd vanavond te komen eten.'

'Geen sprake van. Dat heb jij haar beloofd. Ik heb niets beloofd. Ik heb drie dagen geleden nog bij je ouders gegeten en vaker dan één keer per week breng ik niet op. Valerie en de kinderen zijn er toch ook bij? En Kloughn? Van de gedachte alleen al krijg ik het maagzuur. Wie met die mensen aan tafel gaat, verdient een gevarentoeslag.'

Ik moest hem gelijk geven. Ruim een jaar geleden was mijn zwager samen met de babysit vertrokken met onbekende bestemming. Valerie was onmiddellijk weer met haar dochtertjes bij haar moeder ingetrokken en was gaan werken voor een nog niet zo succesvolle advocaat, Albert Kloughn. Kloughn was er op een of andere manier in geslaagd Val zwanger te maken en na negen maanden huisden in de kleine woning van mijn ouders (drie slaapkamers, één toilet) in de wijk Chambersburg in Trenton mijn moeder, mijn vader, mijn oma Mazur, Valerie, Albert Kloughn, Vals twee dochtertjes en haar pasgeboren baby.

Omdat het huisvestingsprobleem van mijn zus snel moest worden opgelost, bood ik aan mijn flat aan haar uit te lenen. Ik sliep toch meestal in Morelli's huis, dus het was geen groot offer. We waren nu drie maanden verder en nog altijd woonde Valerie bij mij en at elke avond bij mijn ouders. Aan tafel gebeurde wel eens iets grappigs: dan stak oma het tafelkleed in de fik of Kloughn verslikte zich in een kippenbotje. Maar de meeste avonden was het een kabaal waar je migraine van kreeg.

'Dan loop je wel de braadkip met jus en puree mis,' zei ik in een uiterste poging tegen Morelli. 'En er is vast omgekeerde ananastaart toe.'

'Niet overtuigend genoeg. Je moet aankomen met meer dan een kippetje om me over te halen vanavond bij je ouders te komen eten.'

'Wat had je in gedachten, wilde gorillaseks?'

'Zelfs geen wilde gorillaseks. Op zijn minst een orgie met een identieke Japanse drieling.'

Ik rolde met mijn ogen, keerde Morelli de rug toe en liep naar kantoor.

'Je broodje ligt bij de S,' zei Lula toen ik binnenkwam. 'Ik heb er capicolla en provolone en kalkoen en pepperoni en wat Spaanse peper op laten doen.'

Ik trok de la open en haalde er mijn broodje uit. 'Hier ligt maar een half broodje.'

'Kan kloppen,' zei Lula. 'Ik en Connie dachten niet dat je dik

19

wou worden door het hele broodje alleen op te eten. Dus hebben we je geholpen.'

Borgkantoor Vincent Plum is een klein kantoor in een winkelpand aan Hamilton Avenue. Een betere locatie voor een borgkantoor zou tegenover de rechtbank of het huis van bewaring zijn. Vinnies kantoor is tegenover de Wijk en veel van Vinnies recidivisten wonen daar. Niet dat de Wijk een slechte buurt is. Als je toch in Trenton moet wonen, is de Wijk waarschijnlijk de veiligste buurt. Er wonen nogal wat loopjongens van de georganiseerde misdaad en als je je hier misdraagt, zou je wel eens langdurig kunnen verdwijnen, en eventueel voorgoed.

Het is zelfs mogelijk dat familieleden van Connie de hand zouden hebben in zo'n verdwijning. Connie is Vinnies kantoormanager. Ze meet een meter zestig en lijkt op Betty Boop met een snor. Haar bureau staat voor de deur van Vinnies kamer achterin, dit om te voorkomen dat iemand achteloos bij Vinnie binnenloopt terwijl hij met zijn bookmaker telefoneert, een dutje doet of een privé-gesprek met zijn leuter voert. Achter Connies bureau staat ook een rij archiefkasten. En achter de archiefkasten is een hok met vuurwapens en munitie, kantoorbehoeften en allerlei in beslag genomen spullen: voornamelijk computers, dubieuze Rolexen en imitatie-Louis Vuitton-koffers en -tassen.

Ik liet me op de met mestbruin skai overtrokken bank vallen die vooraan tegen de muur stond en pakte mijn broodje uit.

'Zware dag gisteren bij de rechtbank,' zei Connie en zwaaide met een handjevol dossiermappen. 'Drie lieden die niet zijn komen opdagen. Het slechte nieuws is dat het allemaal klein bier is. Het goede nieuws is dat ze de afgelopen twee jaar geen van allen hebben gemoord of verkracht.'

Ik pakte de mappen van Connie aan en ging weer op de bank zitten. 'Deze types moet ik zeker zien op te sporen,' zei ik.

'Ja,' zei Connie, 'dat zou een goed idee zijn. En het zou nog beter zijn als je die sukkels weet op te brengen.'

'Ik bladerde de mappen door. Harold Pancek. Gezocht wegens potloodventen en het vernielen van andermans eigendom. 'Wat is dat voor iemand, die Harold?' vroeg ik.

'Die is van hier. Drie jaar geleden van Newark naar de Wijk verhuisd. Woont in zo'n rijtjeshuis aan Canter Street. Twee weken geleden met een stuk in zijn kraag geprobeerd op de kat van mevrouw Gooding, Ben, te pissen. Ben was een bewegend doelwit en Pancek raakte voornamelijk de zijkant van huize Gooding en haar favoriete rozenstruik. De rozenstruik overleefde het niet en de verf van de muur leed schade. Gooding zegt dat ze de kat drie keer heeft gewassen, maar dat hij nog steeds naar asperges ruikt.'

Lula en ik trokken een grimas.

'Het lijkt me niet echt een formidabele tegenstander,' zei Connie. 'Maar zorg wel dat hij je niet kan raken als hij nodig moet.'

Ik keek nog even naar de andere mappen. Carol Cantell, gezocht in verband met een overval op een bestelwagen vol Dorito's. Ik grijnsde breed. Carol Cantell was een vrouw naar mijn hart.

De grijns veranderde in een frons toen ik de laatste map inkeek. Salvatore Sweet werd beschuldigd van het gebruik van geweld. 'God nog aan toe,' zei ik tegen Conny. 'Het is Sally. Die heb ik in jaren niet gezien.' Bij mijn eerste ontmoeting met Salvatore Sweet speelde hij leadgitaar in een travestieten-rockgroep. Hij had me geholpen een misdrijf op te helderen en was weer in het niets verdwenen.

'O ja, Sally Sweet,' zei Lula. 'Vet cool. Wat doet hij nog meer dan mensen in elkaar slaan?'

'Hij bestuurt een schoolbus,' zei Conny. 'Zijn carrière in de

21

wereld van de rock is geen succes geworden. Hij woont in Fenton Street, bij de knopenfabriek.'

Sally Sweet was een slachtoffer van MTV. Hij was een beste kerel, maar hij kon geen zinnig woord zeggen zonder veertien keer een obsceen stopwoord te gebruiken. De kinderen in Sally's bus hadden waarschijnlijk de schilderachtigste woordkeus van de hele school.

'Heb je geprobeerd hem op te bellen?' vroeg ik aan Conny.

'Ja. Hij neemt niet op. En een antwoordapparaat heeft hij niet.'

'En Cantell?'

'Die heb ik eerder vandaag gesproken. Ze zei dat ze er liever een eind aan maakt dan dat ze naar de gevangenis gaat. Ze zei dat je naar haar toe zou moeten komen om haar dood te schieten en dan haar lijk naar het bureau moest brengen.'

'Er staat hier dat ze een bestelwagen met chips heeft overvallen.'

'Het schijnt dat ze dat koolhydraatvrije dieet deed, ongesteld was en door het lint is gegaan toen ze die wagen voor de winkel zag staan. Helemaal kierewiet geworden bij de gedachte aan al die chips. Ze bedreigde de bestuurder met haar nagelvijl, vulde haar auto met zakken Dorito's en is weggereden, terwijl de bestuurder met een lege wagen achterbleef. De politie wou weten waarom hij haar niet had tegengehouden, en hij zei dat ze een vrouw in kritieke toestand was. Hij zei dat zijn vrouw soms ook zo keek en dat hij dan bij haar ook uit de buurt bleef.'

'Ik heb dat dieet ook gevolgd en ik kan me heel goed voorstellen waarom ze het heeft gedaan,' zei Lula. 'Zeker als ze ongesteld was. Dan moet je juist Dorito's hebben. Waar haal je anders je zout vandaan? En wat heb je dan tegen de kramp? Wat moet je anders nemen tegen de kramp?'

'Een pijnstiller?' opperde Connie.

'Ja, kan je doen, maar dan moet je er wat Dorito's bij hebben om de tijd door te komen tot het begint te werken. Dorito's hebben een kalmerend effect op een vrouw.'

Vinnie stak zijn hoofd om de deur van zijn kamer en keek me dreigend aan. 'Wat zit je hier nog? We hebben vanmorgen al drie meldingen binnengekregen en je had er al een in handen. Vier meldingen! Jezus nog aan toe, het is hier geen liefdadige instelling.'

Vinnie is een neef van mijn vaderskant en de enige eigenaar van Borgkantoor Vincent Plum. Hij is een kleine glibber met naar achteren gekamd vettig haar, schoenen met scherpe punten en een zooi gouden kettingen om zijn schriele zonnebankbruine hals. Er wordt beweerd dat hij ooit een romantische verbintenis met een eend heeft gehad. Hij heeft een Cadillac Seville. En hij is getrouwd met de enige dochter van Harry de Hamer. Vinnies verdienste als mens overtreft net die van vijverblubber. Als borgagent doet hij het een stuk beter. Vinnie heeft begrip voor het menselijk tekort.

'Ik heb geen auto,' zei ik tegen Vinnie. 'Mijn wagen is gebrandbomd.'

'Hoezo? Jij laat de ene wagen na de andere uitbranden. Laat je door Lula rijden. Die voert hier toch niks uit.'

'Gelul,' zei Lula.

Vinnie trok zijn hoofd terug, smeet de deur dicht en deed hem op slot.

Connie liet haar ogen rollen. En Lula wees met haar middelvinger naar Vinnie.

'Dat zag ik nog net,' riep Vinnie achter de afgesloten deur.

'Ik vind het heel vervelend als hij gelijk heeft,' zei Lula, 'maar we kunnen best met mijn wagen gaan. Ik wil alleen niet naar die dronken wildplasser. Als muurverf er al onder lijdt, wil ik hem niet op mijn bekleding.'

'Neem Cantell maar,' zei Connie. 'Die is waarschijnlijk nog thuis.'

Een kwartier later stonden we voor het huis van Cantell in Hamilton Township. Het was een keurige kleine boerderette met een tuintje eromheen, in een buurt met soortgelijke huizen. Het gras was netjes gemaaid, maar er zat wel raaigras in en na een warme, droge augustusmaand was het gazon hier en daar kaal. Er stonden kleine azaleastruiken voor het huis. Een blauwe Honda Civic stond op de oprit.

'Lijkt me niet de woning van een overvaller,' zei Lulu. 'Geen garage.'

'Je krijgt de indruk dat dit voor de betrokkene een unieke ervaring was.'

We liepen naar de voordeur en klopten aan. En Cantell reageerde.

'O god,' zei Cantell. 'Zeg nou niet dat jullie van het borgkantoor zijn. Ik heb tegen die vrouw aan de telefoon al gezegd dat ik niet naar de gevangenis wil.'

'Het is alleen een administratieve formaliteit,' zei ik. 'We brengen u erheen en dan zorgt Vinnie weer dat u op borgtocht vrijkomt.'

'Geen denken aan. Ik ga niet terug naar die gevangenis. Ik schaamde me rot daar. Ik heb liever dat jullie me doodschieten.'

'We schieten je niet dood,' zei Lula. 'Hoogstens als je zelf een pistool trekt. Of we kunnen je van de wereld zappen met ons schokpistool. We hebben pepperspray. Mijn voorkeur gaat uit naar het schokpistool omdat we met mijn wagen zijn, en er komt een berg snot van als we pepperspray in je gezicht spuiten. Ik heb net mijn wagen een servicebeurt laten geven. Ik wil geen achterbank vol snot.'

Cantells mond viel open en haar blik werd glazig. 'Ik heb alleen maar een paar zakken chips gepakt,' zei ze. 'Ik ben geen crimineel.'

Lula keek achter haar. 'Je hebt zeker niet nog een paar zakken liggen?'

'Ik heb ze allemaal teruggegeven. Wat ik niet had leeggegeten.'

Cantell had kort bruin haar en een vriendelijk gezicht. Ze droeg een spijkerbroek en een extra ruim T-shirt. Haar leeftijd stond vermeld als tweeëndertig.

'Je had je op de afgesproken dag moeten melden,' zei ik tegen Cantell. 'Misschien had je alleen een taakstraf gekregen.'

'Ik had niets om aan te trekken,' jammerde ze. 'Kijk nou. Ik ben vierkant! Niets past meer. Ik heb een wagen vol Dorito's opgegeten!'

'Je bent minder stevig dan ik,' zei Lula. 'En ik heb zat kleren. Je moet gewoon met verstand winkelen. We moesten samen maar eens inkopen gaan doen. Mijn geheim is dat ik alleen spandex koop en dan te klein. Daardoor wordt alles strakgetrokken. Niet dat ik dik ben, of zo. Ik heb alleen veel spieren.'

Lula droeg de laatste tijd sportkleding: een felroze stretchbroek, bijpassend buiktruitje en fanatieke sportschoenen. De stretch stond onder enorme spanning. Zodra ik een losse naad zag, zou ik het liefst dekking zoeken.

'Dit is het plan,' zei ik tegen Cantell. 'Ik zal Vinnie bellen om te zeggen dat hij naar de rechtbank moet komen. Dan kan hij zorgen dat je meteen weer vrijkomt, zodat je niet in een politiecel hoeft.'

'Dat lijkt me wel wat,' zei Cantell. 'Maar dan moet je er wel voor zorgen dat we terug zijn voordat mijn kinderen met de bus uit school komen.'

'Dat zal wel gaan,' zei ik. 'Maar voor de zekerheid wil je misschien toch iets regelen.'

'En misschien kan ik wat afvallen voordat ik naar de rechtbank moet,' zei Cantell.

'Het kan een goed idee zijn om geen chipswagens meer te overvallen,' zei Lula.

'Ik was ongesteld! Ik moest die chips hebben.'

'Meid, ik snap het best,' zei Lula.

Nadat we voor Cantell een nieuwe zittingsdatum en borgsom hadden geregeld en haar weer thuis hadden gebracht, reed Lula me door de stad terug naar de Wijk.

'Dat viel mee,' zei Lula. 'Ze leek best aardig. Denk je dat ze deze keer wél bij de rechtbank komt opdagen?'

'Nee. Dan moeten we weer naar haar huis om haar gillend en stampvoetend mee te slepen.'

'Ja, dat denk ik ook.'

Lula parkeerde en liet de motor lopen voor het huis van mijn ouders. Lula had een rode Firebird met een geluidssysteem dat een paar straten ver te horen was. Lula had het volume omlaag gedraaid, maar de bassen stonden open en ik voelde mijn vullingen meetrillen.

'Bedankt voor de lift,' zei ik tegen Lula. 'Tot morgen.'

'Yo,' zei Lula. En ze schoot weg.

Oma Mazur stond me in de deuropening op te wachten. Oma Mazur woont bij mijn ouders nu opa Mazur zich voorgoed heeft overgegeven aan *la vida loca*. Oma Mazur heeft een lichaam als een soepkip en een geest die elke beschrijving tart. Haar kortgeknipte haar zit stevig in de permanent. Ze heeft een voorliefde voor pastelkleurige acryl trainingspakken en witte tennisschoenen. En ze kijkt naar worstelwedstrijden. Het maakt oma niet uit of de wedstrijden serieus zijn of doorgestoken kaart. Oma kijkt graag naar forse mannen in slipjes van stretchstof.

'Schiet op,' zei oma. 'Je moeder begint pas te schenken als je aan tafel zit en ik ben er echt aan toe. Ik heb een akelige dag achter de rug. Was ik dat hele eind naar Stiva's Uitvaartcentrum gesjokt voor Lorraine Schnagles laatste afscheid en toen bleek de kist gesloten te zijn. Ik had gehoord dat ze er op het laatst heel erg uitzag, maar dat is geen reden om mensen het recht te ontzeggen om van de overledene afscheid te nemen. De mensen rekenen erop dat ze een laatste blik kunnen werpen. En nu heb ik niets om over te praten als ik morgen mijn haar laat doen. Ik had helemaal op Lorraine Schnagle gerekend.'

'Je hebt toch niet geprobeerd de kist open te maken?'

'Ik? Natuurlijk niet. Dat zou ik nooit doen. En trouwens, hij zat heel stevig dicht.'

'Is Valerie er al?'

'Valerie is er altijd,' zei oma. 'Dat is nog een reden dat ik zo'n akelige dag heb gehad. Ik was doodmoe na die zware teleurstelling in het uitvaartcentrum, maar ik kon geen tukje doen omdat je nichtje weer een paard is en maar blijft galopperen. En ze hinnikt voortdurend. Door het janken van de baby en het hinniken van het paard heb ik nou wallen onder mijn ogen. Als het zo doorgaat, word ik nog lelijk.' Oma tuurde de straat in. 'Waar staat je auto?'

'Die is een beetje in brand gevlogen.'

'Zijn de wielen eraf gelopen? Is hij ontploft?'

'Ook.'

'Verdorie! Was ik daar maar bij geweest. Ik ben er nooit bij als er iets leuks gebeurt. Hoe is hij deze keer in brand gevlogen?'

'Het gebeurde op de plaats waar een overval was gepleegd.'

'Ik zeg je, deze stad gaat hard achteruit. We hebben hier nog nooit zoveel criminaliteit gehad. Het komt nog zover dat je je buurt niet meer uit durft.'

Oma had gelijk wat de criminaliteit betrof. Ik zag de toename op het borgkantoor. Meer berovingen. Meer drugs op straat. Meer moorden. De meeste misdrijven hielden verband met drugs en bendes. En nu ik het gezicht van de Rode Duivel had gezien, werd ik er ook in meegezogen.

2

Mijn moeder stond aan het aanrecht aardappels te schillen toen ik de keuken binnenkwam. Mijn zuster Valerie zat aan de kleine houten tafel de baby te voeden. Ik had het gevoel dat Valerie weinig anders deed dan de baby voeden. Soms voelde ik, als ik naar de baby keek, iets als moederlijke gevoelens opkomen, maar meestal was ik blij dat ik een hamster had.

Oma liep achter me aan de keuken in om gauw haar nieuwtje te vertellen. 'Haar auto is weer uitgebrand,' liet oma weten.

Mijn moeder hield op met schillen. 'Waren er slachtoffers?'

'Nee hoor,' zei ik. 'Alleen de auto is total loss.'

Mijn moeder sloeg een kruis en omklemde verkrampt haar schilmesje. 'Ik vind het verschrikkelijk als je je auto opblaast!' zei ze. 'Hoe moet ik 's nachts slapen als ik weet dat ik een dochter heb die auto's opblaast?'

'Neem dan een borrel,' zei oma. 'Daar heb ik altijd baat bij. Er gaat niets boven een stevige borrel voor het slapengaan.'

Mijn mobieltje tjilpte en iedereen hield zijn mond terwijl ik opnam.

'Amuseer je je al?' wilde Morelli weten.

'Ja hoor. Ik ben net bij mijn ouders en het is hier erg gezellig. Jammer dat je dat allemaal moet missen.'

'Ik heb slecht nieuws voor je. Jij loopt het verder ook mis.

29

Een van de collega's heeft net een verdachte opgepakt en jij moet kijken of je hem herkent.'

'Nu?'

'Ja, nu. Heb je vervoer nodig?'

'Nee, ik leen de Buick wel.'

Toen mijn oudoom Sandor naar het verpleeghuis ging, schonk hij zijn Buick Roadmaster uit 1953, zachtblauw met wit, aan mijn oma Mazur. Omdat oma Mazur niet kan rijden (ze heeft althans geen rijbewijs) staat de auto meestal bij mijn vader in de garage. Hij rijdt één op drie. Hij stuurt als een koelkast op wielen. En hij past niet bij het beeld dat ik van mezelf heb. Ik zie mezelf eerder als een Lexus SC430. Mijn budget ziet me als een tweedehands Honda Civic. Mijn bank is desnoods bereid te investeren in een Ford Escape.

'Dat was Joe,' zei ik tegen iedereen. 'Ik moet naar hem toe, hij zit op het politiebureau. Ze denken dat ze de kerel te pakken hebben die mijn auto in de fik heeft gestoken.'

'Kom je terug voor de kip?' wilde mijn moeder weten. 'En hoe moet het met het toetje?'

'Wacht maar niet met eten. Ik doe mijn best om op tijd terug te zijn, maar anders eet ik wel wat er over is.' Ik keek naar oma. 'Ik zal beslag op de Buick moeten leggen tot ik de Ford Escape kan vervangen.'

'Ga je gang,' zei oma. 'Ik rijd wel met je mee naar het bureau. Ik ben echt toe aan een uitje. Dan kunnen we op de terugweg langs Stiva om te kijken of de kist vanavond wel open is. Ik zou niet graag de kans missen om Lorraine nog eens te zien.'

Twintig minuten later reden oma en ik de openbare parkeerplaats tegenover het bureau op. De politie in Trenton beschikt over een zakelijke bakstenen behuizing in een zakelijke buurt, van waaruit de politie gemakkelijk toegang heeft tot de misdaad. Het gebouw is half politiebureau, half rechtbank. De rechtbankhelft heeft een bewaker en een metaaldetector. De politiehelft heeft een met kogelgaten versierde lift.

Ik keek naar oma's grote zwartleren handtas. Ook van oma was bekend dat ze soms een .45 met lange loop bij zich had. 'Je hebt daar toch niet stiekem een wapen in?' vroeg ik.

'Wie, ikke?'

'Als je erop wordt betrapt dat je met een vuurwapen naar binnen wilt, sluiten ze je op en gooien de sleutel weg.'

'Hoe kunnen ze nou weten dat ik stiekem een vuurwapen bij me heb? Ze moesten maar niet proberen me te fouilleren. Ik ben een oude dame. Ik heb mijn rechten.'

'Stiekem een vuurwapen bij je hebben is geen recht.'

Oma haalde het wapen uit haar tas en stopte het weg onder de bank. 'Ik weet niet hoe het verder moet met de wereld als een oude dame geen wapen in haar tas mag hebben. Tegenwoordig is alles maar verboden. En de woningwet dan? Daarin staat dat ik wapens mag dragen!'

'Je bedoelt de grondwet en ik geloof niet dat daarin iets staat over vuurwapens in damestassen.' Ik sloot de Buick af en belde Joe op mijn mobieltje. 'Ik sta aan de overkant,' zei ik. 'En ik heb oma bij me.'

'Ze is toch niet gewapend?'

'Niet meer.'

Ik voelde Joe glimlachen. 'Ik zie je beneden.'

Op dit tijdstip liepen binnen maar weinig burgers rond. De rechtbank was gesloten en het politiewerk was verschoven van baliewerk voorin naar arrestanten aan de achterdeur. In een kogelvrije kooi aan het einde van de gang zat een enkele diender te worstelen tegen de slaap.

Morelli stapte net uit de lift toen oma en ik door de voordeur binnenkwamen.

Oma nam Morelli op en snoof. 'Hij draagt wel een wapen,' zei ze.

'Hij is bij de politie.'

'Misschien moest ik ook maar bij de politie,' zei oma. 'Denk je dat ik te klein ben?'

Een halfuur later zaten oma en ik weer in de Buick.

'Dat ging vlot,' zei oma. 'Ik heb nauwelijks om me heen kunnen kijken.'

'Ik herkende hem niet. Hun arrestant had wel die rugzak, maar het was niet de man die uit de zaak kwam. Hij beweerde dat hij de rugzak in een steeg had gevonden.'

'Nou zeg. Maar we hoeven toch niet terug naar huis? Ik heb mijn buik vol van dat galopperen en dat kinderachtige gepraat.'

'Praat Valerie kinderachtig tegen de baby?'

'Nee, tegen Kloughn. Ik kan veel van mensen hebben, maar na een paar uur "honnieponnie knuffelummetje schatteboutje" wil ik iemand slaan.'

Ik geef toe dat ik blij was dat ik nooit had meegemaakt dat Valerie Kloughn voor knuffelummetje uitmaakte, omdat ik dan ook iemand had willen slaan. En mijn zelfbeheersing is minder goed getraind dan die van oma.

'Het is nog te vroeg voor het uitvaartcentrum,' zei ik tegen oma. 'Ik wil wel even langs bij Sally Sweet. Hij had vandaag moeten verschijnen omdat hij geweld zou hebben gebruikt.'

'Meen je dat nou? Hem kan ik me nog wel herinneren. Zo'n aardige jongeman. En soms een aardige jonge vrouw. Hij had een geruite rok die ik prachtig vond.'

Ik reed de parkeerplaats af, ging rechtsaf North Clinton op en reed nog vierhonderd meter door. Hier lag een industrieterrein waarop ooit in de geschiedenis van Trenton goed geld was verdiend. De nijverheid was naar elders verplaatst of ingekrompen en de rottende karkassen van fabrieken en opslagloodsen straalden iets uit dat te vergelijken viel met het naoorlogse Bosnië.

Ik liet North Clinton achter me en reed door een buurt met smalle, troosteloze rijtjeshuizen. De lage huisjes waren neergezet voor de fabrieksarbeiders, maar nu woonden hier hardwerkende mensen net boven het uitkeringsniveau... en een paar excentriekelingen zoals Sally Sweet.

Ik vond Fenton Street en parkeerde voor Sweets huis. 'Wacht even in de auto tot ik weet hoe de zaken ervoor staan,' zei ik tegen oma.

'Goed hoor,' zei oma die van opwinding haar handtas omklemde en strak naar Sweets voordeur staarde. De Buick was voor een man ontworpen en oma leek door het monster te worden opgeslokt. Haar voeten raakten amper de bodem en haar gezicht stak maar net boven het dashboard uit. Een verlegen vrouw had zich in Big Blue kleintjes gevoeld. Oma was wel een beetje gekrompen maar verlegen was ze niet, en ze liet zich niet vaak intimideren. Dertig seconden nadat oma had beloofd in de auto te blijven zitten stond ze op de stoep om met me mee te lopen naar Sweets voordeur.

'Je zou toch in de auto wachten?' zei ik.

'Ik heb me bedacht. Ik dacht dat je misschien hulp nodig had.'

'Goed, maar laat het praten aan mij over. Ik wil niet dat hij schrikt.'

'Goed,' zei oma.

Ik klopte op Sweets voordeur en na de derde keer ging de deur open. Sally Sweet keek naar me, herkende me in zijn eigen tempo en hij plooide zijn gezicht in een brede grijns. 'Lang niet gezien,' zei hij. 'Wat voert je naar mijn casa?'

'We zijn hier om je naar de petoet te verslepen,' zei oma.

'Kut,' zei Sally en sloeg de deur dicht.

'Wat krijgen we nou?' vroeg ik aan oma.

'Ik weet het niet. Het schoot er gewoon uit.'

Ik klopte nogmaals aan. 'Doe open,' zei ik. 'Ik wil alleen met je praten.'

Sally zette de deur op een kier en tuurde naar mij. 'Ik kan niet de cel in. Dan raak ik mijn baan kwijt.'

'Misschien kan ik je helpen.'

De deur ging wijdopen, Sally ging opzij om ons binnen te laten en ik keek oma waarschuwend aan.

'Slot op mijn mond,' zei oma en gebaarde dat ze haar lippen dichtritste. 'En kijk nou, ik gooi de sleutel weg. Zie je wel dat ik de sleutel weggooi?'

Sally en ik staarden naar oma.

'Mmmf, mmmf, mmmf,' zei oma.

'Hoe gaat het met je?' vroeg ik aan Sally.

'In het weekend treed ik op met de band,' zei hij. 'Door de week bestuur ik een schoolbus. Het is niet meer zo'n feest als toen ik met de Lovelies was, maar het kan ermee door.'

'Hoe zit dat met die geweldzaak?'

'Dat slaat nergens op, man. Ik was in gesprek met die kerel en opeens kwam hij op me af. En ik zeg nog tegen hem: daar kan ik helemaal niks mee, man. Ik bedoel: nou goed, ik had een jurk aan, maar dat hoort bij mijn professionele verschijning. Ik kom graag op in een jurk. Je kunt wel zeggen dat de mensen me daaraan herkennen. Nou goed, ik deed de backing voor een rapgroep, maar het publiek verwacht me in een mooie jurk. Ik ben immers Sally Sweet? Ik heb een naam.'

'Ik kan wel begrijpen dat het misschien verwarrend was,' zei oma.

Ik deed mijn best niet ontzet te kijken. 'En toen heb je hem een dreun verkocht?'

'Eéntje maar... met mijn gitaar. Vol op zijn bek.'

'Toe maar,' zei ik. 'En had hij veel schade?'

'Nee. Maar zijn bril was kapot. Wat een watje, die kerel. Hij was zelf begonnen en toen seinde hij de politie in. Hij beweerde dat ik hem zomaar zonder reden was aangevlogen. Maakte me uit voor doorgeflipte gitarist.'

'Was je high dan?'

'Helemaal niet. Nou ja, een stickie tussen twee sets door, maar iedereen weet dat stickies niet meetellen als je gitarist bent. En ik pak het echt heel voorzichtig aan. Ik koop alleen bio. Ik neem alleen natuurlijke middelen, weet je. Biologische weed, biologische paddestoelen...'

'Dat wist ik niet,' zei oma.

'Absoluut,' zei Sally tegen haar. 'Volgens mij zou het zelfs wel eens vakbondsvoorschrift kunnen zijn dat gitaristen tussen twee sets door een stickie roken.'

'Ligt voor de hand,' zei oma.

'Ja,' zei ik. 'Dat verklaart veel.'

Sally was in vrijetijdskleding, spijkerbroek met afgetrapte sportschoenen en een verschoten T-shirt van Black Sabbath. Op blote voeten was hij al ruim een meter tachtig; op hakken mat hij bijna twee meter. Hij had een forse haakneus en zwart haar... echt overal. Hij was best aardig, maar ook veruit de lelijkste travo in de drie staten. Ik kon me niet voorstellen dat een man bij zijn volle verstand toenadering tot Sally zou zoeken.

'Waarom heb je je niet bij de rechtbank gemeld?' vroeg ik.

'Ik moest de kleintjes rijden. Er was school vandaag. Ik neem mijn werk heel serieus.'

'En toen is het je ontschoten?'

'Ja,' zei hij. 'Het is me godverdomme ontschoten.' Hij kneep zijn ogen dicht en sloeg zich voor het hoofd. 'Verdorie.' Om zijn linkerpols had hij een breed elastiek. Hij liet het elastiek tegen zijn pols schieten en piepte. 'Au!'

Oma en ik keken fronsend toe.

'Ik probeer van het vloeken af te komen,' legde Sally uit. 'De kleintjes kregen strafwerk voor vloeken nadat ze bij mij in de bus hadden gezeten. Dus nou heb ik dit elastiek van mijn baas gekregen waar ik elke keer als ik vloek aan moet trekken.'

Ik keek naar zijn pols. Hij had allemaal rode striemen. 'Misschien kun je beter ander werk kiezen.'

'Nee, godverdomme. O shit!' En daar ging het elastiek weer.

'Dat doet zeker pijn,' zei oma.

'Klote,' zei Sally.

Tsjak.

Als ik Sally nu opbracht, moest hij de nacht in de politiecel doorbrengen tot het parket weer open was; pas daarna kon Vinnie hem weer op vrije voeten krijgen. Hij leek me niet echt vluchtgevaarlijk, dus besloot ik hem ongemoeid te laten en hem pas overdag op te brengen. 'Ik moet een nieuwe zittingsdatum voor je laten vaststellen,' zei ik tegen Sally. 'Maar we kunnen een tijd afspreken waarop je de bus niet hoeft te besturen.'

'Wauw, dat zou echt top zijn. Ik heb midden overdag altijd een paar uur vrij.'

Oma keek op haar horloge. 'We moeten nu echt weg als we nog op tijd bij het uitvaartcentrum willen zijn.'

'Vertel,' zei Sally. 'Wie is er opgebaard?'

'Lorraine Schnagle. Ik ben vanmiddag al geweest, maar toen was de kist dicht.'

Sally liet een meewarig geluid horen. 'Erg is dat, hè?'

'Zo teleurstellend,' zei oma. 'Dus ik wou er nog even langs om te kijken of de kist vanavond wel geopend is.'

Met zijn handen in zijn zakken knikte Sally als een hondje op de hoedenplank. 'Begrijp ik. Doe Lorraine de groeten van me.'

Oma begon te stralen. 'Misschien wil je met ons mee. Zelfs als de kist gesloten is, kan het nog heel wat worden. Lorraine had veel aanhang. Er komen vast veel mensen op af. En Stiva biedt altijd koekjes aan.'

'Dat zou ik kunnen doen,' zei Sally knikkend. 'Maar laat me dan even iets anders aantrekken.'

Sally verdween in zijn slaapkamer en ik beloofde God dat ik een beter mens zou worden als Sally niet in japon en op half-open schoenen met hoge hakken terugkwam.

Toen Sally weer verscheen, droeg hij nog hetzelfde verscho-ten T-shirt op die spijkerbroek en afgetrapte sportschoenen, maar ook oorbellen met glimsteentjes en een historisch smo-kingjasje. Ik had het gevoel dat God me niet echt had geholpen, maar ik wou toch wel proberen onze afspraak na te komen.

We stapten allemaal in de Buick en reden door de stad naar Stiva's Uitvaartcentrum.

'Ik heb honger,' zei oma. 'Ik zou wel een burger lusten. Maar we hebben niet veel tijd, dus misschien kunnen we naar de drive-in.'

Een paar honderd meter verderop sloeg ik af naar een McDo-nald's om een zak eten te bestellen. Een Big Mac, patat en een chocoladeshake voor oma. Cheeseburger en cola voor mij. Een Caesarsalade met kip en cola light voor Sally.

'Ik moet op mijn gewicht letten,' zei Sally. 'Ik heb een ver-domd mooie rode jurk en ik zou het klote vinden als ik die niet meer aankan. Kolere.' Hij vertrok zijn gezicht. Het elastiek, drie keer.

'Misschien moet je proberen niet te praten,' zei oma. 'Je krijgt nog een embolie als je doorgaat met dat elastiek.'

Ik overhandigde de zak met eten aan oma om te verdelen en gaf gas. Een man met een strakke zwarte bandana, gangsta-broek, nieuwe basketbalschoenen en veel gouden sieraden die oplichtten onder de straatverlichting kwam uit de McDonald's en liep naar een auto met een hoog bling-gehalte. Het was een

37

splinternieuwe zwarte Lincoln Navigator met glimmend ver-
chroomde wieldoppen en donkergetinte ramen. Ik reed erheen
om beter te kunnen kijken en mijn vermoeden te bevestigen.
Het was de Rode Duivel. Hij torste een grote tas met eten en
een houder met vier bekertjes.

Nu wist ik dat de Rode Duivel al veertien delicatessenzaken
had overvallen en ik had met eigen ogen gezien dat hij een
brandbom bij een winkel naar binnen gooide. Dus enerzijds besefte ik dat dit een boef was. Het probleem was dat je iemand
amper serieus kon nemen die zich als rover vermomde met een
goedkoop rubber masker en op een mountainbike reed.

'Hé!' riep ik hem toe. 'Wacht even. Ik wil je spreken.'

Zodra ik op gespreksafstand was, wilde ik zijn keel dicht-
knijpen tot hij blauw aanliep. Zijn roverscarrière deed me niet
zo veel, maar ik was diep ongelukkig door het verlies van mijn
gele Escape.

Hij bleef staan, staarde naar me en besefte opeens wie ik was.
'Jij!' zei hij. 'Jij bent een van die stomme hoeren die mijn fiets
hebben vernield.'

'Je vindt míj stom?' schreeuwde ik terug. 'Jíj bent degene die
met een stompzinnig masker voor winkels overvalt en op een
kinderfietsje rondrijdt. Ik wed dat je te stom bent om je rijbewijs te halen.'

'Stomme hoer,' zei hij weer. 'Stom wijf met je dikke reet.'

Het portier van de Navigator ging open en ik hoorde mensen
in de auto lachen. De Rode Duivel stapte in, sloeg het portier
dicht en de auto kwam tot leven.

Ik was het liefst uit de Buick gesprongen, naar de SUV gerend om het portier open te rukken en die duivel uit de auto te
sleuren. Maar omdat ik vier bekers had gezien, zaten er waarschijnlijk nog drie mensen in de Lincoln, die misschien wel allemaal over een vuurwapen beschikten en het me kwalijk kon-

den nemen als ik ze stoorde bij hun avondmaaltijd; dus besloot ik kalmpjes aan te doen, het kenteken te noteren en er op eerbiedige afstand achteraan te rijden.

'Was dat die bandiet, de duivel?' wilde oma weten.

'Ja.'

Oma haalde diep adem. 'Erop af! Ram hem van achteren, en als hij dan stopt sleuren we hem uit de wagen.'

'Dat kan ik niet doen. Ik ben niet gemachtigd hem aan te houden.'

'Nou, dan houden we hem niet aan. Maar we kunnen hem toch een paar schoppen geven als we hem uit de auto halen?'

'Dat is geweld,' zei Sally. 'En dat blijkt niet te mogen van de wet.'

Ik drukte de sneltoets voor Morelli's nummer in op mijn mobieltje.

'Gaat het over de Japanse drieling?' wilde Morelli weten.

'Nee. Het gaat over de Rode Duivel. Ik zit in de Buick met oma en Sally Sweet en ik rijd achter de duivel aan. We zitten op State Avenue en rijden naar het zuiden. We zijn net Olden Street voorbij. Hij zit in een nieuwe zwarte Lincoln Navigator.'

'Ik geef hem door. Blijf erbuiten.'

'No problemo.' Ik gaf Morelli het kenteken door en legde mijn mobieltje naast mijn been op de bank. Ik passeerde nog drie zijstraten bij mijn achtervolging en zag toen een blauwwitte wagen achter me. Ik ging opzij, de surveillancewagen passeerde me en zette de feestverlichting aan.

Oma en Sally keken met open mond toe, strak starend naar de surveillancewagen voor ons uit.

'Die kerel in de SUV stopt niet,' zei oma.

De SUV reed door rood en we gingen er allemaal achteraan. Ik kende de politieman voor ons uit. Het was Eddie Gazarra, in zijn eentje. Hij was een aardige blonde potige Pool. En hij was

39

getrouwd met mijn nichtje Shirley-de-Zeurpiet. Waarschijnlijk hield hij zijn spiegeltje in het oog en hoopte dat ik weg zou gaan.

De SUV ging opeens rechtsaf en meteen weer naar links. Eddie kleefde aan zijn bumper en ik moest mijn best doen om Eddie bij te houden; ik moest mijn hele lichaam gebruiken om de Buick door de bochten te sturen. Het zweet brak me uit van de inspanning. Misschien ook van angst. Ik riskeerde de macht over het stuur kwijt te raken. En ik maakte me zorgen over Gazarra, die helemaal in zijn eentje voor me uit reed.

Mijn mobieltje stond nog aan en ik had nog verbinding met Morelli. 'We zitten erachteraan,' brulde ik naar het mobieltje, somde dwarsstraten voor Morelli op en vertelde dat Gazarra voor me uit reed.

'We?' brulde Morelli terug. 'Wat nou "we"? Dit is politiewerk. Ga naar huis.'

Sally zette zich schrap op de achterbank en zijn oorbellen met glittersteentjes lichtten op in mijn spiegeltje. 'Misschien heeft hij gelijk. Misschien kunnen we beter weggaan.'

'Niet naar hem luisteren,' zei oma, die met haar knokige handen met blauwe aderen de riem van haar tas omklemde. 'Plankgas door! Al moet je in de bochten een beetje uitkijken,' voegde ze eraan toe. 'Ik ben een dame op leeftijd. Mijn hals kan maar zó breken als je te snel de hoek om gaat.'

Er was weinig kans op dat ik in de Buick snel de bocht door kon. De Buick besturen was als het besturen van een cruiseschip.

Zonder waarschuwing zette de SUV midden op straat een bocht in en kwam slippend tot stilstand. Eddie schroeide zijn banden en stopte een paar autolengten achter de SUV. Ik ging met beide voeten op de rem staan en stopte ongeveer een voetstap achter Eddies bumper.

Het raampje in het achterportier van de SUV gleed omlaag en een automatisch wapen braakte lichtflitsen en kogels uit. Oma en Sally doken naar de bodem, maar ik was te verbijsterd om in beweging te komen. De voorruit van de surveillancewagen werd versplinterd en ik zag dat Eddie schokte en opzij zakte.

'Ik denk dat Eddie is geraakt!' brulde ik in mijn mobieltje.

'Kut,' zei Sally achterin en liet zijn elastiek weer knallen.

De SUV spoot met tollende banden weg en was seconden later uit het zicht verdwenen. Ik duwde mijn portier open om naar Gazarra toe te rennen. Hij was twee keer geraakt. Een kogel had de zijkant van zijn hoofd geschampt. En hij had een schouderwond.

'Shit,' zei ik tegen Gazarra. 'Ga nou niet dood.'

Gazarra keek me met bijna dichtgeknepen ogen aan. 'Zie ik eruit of ik doodga?'

'Nee. Maar ik weet er niet alles van.'

'Allemachtig, wat is er gebeurd? Het leek wel of de derde wereldoorlog uitbrak.'

'Het heeft er de schijn van dat de heren in de SUV geen praatje met je wilden maken.'

Ik drukte me frivool uit in de hoop dat ik niet zou gaan huilen. Ik had mijn T-shirt uitgetrokken om tegen Gazarra's schouderwond te drukken. Gelukkig droeg ik een sportbeha, want ik zou het gevoel hebben gehad dat ik opviel als ik mijn kanten Wonderbra van Victoria's Secret aanhad als de collega's van de politie kwamen. Ik drukte de stof zo stevig aan dat mijn handen niet zichtbaar trilden, maar mijn hart bonsde en ik haalde schurend adem van de spanning. Oma en Sally stonden zwijgend bij de Buick.

'Kunnen we iets doen?' vroeg oma.

'Praat met Joe. Hij is aan de telefoon. Zeg dat Gazarra hulp nodig heeft.'

In de verte gilden sirenes en ik zag het flitsen van politielichten straten ver.

'Shirley wordt hier razend om,' zei Gazarra. 'Ze vindt het vreselijk als ik word beschoten.' Voor zover ik me kon herinneren had Gazarra pas één keer eerder een kogel in zijn lijf gekregen: dat was toen hij in de lift op het politiebureau keek hoe snel hij zijn dienstwapen kon pakken en per ongeluk had geschoten. De kogel was tegen de liftwand gekaatst en had zich in Gazarra's rechterbil geboord.

De eerste politiewagen kwam aanschuiven, gevolgd door een blauwwitte surveillancewagen en Morelli in zijn SUV. Ik deed een stap achteruit zodat de collega's naar Eddie konden kijken.

Morelli keek eerst naar mij en toen naar Gazarra. 'Alles goed?' vroeg hij.

Ik zat onder het bloed, maar dat was niet van mij. 'Ik ben niet geraakt. Eddie is twee keer geraakt, maar ik denk dat het wel in orde komt.'

Ik wil wel aannemen dat er in dit land steden zijn waar de politie altijd strak in het pak zit. Voor Trenton gold dat niet. De politie in Trenton werkte hard en maakte zich veel zorgen. Alle aanwezige collega's van Morelli hadden een doorzweet hemd aan, hij ook.

'Ze schoten met een automatisch wapen vanaf de achterbank,' zei ik tegen Morelli. 'We kwamen uit de drive-in McDonald's aan State Avenue en zagen de duivel op het parkeerterrein in de Lincoln stappen. De duivel ging op de voorbank naast de bestuurdersplaats zitten, dus hij was niet degene die heeft geschoten. Hij had vier bekers bij zich, dus er zaten waarschijnlijk nog drie mensen in de auto. Ik ben achter hem aan gereden en heb jou gebeld. De rest weet je.'

Morelli liet zijn arm om me heen glijden, drukte me tegen

zich aan en vlijde zijn wang tegen de mijne. 'Ik wil niet sentimenteel worden waar de jongens bij zijn, maar toen ik over de telefoon hoorde dat er geschoten werd... En ik hoef die drieling niet echt.'

'Prettig dat te weten,' zei ik en hing even tegen hem aan, blij met iemand die me overeind hield. 'Het ging zo snel. Er stapte niemand uit. Eddie had zijn gordel nog om. Ze hebben door de voorruit geschoten.'

'De Lincoln was gestolen. Ze dachten waarschijnlijk dat Gazarra ze wilde aanhouden.'

'Nee, het kwam door mij,' zei ik. 'Het is allemaal mijn schuld. De Rode Duivel wist dat ik hem had herkend.'

Een ambulance parkeerde naast Gazarra. Agenten regelden het verkeer, sloten de omgeving af en schreeuwden door het gekraak van de politieradio heen.

'Het is griezelig hoe vaak jou dit soort dingen overkomt,' zei Morelli. 'Echt eng.'

Oma stond achter ons. 'Twee rampen op een dag,' zei ze. 'Ik wed dat dat een persoonlijk record is.'

'Geen sprake van,' zei Morelli. Zijn blik bleef rusten op mijn sportbeha. 'Staat je leuk.'

'Ik heb mijn T-shirt gebruikt om de wond dicht te drukken.'

Morelli trok zijn hemd uit en hing het om mijn schouders. 'Je voelt aan of je het koud hebt.'

'Dat is omdat mijn hart tien minuten geleden is opgehouden met bloed rondpompen.' Mijn huid was bleek en klam en ik had kippenvel op mijn onderarmen. 'Ik moet naar het huis van mijn ouders voor het toetje.'

'Ik heb ook wel zin in een toetje,' zei oma. 'Waarschijnlijk hebben ze de kist toch niet opengemaakt.' Ze richtte zich tot Sally. 'Ik weet dat ik je een leuke avond heb beloofd in het uitvaartcentrum, maar dat is niet gelukt. Heb je zin in een toetje?

43

We hebben chocoladecake met ijs. En dan kunnen we je daarna naar huis sturen in een taxi. Mijn schoonzoon zit soms op de taxi, daarom krijgen we korting.'

'Ik denk dat ik wel een plakje cake zou lusten,' zei Sally. 'Ik denk dat ik daarnet door de schrik wel een paar honderd calorieën heb verbrand.'

Morelli knoopte zijn overhemd om me heen dicht. 'Denk je dat je kunt rijden?'

'Ja hoor. Ik ben zelfs niet meer misselijk.'

'Ik moet hier nog wat regelen en dan kom ik ook.'

Mijn moeder stond bij de voordeur toen we aankwamen. Ze stond er stijf bij, met haar armen voor haar borst over elkaar geslagen en haar mond vertrokken tot een streep.

'Ze weet het al,' zei oma. 'Ik wed dat de telefoon niet heeft stilgestaan.'

'Hoe kan dat nou?' vroeg Sally. 'Het was aan de andere kant van de stad en het is nog geen uur geleden gebeurd.'

'De eerste die belt is altijd Traci Wenke of Myron Flatt, want die luisteren naar de politieband,' zei oma. 'En daarna heeft Elsa Downing waarschijnlijk gebeld. Die hoort alles het eerst omdat haar dochter centraliste is. En ik wed dat Shirley heeft gebeld om te vragen of ze de kinderen kon afzetten omdat ze naar het ziekenhuis wou.'

Ik parkeerde de Buick en liep naar mijn moeder toe; ze zag erg bleek en ik verwachtte elk ogenblik dat er rookwolken uit haar oren zouden komen. 'Zeg maar niks,' zei ik. 'Ik wil er pas over praten na een plak cake.'

Mijn moeder draaide zich zonder iets te zeggen op haar hakken om, marcheerde naar de keuken en sneed een punt cake voor me af.

Ik liep achter haar aan. 'IJs,' zei ik.

Ze schoof de halve beker op mijn bord. Ze deed een stap achteruit om me te bekijken. 'Bloed,' zei ze.

'Niet van mij.'

Ze sloeg een kruis.

'En ik weet vrij zeker dat het weer helemaal goed komt met Eddie.'

Weer een kruis.

Aan tafel was nog niet afgeruimd voor oma en mij. Ik ging op mijn plaats zitten en begon cake naar binnen te werken. Oma haalde een stoel uit de keuken voor Sally en begon borden vol te scheppen. De andere familieleden aan tafel wachtten zwijgend af. Alleen mijn vader was met gebogen hoofd druk bezig kip en puree op te scheppen. Alle anderen zaten aan hun stoel genageld met open mond naar me te kijken; ze wisten niet goed wat ze moesten denken van mijn bloedvlekken... of Sally's oorbellen.

'Jullie kennen Sally toch nog allemaal?' zei oma. 'Hij is musicus en beroemd en soms is hij een meisje. Hij heeft een heleboel mooie jurken en schoenen met hoge hakken en opmaakspulletjes. Hij heeft zelfs zo'n zwartleren bustier met ijshoorntjesborsten eraan. Je ziet zijn borsthaar bijna niet als hij die bustier aanheeft.'

3

'Hoe kan hij nou soms een meisje zijn?' wilde Mary Alice weten.

Mary Alice zit in groep drie en is twee jaar jonger dan haar zusje Angie. Mary Alice kan fietsen, meedoen met monopoly als iemand haar de kanskaarten voorleest, en de namen van alle rendieren van de kerstman opnoemen. Met travestieten is ze nog weinig in aanraking gekomen.

'Ik verkleed me graag als vrouw,' zei Sally. 'Dat hoort bij mijn podiumpersoonlijkheid.'

'Ik wil me verkleden als paard,' zei Mary Alice.

Angie keek naar Sally's pols. 'Waarom heb jij een elastiekje om?'

'Ik probeer van het vloeken af te komen,' zei Sally. 'Bij elk lelijk woord laat ik het elastiek springen. De bedoeling is dat ik daardoor niet meer wil vloeken.'

'Dan moet je gewoon een ander woord zeggen dan dat lelijke woord,' zei Angie. 'Een woord dat bijna zo klinkt als het lelijke woord.'

'Ik weet het!' zei oma. 'Put. Dat moet je zeggen.'

'Put,' herhaalde Sally. 'Ik weet het niet... Het klinkt toch stom als ik dat zeg?'

'Waarom heeft tante Stephanie allemaal rode vlekken?' wilde Mary Alice weten.

'Bloed,' zei oma. 'We hebben een schietpartij meegemaakt. Wij zijn allemaal ongedeerd, maar Stephanie heeft Eddie Gazarra geholpen. Hij had twee schotwonden en het bloed spoot alle kanten op.'

'Jakkie!' zei Angie.

Valeries inwonende vriend, Albert Kloughn, zat naast me. Hij keek naar mijn met bloed bespatte arm en viel flauw. Doink. Zakte zo van zijn stoel.

'Kut, hij is van zijn stokje gegaan,' zei Sally. 'O put.' Ik hoorde het elastiekje.

Ik had mijn bordje leeg, dus ging ik naar de keuken om te proberen mezelf schoon te spoelen. Waarschijnlijk had ik dat meteen al moeten doen, maar ik had echt behoefte aan cake.

Toen ik terugkwam in de eetkamer zat Albert weer op zijn stoel. 'Ik kan overal tegen,' zei hij. 'Ik gleed gewoon weg. Zulke dingen kunnen gebeuren.'

Albert Kloughn was ongeveer een meter zeventig, had blond haar dat al wat dunner begon te worden en het mollige gezicht en lichaam van een jongen van twaalf. Hij was advocaat, zonder veel succes, en de vader van Valeries baby. Hij was een beste jongen, maar meer een soort huisdier dan een toekomstige zwager. Hij hield kantoor naast een wasserette en deelde meer pasmunt uit dan juridisch advies.

Er werd zachtjes op de voordeur geklopt, de deur ging open en Joe kwam binnen. Mijn moeder draafde weg om een bord te halen, al wist ze niet waar ze dat zou moeten neerzetten. Zelfs uitgeklapt bood de tafel maar plaats aan acht mensen, en met Joe mee waren het er nu tien.

'Ga hier maar zitten,' zei Kloughn die overeind schoot. 'Neem mijn stoel maar. Ik ben klaar met eten. Ik vind het echt niet erg, heus niet.'

'Is hij geen knuffelummetje?' vroeg Valerie.

47

Oma drukte haar servet tegen haar mond om haar braakge-
luiden te smoren. Morelli beperkte zijn reactie tot een welwil-
lende glimlach. Mijn vader ging door met eten. En ik vond
Kloughn een echt knuffelummetje. Erg, hè?

'Nu iedereen erbij is, heb ik een mededeling,' kondigde Valerie aan. 'Albert en ik hebben een dag uitgekozen om te trouwen.'

Dat was een belangrijke mededeling, want toen Valerie
zwanger was, had ze nog willen wachten op Ranger of Indiana
Jones. Dat was een zorgwekkende situatie, omdat het hoogst
onwaarschijnlijk was dat een van beiden met Valerie zou willen trouwen. Valeries oordeel over Albert was gunstiger geworden na de geboorte van de baby, maar tot op dit ogenblik
was mijn moeder bang geweest dat ze de rest van haar leven naar geroddel over Valerie zou moeten luisteren. Onge-
huwde moeders, gruwelijke levenseinden en overspelige echt-
genoten waren de favoriete onderwerpen voor roddel in de
Wijk.

'Dat is geweldig!' zei mijn moeder, die haar hand voor haar
mond sloeg en tranen in haar ogen kreeg. 'Ik ben zo blij voor
jullie.'

'Een bruiloft!' zei oma. 'Dan moet ik een nieuwe jurk hebben. En we moeten een zaal huren voor de receptie.' Ze depte
haar ogen. 'Kijk mij nou, helemaal in tranen.'

Valerie huilde ook. Ze lachte en snikte tegelijk. 'Ik ga met
mijn knuffelummetje trouwen,' zei ze.

Morelli's vork bleef halverwege boven zijn bord hangen. Hij
keek opzij naar mij en boog zich naar me toe. 'Als jij me ooit
in het openbaar voor knuffelummetje uitmaakt, sluit ik je in de
kelder op en maak je met handboeien aan de ketel vast.'

Kloughn ging staan met een glas wijn in zijn hand. 'Ik wil
proosten,' zei hij. 'Op de aanstaande mevrouw Kloughn!'

Mijn moeder verstarde. Ze had de gevolgen van een huwelijk met Albert nog niet echt doordacht. 'Valerie Kloughn,' zei ze en probeerde haar ontzetting te verbergen.

'Allejezus nog aan toe,' zei mijn vader.

Ik boog me naar Morelli toe. 'Nu ben ik niet meer de enige clown in de familie,' fluisterde ik.

Morelli hief zijn glas. 'Op Valerie Kloughn,' zei hij.

Albert dronk zijn glas leeg en schonk het weer vol. 'En op mij! Want ik ben de grootste bofkont die er bestaat. Ik heb mijn pompoentjelief gevonden, mijn ware bollekop, mijn grote dikke schattebout.'

'Zeg, hoor eens even,' zei Valerie. 'Grote dikke schattebout?'

Kloughn hoorde haar niet. Hij was rood aangelopen en hij zweette. 'Ik heb zelfs een kindje,' zei hij. 'Ik weet niet hoe dat zo is gekomen. Nou ja, ik bedoel: ik weet wel hoe dat komt. Ik geloof dat het daar op de bank is gebeurd...'

Iedereen behalve Joe hield onthutst de adem in. Joe zat er grijnzend bij.

Mijn moeder keek alsof ze in gedachten al een nieuwe bank uitzocht. En mijn vader bestudeerde zijn botermesje... en vroeg zich ongetwijfeld af hoeveel schade hij daarmee kon aanrichten. Maar goed dat het vleesmes in de keuken lag.

'Meestal doen de Kloughns er jaren over om zwanger te worden,' zei Albert. 'Historisch gezien zijn we niet erg beweeglijk. Onze kereltjes kunnen niet zwemmen. Dat zei mijn vader altijd. Hij zei tegen me: Albert, denk maar niet dat je vader zult worden, want Kloughns kunnen niet zwemmen. En moet je nu kijken. Mijn kereltjes konden wel zwemmen! En ik had het er niet eens op aangelegd. Ik wist alleen niet goed hoe ik die dinges moest gebruiken. En toen had ik hem om, maar toen zat er waarschijnlijk een gaatje in, want het voelde of het lekte. Zou het niet geweldig zijn als het die keer was? Zou het niet geweldig zijn als mijn kereltjes door de dinges heen konden zwemmen? Dan heb ik Supermankereltjes!'

Het arme knuffelummetje stoomde in volle vaart door naar zijn ondergang, steeds sneller, zonder een flauw idee hoe hij tot stilstand moest zien te komen.

'Doe iets,' zei ik tegen Joe. 'Hij blijft erin.'

Morelli had zijn dienstwapen bij zich. Hij trok het pistool en richtte het op Kloughn. 'Albert,' zei hij bedaard. 'Kop dicht.'

'Dank je,' zei Kloughn. En hij veegde met een pand van zijn overhemd het zweet van zijn voorhoofd.

'Waar blijft het toetje?' vroeg mijn vader. 'Is het geen tijd om het toetje op te dienen?'

Het was bijna negen uur toen Morelli en ik door de voordeur zijn huis in strompelden. Bob-de-Hond kwam in galop de keuken uit, gleed uit over het parket en botste tegen Morelli op. Dat was Bobs gebruikelijke begroeting en Morelli hield er al rekening mee. Bob was een groot log beest met een oranje vacht; hij at alles wat niet vastgespijkerd zat en had meer enthousiasme dan verstand. Hij schoof langs ons naar buiten om gauw even in Morelli's voortuintje te piesen. Daar deed Bob het het liefst en het gras was dan ook bruin uitgebeten. Bob kwam terug, Morelli deed de voordeur dicht en op slot en we bleven even genieten van de stilte.

'Ik heb niet zo'n fijne dag gehad,' zei ik tegen Morelli. 'Mijn auto in de fik, een schietpartij en daarna de ergste avondmaaltijd die je je kunt voorstellen.'

Morelli schoof zijn arm om me heen. 'Het eten was niet slecht.'

'Mijn zuster die twee uur lang knuffelummetje zegt tegen Kloughn, mijn moeder en mijn oma elke keer in tranen als iemand weer over de bruiloft begon. Mary Alice hinnikte nonstop en de baby heeft op je schoot overgegeven.'

'Ja, maar afgezien daarvan...'

'Bovendien was oma aan tafel als een tierelier tot ze flauw-viel.'

'Verstandige vrouw,' zei Morelli.

'Jij was de held.'

'Ik zou niet echt op hem hebben geschoten,' zei Morelli. 'Althans niet om hem dood te maken.'

'Mijn familie is een ramp!'

Morelli grijnsde. 'Ik noem je al schatje zolang ik me kan herinneren, maar ik overweeg iets anders na twee uur knuffelummetje. Wat dacht je van roomsoes?'

'Hoezo?'

'Je bent net zo zacht en zoet en... lekker. Je bent om op te vreten.'

Morelli kuste me vlak onder mijn oorlelletje en vertelde me wat de juiste manier was om een roomsoes te eten. Toen hij vertelde over het aflikken van het glazuur werden mijn tepels zo klein en hard als kogeltjes.

'Tjonge, wat ben ik moe,' zei ik. 'Misschien moesten we maar eens naar bed.'

'Goed idee, roomsoes.'

Ik woon nu al een paar maanden bij Morelli en het is verrassend gemakkelijk gebleken. We mogen elkaar nog steeds graag en de seks is nog even spetterend als altijd. Nauwelijks voorstelbaar dat de seks met Morelli ooit minder zou worden. Hij is aardig voor Rex, mijn hamster. Hij verwacht niet van me dat ik ontbijt voor hem maak. Hij is netjes zonder overdrijven. En hij denkt aan de wc-bril... nou ja, bijna altijd. Wat kun je van een man meer verlangen?

Morelli woont in een stille straat in een klein, prettig huis dat hij heeft geërfd van zijn tante Rose. Het is net zo'n huis als dat van mijn ouders, of de andere huizen in Morelli's straat. Als ik uit het slaapkamerraam kijk, zie ik keurig geparkeerde auto's en rijen vierkamerwoninkjes van rode baksteen, met blinkende ramen. In de tuintjes staan boompjes en struiken. En achter veel voordeuren wonen forse mensen. Er wordt stevig gegeten in Trenton.

Het slaapkamerraam in mijn eigen flat biedt uitzicht over een geasfalteerd parkeerterrein. Het gebouw dateert uit de jaren zeventig en ontbeert charme en comfort. De inrichting van mijn flat is nauwelijks beter dan die van een studentenflat. Opknappen kost tijd en geld. Ik heb geen van beide.

Het is dus een mysterie waarom ik mijn flatje zou missen, maar soms had ik heimwee naar mijn deprimerende mosterdgele en olijfgroene natte cel, de haak bij de voordeur waaraan ik mijn jasje hang en de kookgeuren en televisiegeluiden van de buren.

Het was negen uur in de ochtend en Morelli vertrok om boeven te vangen en de bevolking te beschermen. Ik spoelde mijn koffiebeker om en zette hem in het afdruiprek. Ik tikte op de kooi van Rex en zei hem gedag. Ik omhelsde Bob en vroeg hem braaf te zijn en niet aan de stoelen te knagen. Nadat ik Bob had omhelsd, moest ik mijn kleding met de roller van haar ontdoen. Ik rolde net mijn spijkerbroek toen de bel ging.

'Hoi,' zei oma Mazur toen ik opendeed. 'Ik was aan het wandelen en ik kwam hier langs, dus dacht ik: ik kan wel even koffie gaan drinken.'

'Dat is een heel eind lopen.'

'Je zus was er vanmorgen vroeg al met de vuile was, dus het was nogal vol in huis.'

'Ik wou net weggaan,' zei ik tegen oma. 'Ik moet vanmorgen een paar mensen aanhouden.'

'Ik kan je toch helpen! Ik kan je assisteren. Dat zou ik heel goed kunnen. Ik kan de mensen goed schrik aanjagen als ik mijn best doe.'

Ik greep mijn schoudertas en denim jasje. 'Ik heb eigenlijk niemand nodig om iemand schrik aan te jagen, maar je kunt wel meerijden als je wilt. Ik wil eerst naar kantoor en dan naar Sally om een nieuwe zittingsdatum te regelen.'

Oma liep achter me aan naar buiten, naar de stoeprand. 'Wat is dit toch een mieterse wagen,' zei oma, kijkend naar de Buick. 'Ik voel me net zo'n gangster van vroeger als ik erin zit.'

Ik voel me arm als ik erin zit, omdat ik de benzine betaal. Geen auto in de geschiedenis van de wereld had zoveel dorst als deze Buick.

Toen ik voor het borgkantoor parkeerde stond Lula bij de deur. 'Doe geen moeite om dat bakbeest netjes aan de kant te zetten,' zei ze. 'We hebben een spoedmelding. Weet je nog die chipsmevrouw? Die schijnt een zware dip te hebben. Connie heeft net de zus van de chipsmevrouw gesproken en Connie zegt dat we erheen moeten om te kijken wat er aan de hand is.'

Soms brengt mijn baan iets mee dat je preventieve zorg zou kunnen noemen. Als je weet dat het misgaat met een borgklant, kun je beter af en toe langsgaan dan wachten tot hij of zij de benen neemt.

'Hallo,' zei Lula en keek in de auto naar binnen. 'We hebben oma aan boord.'

'Ik help Stephanie vanmorgen,' zei oma. 'Wat is een chipsmevrouw?'

'Het is een vrouw die een Dorito-wagen heeft overvallen,' zei Lula. 'En daarna heeft ze de chips opgegeten.'

'Uitstekend,' zei oma. 'Dat heb ik zelf al zo vaak willen doen.'

Lula schoof op de achterbank. 'Ik ook. In tijdschriften voor volwassenen hebben ze het altijd over seksfantasieën, maar volgens mij zijn chipsfantasieën veel pittiger.'

'Ik zou wel iets voelen voor een combinatie,' zei oma. 'Stel je voor dat je een knappe naakte man had die je chips voerde.'

'Geen sprake van,' zei Lula. 'Ik wil niet afgeleid worden door een man als ik chips eet. Ik heb er liever iets te dippen bij. Hou me niet tegen als ik chips en dipsaus zie.'

'Het is belangrijk om alles in het juiste perspectief te zien,' zei oma.

'Ken jezelf,' zei Lula. 'Dat heeft een beroemd iemand gezegd. Ik weet niet meer wie.'

Ik nam Hamilton naar Klockner, passeerde de middelbare school in Hamilton Township en reed Cantells buurt in. Voor de voordeur van Cantell stond een vrouw. Ze reageerde beduusd toen ze ons drieën uit Big Blue zag stappen.

'Zeker nog nooit een Buick uit '53 gezien,' zei oma.

'Ja,' zei Lula, die haar spandex broek met tijgerprint in fuchsia en zwart ophees. 'Dat zal het zijn.'

Ik liep naar de deur en bood de vrouw mijn kaartje aan. 'Stephanie Plum.'

'Jou ken ik wel,' zei de vrouw. 'Jij hebt met een foto in de krant gestaan toen je het uitvaartcentrum in brand had gestoken.'

'Dat was niet mijn schuld,' zei ik.

'Mijn schuld ook niet,' zei oma.

'Ik ben Cindy, de zus van Carol. Ik wist dat ze het moeilijk heeft, dus belde ik haar vanmorgen op. Gewoon, uit voorzorg. En zodra ik haar hoorde, wist ik dat er iets mis was. Ze wilde niet praten over de telefoon en ze was niet te benaderen. Dus ben ik hierheen gegaan. Ik woon twee straten verderop. Ze wilde niet opendoen toen ik aanklopte, dus ben ik omgelopen, maar de achterdeur was ook op slot. En de gordijnen zijn allemaal dicht. Je kunt nergens naar binnen kijken.'

'Misschien wil ze alleen zijn,' zei Lula. 'Misschien vindt ze je opdringerig.'

'Druk je oor eens tegen het raam,' zei Cindy.

Lula drukte haar oor tegen het grote raam aan de voorkant. 'Heel goed luisteren. Wat hoor je?'

'O jee,' zei Lula. 'Ik hoor een chipszak knisperen. Ik hoor gekraak.'

'Ik ben bang dat ze weer een chipswagen heeft overvallen!' zei Cindy. 'Ik wou de politie niet bellen. En ik wilde ook haar ex-man niet bellen. Dat is zo'n zak. Als ik met hem getrouwd was geweest, zou ik ook een beetje verknipt zijn geworden. Maar goed, Cindy had me verteld hoe aardig jullie allemaal waren, dus toen dacht ik dat jullie misschien konden helpen.'

Ik klopte op de voordeur. 'Carol. Ik ben Stephanie Plum. Doe eens open.'

'Ga weg.'

'Ik moet met je praten.'

'Geen tijd.'

'Ze gaat de gevangenis in,' jammerde Cindy. 'Ze is een recidiviste. Ze stoppen haar in de cel en gooien de sleutel weg. Ze is een junk. Mijn zus is verslaafd!'

'Laten we nou niet overdrijven,' zei Lula. 'Bij mijn weten is het gebruik van Dorito's niet verboden.'

'Misschien moeten we het slot uit de deur schieten,' zei oma.

'Hé, Carol,' riep ik door de deur heen. 'Heb je weer een chipswagen overvallen?'

'Maak je geen zorgen,' riep Cindy. 'We zoeken een goede advocaat voor je. Misschien ben je verminderd toerekeningsvatbaar.'

De deur vloog open en Carol stond in de deuropening met een zak Chipito's. Ze had oranje Chipito-kaaspoeder in haar haar, dat recht overeind stond alsof er in haar hoofd een explosie had plaatsgevonden. Haar mascara was vlekkerig, haar lippenstift was door het eten verdwenen en vervangen door oranje kaaspoeder. Ze droeg een nachthemd, sportschoenen en een trainingsjack. Chipito-poeder kleefde aan het jack, goed zichtbaar in de ochtendzon.

'Allemachtig,' zei Lula. 'Is me dat schrikken.'

'Wat bezielt jullie?' krijste Carol. 'Hebben jullie niets beters te doen? Ga weg. Jullie zien toch dat ik aan het ontbijt zit?'

'Wat moeten we doen?' vroeg Cindy. 'Het alarmnummer bellen?'

'Nee,' zei Lula. 'Je kunt beter een duiveluitdrijver bellen.'

'Vanwaar die Chipito's?' vroeg ik aan Carol.

'Een zwak ogenblik. Ik kon de verleiding niet weerstaan.'

'Je hebt toch niet weer een wagen overvallen?'

'Nee.'

'Een winkel dan?'

'Absoluut niet. Ik heb ervoor betaald. Nou ja, misschien zijn er een paar zakken onder mijn jack terechtgekomen, maar ik weet niet hoe. Ik kan me er niets van herinneren.'

'Je bent getikt,' zei Lula, die naar binnen ging om inspectie te houden. Hier en daar trof ze verstopte pakken chips aan. 'Je kan je niet beheersen. Je moet naar de Anonieme Chipseters.' Lula trok een zak Dorito's open en verslond er een paar.

Oma liet een boodschappentasje zien. 'In de keuken gevonden. Daar kunnen we de chips in doen, zodat ze niet in de verleiding kan komen er nog meer te eten.'

'Stop de chips in die tas en geef hem aan Cindy,' zei ik tegen oma.

'Het lijkt me een beter idee als wíj ze opeten,' zei oma.

'Ja,' zei Lula. 'Dat is een veel beter idee dan die arme Cindy ermee opzadelen.'

Ik was niet rijk bedeeld met wilskracht. Terwijl ik daar stond hoorde ik de Chipito's mijn naam roepen. Ik wilde niet een hele tas Chipito's en Dorito's bij mij in de auto hebben. Ik wilde er niet zo uitzien als Carol.

'Geef alle chips aan Cindy,' zei ik. 'De chips moeten in de familie blijven.'

Oma keek naar Carol. 'Red je het wel als we haar alle chips geven? Je gaat toch niet flippen?'

'Het gaat nu wel weer,' zei Carol. 'Ik ben een beetje misselijk, eigenlijk. Ik denk dat ik maar even ga liggen.'

We stopten alle overgebleven zakken chips in de tas en lieten Carol bij de deur achter; haar gezicht had onder de oranje kaaspoederlaag een bleekgroene tint. Cindy reed weg met de chips. En oma en Lula en ik klommen weer in de Buick.

'Hmf,' zei Lula en zakte onderuit. 'We hadden best een paar zakken kunnen meenemen.'

'Ik had een oogje op die zak barbecuechips,' zei oma. 'Het zal niet meevallen om op krachten te blijven zonder chips.'

'O jee,' zei Lula. 'Moet je nou kijken, een paar zakken chips zijn op een of andere manier in míjn tas terechtgekomen... Precies zoals Carol is overkomen.'

'Chips zijn zo geniepig,' zei oma.

'Ja,' zei Lula. 'We kunnen ze beter opeten, anders is het zonde.'

'Hoeveel zakken heb je?' vroeg ik.

'Drie. Wil je er ook een?'

Ik zuchtte diep en Lula gaf me een zak Dorito's. Ik zou ze niet alleen opeten, stiekem was ik ook nog blij dat ze ze had ingepikt.

'Wat nu?' wilde Lula weten. 'Ik moet toch niet terug naar kantoor om te archiveren?'

'De volgende is Sally Sweet,' zei ik.

'Ik doe mee,' zei Lula.

Sally woonde aan de andere kant van de stad. Tegen de tijd dat we daar waren, zou hij terug zijn van zijn ochtendrit met de bus, dus dat was een gunstig ogenblik om met hem naar het bureau te gaan om een nieuwe regeling voor hem te treffen.

Onderweg belde ik Morelli om te vragen hoe het met Eddie Gazarra ging.

'Hij maakt het heel redelijk,' zei Morelli. 'Waarschijnlijk kan hij morgen naar huis.'

'Zijn er nog nieuwe ontwikkelingen?'

'Gisteravond heeft de duivel weer een overval gepleegd. Deze keer lukte het wel met de brandbom en is de winkel uitgebrand.'

'Zijn er gewonden?'

'Nee. Het was 's avonds laat en er waren geen klanten. De avondchef is door de achterdeur ontsnapt. Op straat gaat het verhaal dat de Slachters van Comstock Street trots rondvertellen dat ze een diender hebben neergeschoten.'

'Ik wist niet dat we Slachters hadden in Trenton.'

'We hebben alles in Trenton.'

'Als je alle Slachters oppakt, kan ik misschien de Rode Duivel aanwijzen,' zei ik tegen Morelli.

'Bij mijn weten zijn er achtentwintig actieve Slachters, en die zijn zo gemakkelijk op te pakken als rook. En het aantal van achtentwintig is waarschijnlijk te laag.'

'Nou goed, zal ik dan door de buurt rijden om te kijken of ik hem ergens zie?'

'Lieverd, zelfs ík ga niet door die buurt rijden.'

Ik verbrak de verbinding en reed Fenton Street in. Sally's huis was gemakkelijk te vinden. Er stond een grote gele schoolbus voor. Ik parkeerde achter de bus en we stapten allemaal uit.

Sally deed open zonder de ketting los te doen. 'Ik heb me bedacht,' zei hij. 'Ik wil niet mee.'

'Je moet mee,' zei ik. 'Zo is de wet nu eenmaal.'

'De wet stelt niets voor. Ik heb niets misdaan. En als ik met je meega, moet ik toch meer geld betalen? Dan moet Vinnie toch een nieuwe borgsom voorschieten?'

'Eh... ja.'

'Ik heb geen geld meer. En trouwens, ze hadden die ander moeten aanhouden, niet mij. Ze hadden die zak van een Marty Sklar moeten arresteren. Hij is begonnen, niet ik.'

Ik voelde mijn wenkbrauwen in de hoogte schieten. 'Marty Sklar is de man die wat van je wou?'

'Ken je die dan?' vroeg Sally.

'Ik heb bij hem op school gezeten. Hij was de grote macho van het footballteam. En hij is getrouwd met Barbara Jean Biabloki, die toen cheerleader was.' Het was een ideale combinatie. Ze verdienden elkaar. Sklar walste over alles en iedereen heen en Barbara Jean meende dat ze over water kon lopen omdat ze volmaakte borsten had. Het laatste dat ik had gehoord was dat Sklar voor zijn schoonvader werkte, die Toyota-dealer was, en dat Barbara Jean moddervet was geworden. 'Was Sklar dronken?'

'Godverdomme nou. Kut!' Twee keer het elastiek.

'Je moet onthouden dat je "put" moet zeggen,' zei oma.

Sally knikte. 'Put.'

We hadden allemaal met hem te doen. 'Put' klonk niet echt pittig uit Sally's mond.

'Misschien is put niet het juiste woord voor die ene gelegenheid,' zei oma.

Als ik Sklar zover kon krijgen dat hij zijn klacht tegen Sally introk, en als we een rechter met wat begrip troffen, kon ik Sally de kosten van een tweede borgstelling besparen. 'Jij gaat nergens heen,' zei ik tegen Sally. 'Ik hoef je niet vandaag op te brengen. Ik ga met Sklar praten om te kijken of hij zijn klacht niet wil laten vallen.'

'Sodeju!' Tjak.

'Je moest maar liever nadenken voor je wat zegt, anders moeten ze die hand straks amputeren,' zei Lula tegen Sally. 'En dan is het je eigen schuld.'

'P-p-put,' zei Sally.

Oma keek op haar horloge. 'Nu moet je me maar naar huis brengen. Ik heb vanmiddag afgesproken in de schoonheidssalon en ik wil niet te laat komen. Ik heb heel wat te bespreken met die schietpartij en alles.'

Dat kwam me goed uit, want de onderhandelingen met Marty Sklar zouden ongetwijfeld heel wat beter verlopen zonder oma erbij. Ik zou ze ook liever zonder Lula voeren, maar ik dacht niet dat me dat zou lukken. Ik zette de Buick met zijn neus in de richting van de Wijk en reed naar de andere kant van de stad. Voor het huis van mijn ouders zette ik oma af. De auto van mijn zus stond nog op de oprit.

'Ze bespreken de bruiloft,' zei oma. 'Normaal gesproken zou ik erbij willen zijn, maar het ziet ernaar uit dat het dagen gaat duren. Vanmorgen hebben ze twee uur gepraat over het pak dat meneer Knuffelummetje moet dragen. Ik snap niet hoe je moeder het volhoudt. Die vrouw heeft het geduld van een heilige.'

'Wie is meneer Knuffelummetje?' wilde Lula weten.

'Albert Kloughn. Hij en Valerie en gaan trouwen.'

'Ik moet er niet aan denken,' zei Lula.

De Toyota-showroom van Melvin Biabloki nam een half huizenblok aan South Broad Street in beslag. Het was niet het meest succesvolle of het beste bedrijf in de staat, maar in de Wijk werd beweerd dat er genoeg geld mee werd verdiend om

Melvin en zijn vrouw elk jaar in februari een cruise te laten maken en zijn schoonzoon aan een baantje te helpen.

Ik parkeerde op een klantenplaats en Lula en ik gingen op zoek naar Sklar. 'Wat een spuuglelijke showroom,' zei Lula. 'Ze mogen wel eens nieuwe vloerbedekking nemen. En wat zijn dat voor goedkope plastic stoelen? Ik dacht even dat ik weer op kantoor was.' Een man in een colbertje kwam aangewandeld en het duurde even voor ik besefte dat het Marty Sklar was. Hij was korter van stuk dan in mijn herinnering. Hij begon behoorlijk kaal te worden. Hij droeg een bril. En zijn bierbuikje was een pens geworden. Marty werd er bij het ouder worden niet mooier op.

'Stephanie Plum,' zei Marty. 'Jou ken ik nog. Joe Morelli schreef rijmpjes over je op de wc.'

'Ja. Ik woon nu met hem samen.'

Sklar raakte peinzend mijn bovenlip aan. 'Dan moet alles wat hij beweerde wel waar zijn.'

Hij verraste me. Ik verwachtte zijn hand niet. Ik sloeg hem weg, maar het was te laat. Ik had Marty Sklars vingers op mijn mond gehad. Jakkes. Ik moest mondwater hebben. Een desinfecterend middel. Ik moest meteen naar huis om te douchen. Misschien wel twee keer achter elkaar.

'Hé,' zei Lula. 'Blijf van haar af. Heeft ze gezegd dat je aan haar mag komen? Dat dacht ik niet. Ik heb haar geen toestemming horen geven. Hou je smerige tengels thuis.'

Sklar richtte zijn blik op Lula. 'Wie ben jij, verdomme?'

'Ik ben Lula. Wie ben jij, verdomme?'

'Ik ben Marty Sklar.'

'Hmf,' zei Lula.

Ik probeerde niet aan zijn vieze vingers te denken en maakte er haast mee. 'Het gaat hierom, Marty. Ik wil je spreken over Sally Sweet.'

61

'Hoezo?'

'Ik dacht dat je misschien je klacht wou intrekken. Hij heeft een werkelijk uitstekende advocaat in de arm genomen. En die advocaat heeft een stel getuigen gevonden die officieel hebben verklaard dat jij Sweet hebt benaderd.'

'Hij heeft me geslagen met zijn gitaar.'

'Dat is waar, maar ik dacht dat je het seksuele aspect misschien liever stil wilt houden.'

'Wat voor seksueel aspect?'

'De getuigen verklaren dat je seks wilde met Sally.'

'Dat is gelogen. Ik wou hem alleen jennen.'

'Wanneer het voorkomt, zal het heel anders lijken.'

'Wanneer het voorkomt?'

'Tja, hij heeft nou die advocaat. En door al die getuigen...'

'Shit.'

Ik keek op mijn horloge. 'Als je er haast achter zet om op te bellen, kun je nog voorkomen dat de zaak uit de hand loopt. Waarschijnlijk hoort je schoonvader niet graag dat je een travestiet seksueel hebt benaderd.'

'Ja,' zei Lula. 'Dat is dubbel overspel. Je wou overspel plegen met een kerel in een jurk. Dat horen schoonvaders niet graag.'

'Hoe heet die advocaat dan?' vroeg Sklar.

'Albert Kloughn.'

'En dat zou een goeie zijn? Ik heb nog nooit van hem gehoord.'

'Als hij zijn tanden in een zaak heeft gezet, laat hij nooit meer los,' zei ik. 'Hij woont hier nog niet zo lang.'

'En wat heb jij er voor belang bij?' vroeg Sklar aan mij.

'Ik wou je alleen helpen, Marty. We hebben toch samen op school gezeten?'

En ik liep de showroom uit.

Lula en ik bleven zwijgen tot we de straat uit waren.

'Meid, wat kan jij liegen!' riep Lula toen ik Broad Street opreed. 'Niet te filmen. Ik kreeg zowat een aambei omdat ik mijn lachen moest houden. Niet te geloven hoe goed jij kan liegen. Ik bedoel: ik heb je wel vaker horen liegen, maar dit was duivels goed liegen. Het was geïnspireerd liegen.'

4

Ik reed een eindje door over Broad Street tot bij een Subway Shop.

'Je kunt hier goed lunchen,' zei Lula. 'Ze hebben hier light broodjes. Weinig vet, weinig calorieën. Je kunt hier eten en afvallen tegelijk. Hoe meer je eet, des te slanker word je.'

'Eigenlijk heb ik de Subway gekozen omdat hiernaast een Dunkin' Donuts is.'

'Put nog aan toe,' zei Lula.

We namen allebei een broodje. En daarna namen we elk zes donuts. In de auto werkten we het broodje en de donuts in stilte naar binnen.

Ik maakte een prop van het broodzakje en stopte het in het donutzakje.

'Wat weet jij over de Slachters?' vroeg ik aan Lula.

'Heel nare jongens. Er zijn een heleboel bendes in Trenton. De Slachters van Comstock Street en de Killer Messentrekkers zijn de twee grote. Vroeger hoorde je alleen van de Slachters aan de westkust, maar tegenwoordig zijn ze overal. Die jongens sluiten zich aan in de bak en komen dan weer op straat. Comstock Street is tegenwoordig bendegebied.'

'Toen ik Morelli vanmorgen sprak, zei hij dat de Slachters erover opscheppen dat ze Eddie Gazarra hebben neergeschoten.'

'Ai. Je moest maar liever uitkijken omdat je geen respect voor de Rode Duivel hebt getoond, en die trok met die jongens op. Een Slachter wil je niet tegen je hebben. Ik zou maar heel voorzichtig zijn als ik jou was.'
'Jij hebt de band van die duivel kapotgeschoten!'
'Ja, maar hij wist niet dat ik het was. Hij dacht waarschijnlijk dat jij het had gedaan. Jij bent de roemruchte premiejager. Ik archiveer alleen maar.'
'Over archiveren gesproken: ik moest je maar liever terugbrengen naar kantoor, zodat je nog wat kunt archiveren.'
'Ja, maar wie moet er dan op jou passen? Wie helpt jou met boeven vangen? Weet je wat we moesten doen? Een kijkje nemen in Comstock Street. Misschien kunnen we de Rode Duivel te grazen nemen.'
'Ik wil de Rode Duivel helemaal niet te grazen nemen. Hij schiet op mensen. Hij is een probleem voor de politie.'
'Tjees, wat heb je nou? Alles is tegenwoordig een probleem voor de politie.'
'Ik moet zorgen dat de borgbepalingen worden nagevolgd. Meer gezag heb ik niet.'
'Nou ja, maar we hoeven hem toch niet echt op te pakken. We kunnen gewoon op onderzoek uitgaan. Je weet wel, een beetje door de buurt rijden. Misschien met wat mensen praten. Ik wed dat we te weten kunnen komen wie die duivel is. Jij bent de enige die weet hoe hij eruitziet.'
Bofte ik even. 'Ten eerste weet ik niet waar die duivel woont, dus zal het niet meevallen om in zijn buurt rond te rijden. En bovendien: als we in zijn omgeving vragen zouden stellen, denk ik niet dat er iemand met me zou willen praten.'
'Ja, maar met mij wel. Iedereen praat met mij. Ik heb een ontwapenende persoonlijkheid. En ik zie eruit alsof ik thuishoor in een buurt vol bendes.' Lula rommelde in haar grote zwart-

leren handtas, vond haar mobieltje en toetste een nummer in. 'Hoi,' zei ze toen ze verbinding had. 'Met Lula, ik moet een paar dingetjes weten.' Pauze. 'Me reet,' zei ze, 'dat doe ik niet meer.' Weer een pauze. 'Dat doe ik ook niet. En ik doe vooral dat laatste niet. Dat is zo smerig. Ga je nou nog naar me luisteren, of hoe zit het?'

Er werd nog ongeveer drie minuten doorgepraat; toen liet Lula haar mobieltje in haar tas vallen.

'Goed, ik weet nu de bendegrenzen. De Slachters heersen aan Comstock, tussen Third en Eighth Street. En Comstock is een blok verder dan Stark Street,' zei Lula. 'Daar werkte ik indertijd. Mijn hoek was aan Stark, maar ik had veel klanten uit zuid. Het was toen nog minder beroerd. Dat was voordat de bendes de straat hadden overgenomen. Ik stel voor dat we daar maar eens een kijkje gaan nemen.'

'Dat lijkt me geen goed idee.'

'Waarom niet? We zitten toch in de wagen. We komen alleen voorbij. Het is Bagdad niet. En trouwens, overdag zijn de bendes niet op straat. Het zijn net vampiers. Ze komen alleen in het donker buiten. Dus overdag is het echt veilig op straat.'

'Dat is niet waar.'

'Wou je zeggen dat ik lieg?'

'Ja.'

'Nou goed, misschien is het niet helemaal veilig. Maar zolang je in de wagen blijft, kan er weinig gebeuren. Wat kan je nou gebeuren in een wagen?'

Het probleem was dat Lula en ik zo'n beetje de Jut en Jul van de misdaadbestrijding waren. Ons overkwam elke keer weer van alles. Allerlei dingen die niet normaal waren.

'Doe me een lol,' zei Lula. 'Ik heb totaal geen zin om terug te gaan naar kantoor. Ik maak liever een ritje door de hel dan weer te gaan archiveren.'

'Nou goed,' zei ik met een zucht. 'Een kort ritje dan.' Jut en Jul waren niet al te intelligent. Ze deden zo vaak stomme dingen. Bovendien voelde ik me schuldig vanwege Eddie Gazarra. Ik had het gevoel dat hij was neergeschoten omdat ik impulsief was geweest. Ik had het gevoel dat ik iets goed moest maken. Bovendien had Lula waarschijnlijk gelijk. Het was midden op de dag. Het zou wel redelijk veilig zijn. Ik kon gewoon een eindje door de Slachtersbuurt rijden en misschien had ik geluk. Als ik de Rode Duivel kon vinden, kon de politie misschien degene vinden die op Eddie Gazarra had geschoten.

Ik reed door het centrum naar Stark Street. Stark Street was beroerd begonnen en alleen maar nóg erger geworden. Bij elke volgende straat zag je meer bendegrafitti. Op Third Street stonden alle muren vol met kreten en tekens. De stoepen waren volgekalkt met spuitbussen. De straatnaambordjes waren volgespoten. Ramen op de begane grond waren voorzien van stalen tralies en voor pandjeszaken waren de rolluiken gedeeltelijk neergelaten.

Op Third ging ik rechtsaf en reed door naar Comstock. Voorbij Stark Street waren minder bedrijven en de straten waren smaller. Op Comstock stonden aan weerskanten auto's geparkeerd, zodat twee krappe rijstroken overbleven. We zagen een paar jongens op een hoek staan. Jonge jongens met laaghangende spijkerbroeken en witte T-shirts. Hun handen en armen waren getatoeëerd. Ze keken nors en waakzaam.

'Niet veel mensen op straat,' zei Lula. 'Behalve die twee schildwachten van daarnet.'

'Het is midden op de dag. De mensen zijn aan het werk.'

'In deze buurt niet,' zei Lula. 'De meeste mensen hier hebben geen werk, tenzij je het overvallen van drankwinkels als werk beschouwt.'

Ik keek in mijn spiegeltje en zag dat een van de waarnemers op de hoek een mobieltje tegen zijn oor hield.

'Ik heb hier geen goed gevoel bij,' zei ik.

'Dat is omdat je hier in de minderheid bent.'

'Als blanke, bedoel je?'

'Nee. Ik bedoel dat je hier wijd en zijd de enige bent zonder pistool.'

In sukkeltempo stak ik Fifth over en ik keek uit naar een ontsnappingsroute. Ik wilde niet dieper de buurt in. Ik wilde terug naar Stark en dan naar het centrum. Ik ging op Sixth linksaf en besefte dat de vrachtwagen voor me uit stilstond. Hij stond dubbel geparkeerd. Niemand aan het stuur. Ik zette de Buick in zijn achteruit en reed langzaam terug. Ik wilde net Comstock indraaien toen er uit het niets een jongen opdook. Hij was nog geen twintig en leek een kloon van de jongens op de hoek.

Hij liep naar de auto toe en tikte aan mijn kant tegen het raam. 'Hé,' zei hij.

'Misschien kun je hem beter negeren,' zei Lula. 'En misschien kun je beter wat sneller achteruitrijden.'

'Dat zou ik wel willen, maar er staan een paar niet misselijk uitziende jongens voor mijn bumper. Als ik achteruitrijd, komen ze onder de wielen.'

'Wat wil je daarmee zeggen?'

'Ik ken jou,' zei de jongen bij mijn raam, met zijn gezicht op een paar centimeter van het glas. 'Jij bent een kutpremiejager. Jij hebt mijn oom de bak in laten draaien. Samen met een soort Rambo. En jij hebt geen respect getoond voor de Rode Duivel.'

De auto begon te deinen en ik besefte dat de jongens achter me op de bumper stonden. Ook tegen de zijruiten werden gezichten gedrukt.

'Geef nou verdomme gas,' zei Lula. 'Maakt niet uit of je die

idioten overrijdt. Dat gebeurt ze zo vaak. Moet je kijken hoe ze eruitzien. Allemaal overreden, toch?'
'De man naast jou zegt iets. Wat zegt hij?'
'Hoe moet ik dat weten,' zei Lula. 'Dat is gangstertaal. Iets over hoeren die ze koud moeten maken. En nu likt hij aan het glas. Je moet de wagen met bleek doen als we hier ooit uitkomen.'
Goed: ik kan drie dingen doen. Joe bellen en hem de politie laten sturen. Gênant natuurlijk en het is de vraag of de politie er op tijd kan zijn. De tweede mogelijkheid is Ranger bellen. Even gênant. En dan wordt het misschien bloedvergieten. Waarschijnlijk niet mijn bloed. Of ik kan een paar van die keurige brave jongens omver rijden.
'Ik word hier echt nerveus van,' zei Lula. 'Misschien toch niet zo verstandig van je om deze buurt in te gaan.'
Ik voelde mijn bloeddruk sprongsgewijs stijgen. 'Je hebt het zelf voorgesteld.'
'Het was een slecht voorstel. Dat wil ik nu wel toegeven.'
De Buick deinde en ik hoorde krasgeluiden en gebonk op het dak. Die idioten stonden op het dak te dansen.
'Je oma zal niet blij zijn als ze krassen op de wagen maken,' zei Lula. 'Het is een echte klassieker.'
'Hé,' zei ik tegen de man die zijn gezicht tegen mijn raampje had gedrukt. 'Blijf van de auto af. Het is een klassieker.'
'Dit niet, hoer,' zei hij. En hij haalde een pistool uit zijn laaghangende broek en richtte het op mij, drie centimeter bij het glas vandaan.
'Allemachtig,' zei Lula met ogen zo groot als de eieren van een eend. 'Put nog aan toe, haal me hier weg.'
Keuze drie, dacht ik. En ik gaf plankgas. De auto slurpte benzine en raasde als een goederentrein achteruit. Ik voelde geen bulten onder de banden die erop zouden wijzen dat ik iemand

overreed. Dat vatte ik als een goed teken op. Ik jakkerde achteruit naar Comstock en ging op de rem staan om te schakelen. Drie jongens vlogen mijn dak af. Twee smakten via de rechter voorbumper op straat. En eentje smakte op de motorkap en greep zich vast aan de ruitenwisser.

'Niet inhouden,' brulde Lula. 'Maak je geen zorgen over de motorkap. Bij de volgende bocht ben je hem kwijt.'

Ik ramde de pook in drive en gierde weg. Ik hoorde allerlei lawaai achter me. Een krankzinnige mix van geschreeuw en geschiet en gelach. De man op de motorkap staarde me aan; zijn pupillen waren zo groot als stuivers.

'Volgens mij heeft hij een farmaceutisch probleem,' zei Lula.

Ik leunde op de claxon, maar de motorkaptoerist knipperde niet met zijn ogen.

'Het is of je een vlieg op je voorruit hebt kleven,' zei Lula. 'Een grote lelijke bidsprinkhaan, blind van de drugs.'

Ik sloeg ruim linksaf naar Seventh, waardoor de vlieg geruisloos wegzeilde en tegen een geparkeerd roestig busje smakte. Pas op Stark Street durfde ik weer adem te halen.

'Zie je wel dat het prima is gegaan,' zei Lula. 'Toch jammer dat we die duivel niet te pakken hebben gekregen.'

Ik keek even opzij. 'Wou je morgen terug om het nog eens te proberen?'

'Morgen misschien niet.'

Ik belde Connie om te zeggen dat we onderweg waren en vroeg of ze iets voor me wilde natrekken.

'Als ik je de namen van een paar straten geef die een bepaalde buurt omgrenzen, kun je dan kijken of we mensen uit die buurt in het archief hebben?' vroeg ik.

'Ik kan op postcode zoeken of op straat. Zolang het gebied niet te groot is, kan ik op straat zoeken.'

Ik voelde me verantwoordelijk voor Eddie en het leek me

niet onwaarschijnlijk dat de duivel een strafblad had. Ik was niet bereid geweest op het hoofdbureau het smoelenboek door te kijken. Dat had ik in andere gevallen wel gedaan, maar dat had spectaculair weinig opgeleverd. Na honderd smoelen dreigde ik het gezicht van de dader te vergeten. Het doorlichten van de buurt zou een veel kleinere groep kandidaten opleveren.

Connie was bezig mappen door te nemen toen Lula en ik binnenkwamen. 'Ik heb er zeventien binnen de grenzen die je hebt opgegeven,' zei ze. 'Niemand die op de nominatie staat. Eigenlijk is het niet onze buurt.'

Lula keek naar de stapel mappen op Connies bureau. 'Hé, dit is die kerel die op je motorkap lag,' zei Lula en hield me een foto voor.

Connie pakte een map en schoof met haar voet de la dicht. 'Dat is Eugene Brown. Hij is zo vaak aangehouden dat we oude bekenden zijn. Nergens anders voor veroordeeld dan bezit.'

'Wij kunnen een klacht tegen hem indienen wegens gewapende roofoverval en poging tot moord op een wagen,' zei Lula.

'Ooggetuigen worden heel stil als het om Eugene gaat,' zei Connie. 'En er worden nogal eens getuigenverklaringen ingetrokken. Wat moest hij op je motorkap?'

'We reden zo'n beetje door Comstock Street...' zei Lula.

Connies ogen werden groot. 'Waar op Comstock?'

'Bij Third.'

'Wou je dood, of zo? Dat is Slachtersgebied.'

'We reden er alleen doorheen,' zei Lula.

'Jullie tweeën? In welke auto? De Buick? De lichtblauw met witte Buick? Maar je kan niet voorbij Third over Comstock in een lichtblauwe auto! Dat is de kleur van de Messentrekkers. Je gaat niet het gebied van de ene bende in met de kleur van een andere bende.'

'Ja, maar ik dacht dat dat niet gold voor wagens. Ik dacht dat dat alleen voor kleren gold. Bandana's en hemden en zo,' zei Lula. 'En niemand zou toch aan Messentrekkers denken bij een wagen in jongensbaby'tjesblauw? Het is een kleur voor watjes.'

Ik nam de mappen van Connie over en keek ze door. Geen duivel. Connie gaf me de overgebleven vier mappen. Ook geen duivel. Nu bleven er drie mogelijkheden over. De duivel had geen strafblad. Of de duivel had een andere borgagent. Les Sebring, misschien. Of de duivel gaf een adres op buiten het Slachtersgebied.

Ik zag dat Connie en Lula verstild naar de deur achter me staarden. Er was iemand binnengekomen met een vuurwapen in zijn hand of het was Ranger. Omdat niemand dekking zocht, nam ik aan dat het Ranger was.

Een warme hand kwam neer op mijn nek en ik voelde dat Ranger zich naar me toe boog. 'Meid,' zei hij zacht en zijn rechterarm gleed om me heen om de map uit mijn hand te pakken. 'Eugene Brown,' las hij. 'Dat is niet iemand voor de gezellige omgang. Geen aardige jongen.'

'Ik heb hem vandaag een beetje van de motorkap van de Buick laten vliegen,' vertelde ik. 'Maar het was niet mijn schuld.'

Ranger omklemde mijn nek. 'Met Eugene moet je uitkijken. Die heeft niet veel gevoel voor humor, meid.'

'Jij weet zeker ook niet hoe die duivel heet die winkels overvalt?'

'Niet echt,' zei Ranger. 'Maar het is niet Eugene. Er zouden meer lijken op de grond liggen als het Eugene was.'

De deur van Vinnies kamer ging open en Vinnie stak zijn hoofd naar buiten. 'Wat is er?'

'Ik ga een paar weken de stad uit,' zei Ranger. 'Tank neemt het zolang over, als je hem nodig hebt.' Ranger liet de map over

Brown op Connies bureau vallen en keek me aan. 'Ik wil je spreken... Buiten.'

Het liep tegen het einde van de middag en het was bewolkt, maar de najaarslucht was nog warm. Rangers aangepaste zwarte Ford F-150 FX4 stond aan de stoeprand. Er stond een zwarte SUV achter de pick-up. De motor van de SUV draaide stationair. Ik liep achter Ranger aan naar buiten, keek eerst naar de SUV en toen naar het drukke verkeer op Hamilton. Spitsuur in Trenton.

'En als ík iets nodig heb?' vroeg ik Ranger op licht provocerende toon. Ik voelde me dapper omdat we in een drukke straat stonden. 'Moet ik dan ook Tank bellen?'

Hij liet zijn vingertop langs mijn haargrens glijden en streek een los krulletje achter mijn oor. 'Het ligt eraan wat je nodig hebt. Heb je iets bijzonders in gedachten?'

We keken elkaar aan en ik voelde een lichte paniek opkomen. Ranger liet niet met zich sollen. Hij kende geen paniek en hij gaf nooit toe. Ik daarentegen raakte geregeld in paniek bij Ranger en gaf bijna altijd toe.

'Stel dat ik een auto nodig heb?' vroeg ik, op zoek naar neutraal en veiliger terrein. Ik had in het verleden eerder een auto nodig gehad en dan had Ranger me er een geleend.

Ranger haalde een sleutelbosje uit zijn zak en legde het op mijn hand. 'Neem de pick-up maar. Ik rijd wel met Tank mee terug.'

Een smalle steeg scheidde Vinnies kantoor van naburige bedrijven. Ranger wees met zijn kin naar de schaduw van de steeg, drukte me tegen de stenen muur en kuste me. Toen zijn tong de mijne raakte, krulden mijn vingers zijn hemd in en het lijkt me mogelijk dat ik een ogenblik van de wereld ging.

'Hé,' zei ik toen ik weer bij kennis kwam. 'Je gaat te ver.'

'Nou en?'

'Ophouden.'

'Dat meen je niet,' zei Ranger lachend.

Hij had gelijk. Alleen een dode vrouw zou Ranger niet willen kussen. En ik was niet eens half dood.

Ik gaf hem de sleutels terug. 'Heel aardig van je, maar ik kan de pick-up niet van je lenen.'

'Bel Tank als je je bedenkt. En wees voorzichtig. Eugene laat niet met zich sollen.'

En hij was weg.

Lula en Connie waren met papier aan het schuiven, zogenaamd druk in de weer, toen ik binnenkwam.

'Is hij weg?' wilde Lula weten.

'Ja.'

'Here, wat word ik zenuwachtig van die man. Wat een stuk. Hij bezorgt me opvliegers. Moet je mij nou zien. Ik heb een opvlieger. Ik ben nog niet eens in de overgang en ik heb een opvlieger.'

Connie rolde haar stoel naar achteren. 'Heeft hij gezegd waar hij naartoe ging? Hoelang hij wegblijft?'

'Nee.'

Connie had zorgen. Als Ranger niet beschikbaar was, hield ze alleen mij over en een paar parttimers. Als een dure klant niet kwam opdagen, zat ze voor het blok. Dan zou ze die cliënt naar mij moeten doorschuiven. In elk geval voorlopig. Ik kon mijn werk redelijk goed aan, maar ik was geen Ranger. Ranger kon dingen die het vermogen van een normaal mens verre te boven gingen.

'Ik vind het zo beroerd als hij dit doet,' zei Connie.

'Er is me iets opgevallen: de vorige twee keer dat Ranger vrij had genomen, was er een staatsgreep in Midden-Amerika,' zei Lula. 'Ik ga naar huis, CNN kijken.'

Ik ging terug naar Joe's huis. Hoewel ik de hele dag in de weer was geweest, had ik niet het gevoel dat ik veel had bereikt.

Ik stopte bij Giovichinni's delicatessen aan Hamilton om wat gekookte worst en plakken provolone in te slaan, een middelgrote bak aardappelsalade en een brood. Ik nam er wat tomaten bij en een beker chocolade-ijs.

Het was een ongunstige tijd om bij Giovichinni langs te gaan, maar ik had geen keus, als ik eten wilde halen. Het St. Francisziekenhuis was even verderop en het halve ziekenhuis kwam hier om deze tijd broodjes halen.

Mevrouw Wexler kwam naar me toe terwijl ik in de rij stond. 'Lieve help, wat heb ik jou lang niet gezien. Ik hoor dat je zus gaat trouwen. Wat fijn voor haar, maar jij hebt er kennelijk veel stress van. Heb je een koortslip, meisje?'

Mijn hand vloog naar mijn mond. Ik was met een gave lip de deur uit gegaan, maar nu had ik inderdaad iets aan mijn mond. Ik zocht in mijn tas naar een spiegeltje. 'Ik heb nooit een koortslip,' zei ik tegen mevrouw Wexler. 'Nooit.'

Ik tuurde in mijn spiegeltje. Jakkes! Er zat inderdaad iets en het was groot en rood en leek ontstoken. Hoe kwam dat nou? Er schoot me iets te binnen. Marty Sklar en zijn puisten! Ik bestudeerde mijn lip. Nee. Wacht even, het was een kauwplek.

Ik had terwijl ik door de stad reed mijn bovenlip bijna stukgebeten van het gepieker over Eugene Brown en God mocht weten wat nog meer. En tja, het gegeven dat ik me tot twee mannen aangetrokken voelde, compliceerde de zaak. Waarschijnlijk hield ik van allebei. Was dat niet ziek?

'Het is een schram,' zei ik tegen mevrouw Wexler. 'Van vanmiddag.'

'Natuurlijk,' zei mevrouw Wexler. 'Nu zie ik het ook.'

Mijn moeder belde op mijn mobieltje. 'Mevrouw Rogers heeft net gebeld,' zei ze. 'Ze zegt dat je bij Giovichinni bent en dat je een koortslip hebt.'

'Het is geen koortslip. Het is een schram.'

'O, dat valt dan mee. Kun je wat voor me meenemen nu je toch bij Giovichinni bent? Ik heb een half olijvenbrood nodig, een Entenmann-frambozencake en anderhalf ons emmentaler, maar niet te dun gesneden. De plakken kleven aan elkaar vast als ze te dun gesneden zijn.'

Ik haastte me naar de afhaal, gaf de bestelling van mijn moeder op en ging weer in de rij staan.

Leslie Giovichinni zat aan de kassa. 'Gut,' zei ze toen ik voor haar stond. 'Wat zielig. Je hebt een koortslip!'

'Het is geen koortslip,' zei ik, me met moeite beheersend. 'Het is een schram. Van vanmiddag.'

'Je moet er ijs op doen,' zei ze. 'Zo te zien doet het behoorlijk zeer.'

Ik betaalde Leslie en sloop de winkel uit. Ik kroop weg achter het stuur van de Buick en reed de Wijk in. Ik moest op de oprit parkeren omdat er een grote gele schoolbus langs de stoeprand stond.

Oma stond me bij de deur op te wachten. 'Raad eens wie er is?' zei ze.

'Sally?'

'Hij kwam langs om te vertellen hoe blij hij is dat de klacht tegen hem is ingetrokken. En hij kan Valerie erg goed helpen, want die is hier nog, met het uitzoeken van de jurken voor de bruidsmeisjes. Valerie wil roze, maar Sally wil een herfstkleur omdat het herfst is.'

Valerie zat in de keuken aan tafel met de baby, die in een soort bundel om haar hals hing. Mijn moeder stond voor het fornuis in een pan marinarasaus te roeren.

Sally zat tegenover Valerie. Zijn lange zwarte krulhaar was een kruising tussen Mink de Ville en Medusa. Hij droeg een T-shirt van de Motley Crüe, jeans met scheuren op de knie en cowboylaarzen van rood hagedissenleer.

'Hé man, bedankt dat je hebt gezorgd dat de klacht is ingetrokken,' zei Sally. 'Ik kreeg een telefoontje van het parket. En toen belde Sklar zelf ook nog, om te voorkomen dat ik de zaak zou doorzetten met de advocaat. Ik wist eerst niet wat ik moest zeggen, dus ik heb hem maar laten praten. Hartstikke goed, man.'

Ik legde de kaas en de vleeswaren in de koelkast en zette de frambozencake op tafel. 'Blij dat het is gelukt.'

'Wat vind je van de jurken?' wilde Valerie weten.

'Weet je wel zeker dat je een bruiloft wilt met alles erop en eraan?' vroeg ik. 'Het lijkt me veel werk en nog duur ook. En wie wil je als bruidsmeisjes?'

'Jij natuurlijk als eerste en voornaamste. Verder Loretta Stonehouser. En Rita Metzger. En Margaret Durski. En de meisjes als bruidskinderen.'

'Pompoen lijkt me een geschikte kleur voor de bruidsmeisjes,' zei Sally.

Ik sneed een dikke plak cake af. Ik zou heel wat cake moeten eten voor ik me zou kunnen verzoenen met een pompoenkleurige jurk.

'Weet je wat wij nodig hebben?' zei oma. 'Iemand die de bruid adviseert. Zoals in die film met Jennifer Lopez.'

'Ik kan wel wat hulp gebruiken,' zei Valerie. 'Het valt niet mee om overal tijd voor te vinden, maar ik denk niet dat we ons iemand kunnen veroorloven om alles te organiseren.'

'Misschien kan ik helpen met organiseren,' zei Sally. 'Ik heb tijd over tussen mijn busritten.'

'Je zou er geknipt voor zijn,' zei oma. 'Je hebt veel gevoel voor kleur en je hebt al die ideeën over de seizoenen en zo. Ik zou nooit hebben gedacht aan pompoenkleurige jurken.'

'Dat is dan afgesproken. Jij wordt mijn adviseur,' zei Valerie.

De blik van mijn moeder dwaalde af naar de bijkeuken. Misschien dacht ze na over alles wat er nog moest worden geregeld, maar het was waarschijnlijker dat ze aan de whiskyfles dacht die achter de olijfolie stond.

'Hoe staat het met het zoeken naar een huis?' vroeg ik aan Valerie. 'Zit er al schot in?'

'Ik heb niet veel tijd gehad om me daarmee bezig te houden,' zei ze. 'Maar ik beloof je dat ik blijf zoeken.'

'Ik mis mijn flat toch een beetje.'

'Dat weet ik,' zei Val. 'Het spijt me echt heel erg dat het zo lang duurt. Misschien kunnen we beter bij pa en ma intrekken.'

De rug van mijn moeder die voor het fornuis stond verstijfde. Eerst die bruidsadviseur en nu dit.

Ik sneed nog een plak cake af en stond op. 'Ik moet weg. Joe wacht op me.'

Joe en Bob zaten op de bank televisie te kijken. Ik liet mijn tas op het tafeltje in de hal vallen en liep met de boodschappen naar de keuken. Ik maakte sandwiches en verdeelde de aardappelsalade.

'Ik denk erover om een kookboek te kopen,' zei ik tegen Morelli terwijl ik hem zijn bord aangaf.

'Tjonge,' zei hij. 'Hoe komt dat zo opeens?'

'Ik ben uitgekeken op broodjes en pizza.'

'Een kookboek klinkt als een grote stap.'

'Het is geen grote stap,' zei ik. 'Gewoon een kookboek. Dan kan ik leren om kip klaar te maken, of een koe of zo.'

'Moeten we daarvoor trouwen?'

'Nee.' Tjees.

Bob werkte zijn sandwich naar binnen en keek eerst naar mij en toen naar Morelli. Hij wist uit ervaring dat het niet waarschijnlijk was dat we hem iets zouden geven, dus legde hij zijn kop weer op zijn poot en keek verder naar Seinfeld.

'Tja,' zei ik. 'Heb je het al gehoord van Eugene Brown?'

'Wat is daarmee?'

'Die heb ik vandaag van mijn motorkap laten stuiteren.'
Morelli prikte aardappelsalade op zijn vork. 'Ga ik dit een
heel erg verhaal vinden?'
'Misschien. Ik ben doorgereden.'
'Dus nu meld je dat als het ware bij de politie?'
'Heel onofficieel.'
'Was hij dood?'
'Ik denk het niet. Hij lag op de motorkap van de Buick en
hield zich vast aan de ruitenwisser, en hij zwiepte eraf toen ik
de bocht nam. Dat was op de kruising van Comstock en Se-
venth en het leek me geen goed idee om uit te stappen en te kij-
ken of hij nog tekenen van leven vertoonde.'
Morelli stapelde de drie borden op elkaar en kwam overeind
om ze naar de keuken te brengen. 'Wat hebben we toe?'
'Chocolade-ijs.' Ik liep achter hem aan en keek toe terwijl hij
bolletjes opschepte. 'Dat was te gemakkelijk,' zei ik. 'Je hebt
niet tegen me geschreeuwd dat het stom van me was, of zo.'
'Ik hou me in.'

Bij het krieken van de dag liet ik me met Morelli uit bed rollen.
'Het begint griezelig te worden,' zei Morelli. 'Eerst overweeg
je de aanschaf van een kookboek. En nu sta je samen met me
op. Straks vraag je nog mijn oma te eten.'
Dat was niet waarschijnlijk. Zijn oma Bella was geschift. Ze
bediende zich van Italiaanse voodoo, het oog noemde ze dat.
Ik beweer niet dat het oog werkzaam was, maar ik heb mensen
gekend die nadat ze het oog hadden gekregen kaal waren geworden, of zwanger, of een onverklaarbare huiduitslag hadden
gekregen. Ik ben zelf half Italiaans, maar geen van mijn familieleden kan iemand het oog geven. Mijn familie gebruikt meestal de middelvinger.
We gingen samen onder de douche. Van het een kwam het

ander. Dus voordat Morelli aan zijn ontbijt toekwam, was hij al een half uur te laat.

Ik had de koffie klaar toen hij beneden kwam. Hij dronk een kopje terwijl hij zich voorzag van dienstwapen en insigne. Hij liet een blauwe bes in de kooi van Rex vallen. En hij mikte twee koppen brokken in Bobs etensbak.

'Waarom ben je zo vroeg opgestaan?' vroeg hij. 'Je wilt toch niet terug naar Comstock Street?'

'Ik ga een huis zoeken. Valerie steekt geen poot uit om een eigen huis te vinden, dus dat wil ik voor haar gaan doen.'

Morelli keek me over zijn kopje aan. 'Ik dacht dat je hier gesetteld was. Je wou toch een kookboek?'

'Ik vind het leuk om met je samen te wonen, maar soms mis ik mijn onafhankelijkheid.'

'Wanneer dan?'

'Nou ja, onafhankelijkheid is misschien niet het goede woord. Misschien mis ik alleen mijn eigen wc.'

Morelli greep me vast en kuste me. 'Ik hou van je, maar niet genoeg om een tweede wc in te bouwen. Ik heb geen budget voor nog meer renovatie.' Hij zette zijn kopje weg en liep naar de voordeur van het huis. Bob rende blaffend met hem mee, huppelend als een konijn.

'Bob moet nog uitgelaten worden,' zei ik.

'Mag jij doen,' zei Morelli. 'Ik kom al te laat en bovendien heb ik het verdiend, vanwege de douche.'

'Wat? Bedoel je dat ik bij je in het krijt sta vanwege de douche?'

Hij deed zijn jack aan. 'Ik heb gedaan wat je het liefst hebt en daar ben ik ook nog eens bijna bij verzopen. En ik geloof ik een blauwe knie heb.'

'Pardon? En wat ik gisteravond voor jou heb gedaan dan? Daar ben ik alleen vanmorgen voor beloond.'

Morelli grijnsde. 'Dat is geen vergelijking, schatje. Dat was niet onder de douche.' Hij pakte zijn sleutels van het tafeltje. 'Hè, toe nou. Ik kom echt te laat.'

'Goed dan! Ik doe het wel. Ik laat de hond wel uit. Tjees.'

Morelli deed de voordeur open en bleef staan. 'Shit.'

'Wat?'

'We hebben bezoek gehad.'

5

Ik trok mijn ochtendjas strak en keek langs Morelli heen naar buiten. Ik zag graffiti op de stoep en graffiti op de Buick. We zetten een stap buiten. Er stond ook graffiti op de voordeur. 'Wat zijn dat voor kattensporen?' vroeg ik. 'Het zijn bendesymbolen. De Comstock Street Slachters hebben een bondgenootschap met de Crud & Gut Slachters. Die worden ook wel "de Katten" genoemd. Vandaag een kattenprent en CSS.' Morelli wees onder het praten de tekens aan. 'De GKC op de deur staat voor Gangsta Killer Cruds.'

Ik liep naar de Buick aan de stoeprand. Elke vierkante centimeter was met de spuitbus bewerkt. 'Kill die bitch' stond op verschillende plaatsen en 'Crud Dollar'. Morelli's SUV was onaangeroerd.

'Dit lijkt me een boodschap,' zei ik tegen Morelli. Ik was niet echt dol op de Buick, maar ik vond het vreselijk dat hij zo was toegetakeld. De Buick had me van tijd tot tijd uit de brand geholpen. En het zal wel bizar zijn, maar soms kreeg ik het gevoel dat het meer was dan een auto. Bovendien waren de spuitbuskreten tegen mij gericht. Ze waren bepaald onvriendelijk.

'"Kill die bitch" lijkt me duidelijk,' zei Morelli. Hij had zijn neutrale diendersgezicht opgezet en alleen zijn strakke mondhoeken verrieden hem. Morelli was hier niet blij mee. '"Crud

Dollar" verwijst naar de levensstijl van de gangster, met afpersing en handel in drugs als bron van inkomsten. In dit geval kan het betekenen dat je bent aangewezen als wraakobject.'

'Wat betekent dat? Wraak?'

Morelli keek me recht in de ogen. 'Kan van alles zijn,' zei hij. 'Kan moord zijn.'

Een vette golf gemengde gevoelens spoelde over me heen. Angst was een belangrijke factor. Ik wist niet veel van bendes, maar ik leerde snel. Drie dagen terug had ik me niet echt bedreigd gevoeld door de georganiseerde misdaad. Nu ik naar de stoep en de auto keek, voelde ik me knap beroerd.

'Je overdrijft zeker?' vroeg ik.

'Executies vormen een onderdeel van de bendecultuur. De bendes breiden zich uit in Trenton en ook het aantal moorden is toegenomen. Vroeger waren het groepjes jongelui die hun identiteit aan de buurt ontleenden. Nu komen de bendes voort uit het gevangeniswezen, met nationale onderlinge bondgenootschappen. Ze gebruiken geweld. Ze zijn onvoorspelbaar. Ze worden gevreesd in hun buurt.'

'Ik wist wel dat er een probleem was. Ik wist niet dat het zo ernstig was.'

'Het is niet iets waar we graag over praten omdat we geen flauw idee hebben hoe we het probleem moeten oplossen.' Morelli duwde me naar binnen en deed de voordeur dicht. 'Ik wil dat je vandaag hier blijft tot ik de zaak heb kunnen uitzoeken. Ik zal de Buick vandaag naar de garage van het bureau laten wegslepen, zodat iemand van Jeugdcriminaliteit ernaar kan kijken.'

'Maar dat kun je niet doen. Hoe moet ik dan naar mijn werk?'

Morelli tikte zachtjes met zijn wijsvinger op mijn voorhoofd. 'Ben je hol daar vanbinnen? Moet je die wagen zien. Wou je daarin gaan rijden?'

'Ik heb wel in ergere wagens gereden.' Daar was geen woord aan gelogen. Treurig genoeg.

'Doe me een lol. Blijf vandaag thuis. Daar kan je weinig gebeuren. Bij mijn weten hebben de Slachters nog nooit een huis in de fik gestoken.'

'Alleen winkels,' zei ik.

'Ja. Alleen winkels.'

Daar dachten we allebei een poosje over na.

Morelli pakte mijn autosleuteltjes uit mijn tas en vertrok. Ik deed de voordeur op slot en liep in de huiskamer naar het raam om Morelli in zijn SUV te zien wegrijden.

'Hoe moeten we nu uit?' vroeg ik aan Bob. 'Hoe moet ik nu werken? Wat moet ik de hele dag doen?'

Bob liep naar de voordeur en keek me radeloos aan.

'Je zult het vandaag in de achtertuin moeten doen,' zei ik, niet rouwig omdat ik hem niet kon uitlaten. 's Morgens poepte Bob overal en ik genoot het voorrecht de boel naar huis te mogen nemen. Het viel niet mee om van een ommetje te genieten met een zak poep in je hand.

Ik haakte Bob vast aan zijn riem in de achtertuin en ruimde de keuken op. Om een uur was het bed opgemaakt, de vloeren waren schoon, het broodrooster was gepoetst, de was gedaan, gedroogd en gevouwen en ik maakte de koelkast schoon. Op een gegeven moment, toen ik even werd afgeleid, verdween de Buick.

'Wat nu?' vroeg ik aan Bob.

Bob keek me ernstig aan, maar hij had geen suggesties, dus belde ik Morelli op. 'Wat nu?' vroeg ik aan Morelli.

'Het is pas een uur,' zei hij. 'Zo snel gaat het niet. Er wordt aan gewerkt.'

'Ik heb het broodrooster gepoetst.'

'Mooi. Zeg, ik moet nu ophangen.'

'Ik word hier stapelkrankjorum!'

Er klonk een klik en daarna de kiestoon.

Ik had de telefoon nog in mijn hand toen hij overging.

'Wat is er?' vroeg Connie. 'Ben je ziek? Anders kom je om deze tijd altijd langs.'

'Ik heb een vervoersprobleem.'

'En dus? Zal ik Lula sturen?'

'Graag. Stuur Lula maar.'

Tien minuten later stond Lula's rode Firebird voor Morelli's huis stationair te draaien.

'Morelli heeft zijn huis laten versieren,' zei Lula.

'Eugene Brown schijnt het niet leuk te hebben gevonden om van mijn motorkap te vliegen.'

'Ik heb niet van die viezigheid aan mijn huis, dus zo te zien ben jij de enige op wie ze kwaad zijn. Het zal wel zijn omdat ik alleen een onschuldige passagier was.'

Ik keek Lula vernietigend aan.

'Niet doen,' zei Lula. 'Je zou blij moeten zijn dat ik erbuiten ben gebleven. Overigens is Vinnie uit zijn humeur. Hij zegt dat er nog maar vijf dagen tijd over is om Roger Banker voor de rechter te sleuren, anders is hij het borggeld kwijt.'

Als ik een dollar had voor elke keer dat ik heb geprobeerd Roger Banker te pakken te krijgen, kon ik naar Bermuda. Banker was een gladjanus. Hij was een recidivist, dus hij wist wat hem boven het hoofd hing. Ik kon hem niet wijsmaken dat het alleen ging om het vaststellen van een nieuwe datum voor de zitting. Hij wist dat hij, zodra hij de handboeien voelde, de bak in zou draaien. Hij was werkloos en leefde van een onduidelijk aantal mislukte vriendinnen en mislukte familieleden. En hij was lastig te herkennen. Banker had niets markants. Banker was bijna de onzichtbare man. Ik had eens aan een bar naast hem gestaan zonder hem te herkennen. Lula en ik hadden foto's van hem verzameld en geprobeerd ons die in te prenten in de hoop dat dat zou helpen.

'Goed,' zei ik. 'Laten we maar een rondje doen. Misschien hebben we geluk.'

Het rondje bestond uit Lowanda Jones, Beverly Barber, Chermaine Williamson en Marjorie Best. Er waren nog andere mensen en plekken denkbaar, maar ik voelde het meest voor Lowanda, Beverly, Chermaine en Marjorie. Ze woonden allemaal in de achterstandswijk ten noorden van het politiebureau. Lowanda en Beverly waren zussen. Ze woonden een paar straten bij elkaar vandaan en ze waren hopeloos.

Lula reed de wijk in. 'Wie eerst?' vroeg Lula.

'Lowanda.'

De sociale-woningbouwbuurt vormde een flink deel van Trenton waar de huisvesting niet optimaal was. Heel beslist niet optimaal. De arbeidershuizen waren van rode baksteen en door de overheid zo goedkoop mogelijk neergezet. Er stonden grimmige gaashekken omheen. De auto's aan de stoeprand waren doffe wrakken.

'Gelukkig dat je overal die bendesymbolen ziet, anders zou het er hier wel erg eentonig uitzien,' zei Lula. 'Je zou toch denken dat ze een gazonnetje kunnen aanleggen? Doe eens gek, plant een struik.'

Ik vermoed dat het zelfs God moeite zou kosten deze buurt op te fleuren. De grond was even hard en ontmoedigend als het bestaan van de mensen die hier woonden.

Lula reed Kendall Street in en parkeerde twee deuren voorbij Lowanda's tuinhuis. De aanduiding 'tuin' sloeg nergens op. We waren hier eerder geweest, dus we wisten wat we konden verwachten. Begane grond, één slaapkamer en zeven honden. De honden waren van diverse afmetingen en leeftijden. Allemaal bastaardhonden. Allemaal geile krengen die tegen alles opreden wat bewoog.

'Ik zie Lowanda's honden nergens,' zei Lula.

'Misschien zitten ze binnen opgesloten,' zei ik.

'Als ze binnen zijn, zet ik geen stap in dat huis. Wat een krengen. Oversekste misbaksels. Wat moet ze trouwens met zo'n roedel viezeriken?'

We klopten aan. Geen reactie.

'Ik weet dat ze thuis is,' zei Lula. 'Ik hoor haar praten, ze is aan het werk.'

Lowanda deed telefoonseks. Ze zag er niet uit alsof ze zwom in het geld, dus vermoedde ik dat ze niet zo goed was in dat werk. Of misschien gaf ze al haar geld uit aan bier, sigaretten en kipnuggets. Lowanda at veel kipnuggets. Lowanda at kipnuggets zoals Carol Cantell Dorito's at.

Ik klopte nog een keer en voelde aan de deurknop. De deur was niet op slot. Ik deed de deur op een kier open en Lula en ik keken naar binnen. Geen hond te bekennen.

'Niet waarschijnlijk dat Banker hier is,' zei Lula die achter me aan naar binnen ging. 'Dan was de deur wel op slot. En trouwens, de cel lijkt me beter dan deze zwijnenstal.'

We stapten over een verdachte vlek in het kleed en staarden naar de bonte chaos in Lowanda's huis. In de hoek van de huiskamer lag een matras op de grond met een sleetse gele chenille sprei eroverheen. Naast de matras lag een open, lege doos van een bezorgpizza. Overal lagen kleren en schoenen. Er stonden een paar wankele klapstoelen in de kamer. Op de rugleuning stond 'Uitvaartcentrum Morten'. Een grote bruinleren leunstoel stond voor de televisie. De ene armleuning en de zitting waren gebarsten en de vulling puilde naar buiten.

Lowanda zat in de leunstoel met haar rug naar ons toe, een telefoon bij haar oor en een beker kipnuggets in evenwicht op de vetrol om haar middel. Ze droeg een grijs trainingspak met ketchupvlekken.

'Ja, schat,' zei ze in de telefoon. 'Heerlijk, man. O ja. O-o-o-h ja. Ik heb net alles uitgetrokken voor je. En ik heb liefdesolie opgedaan omdat ik heet ga worden.'

'Hé!' zei Lula. 'Mogen we even je aandacht, Lowanda?'

Lowanda schoot overeind en draaide zich naar ons om. 'Wel verdomme!' zei ze. 'Waarom maken jullie me zo aan het schrikken terwijl ik op een eerlijke manier aan de kost probeer te komen?' Ze richtte haar aandacht weer op de telefoon. 'Sorry, schatje, Lowanda heeft hier een probleempje. Kun je het even zelf af? Ik kom zo terug.' Ze bedekte de telefoon met haar hand en stond op; een deel van de vulling kleefde aan haar extra brede achterste. 'Wat is er?'

'We zoeken Roger Banker,' zei Lula.

'Die is er niet. Dat zie je toch?'

'Misschien heeft hij zich in de andere kamer verstopt,' zei Lula.

'Hebben jullie een bevel tot huiszoeking?'

'Wij hoeven geen bevel tot huiszoeking te hebben. Wij zijn premiejagers.'

'Zo,' zei Lowanda. 'Kijk dan maar rond en ga weg. Ik moet door met mijn klant. Zodra je ophoudt met praten tegen Meneertje Hard wordt hij Meneertje Slap. En ik word per gesprek betaald. Ik doe hier stukwerk.'

Lula maakte een rondgang door het huis terwijl ik bij Lowanda bleef.

'Ik ben bereid te betalen voor informatie,' zei ik tegen Lowanda. 'Heb je informatie?'

'Hoeveel bied je?'

'Hangt van de informatie af,' zei ik.

'Ik heb een adres. Ik weet waar hij is als je er direct heen gaat.' Ze hield me de telefoon voor. 'Praat jij tegen hem, dan kan ik het adres opschrijven.'

'Wacht even...'

'Hallo?' zei Meneertje Hard. 'Met wie spreek ik?'

'Gaat je niet aan.'

'Zo mag ik het horen,' zei hij. 'Streng. Ik wil graag dat je me slaat.'

'Wacht even, die stem ken ik. Vinnie?'

'Stephanie? Jezus.' Klik.

Lowanda kwam terug met een papiertje. 'Alsjeblieft,' zei ze. 'Hier logeert hij.'

Ik keek naar het papiertje. 'Dat is het adres van je zus.'

'Nou en? Waar is mijn beller gebleven?'

'Die heeft opgehangen. Hij was klaar.'

Lula kwam weer binnen. 'Lowanda,' zei ze, 'je moet iets doen aan je keuken. Je hebt daar een kakkerlak zo groot als een koe.'

Ik gaf Lowanda een briefje van twintig.

'Is dat alles? Is dat alles wat ik krijg?'

'Als Banker bij Beverly is, krijg je de rest van het geld.'

'Waar zijn de honden?' wilde Lula weten.

'Buiten,' zei Lowanda. 'Bij mooi weer gaan ze graag naar buiten.'

Lula deed Lowanda's deur open en keek om zich heen. 'Hoe ver gaan ze?'

'Hoe moet ik dat verdomme weten? Ze gaan naar buiten. En dan blijven ze buiten. Buiten is buiten.'

'Ik vraag maar,' zei Lula. 'Wind je niet op. Je honden zijn niet echt goed opgevoed, Lowanda.'

Lowanda zette haar handen op haar heupen, stak haar onderlip naar voren en kneep haar ogen bijna dicht. 'Wou jij mijn honden beledigen?'

'Ja,' zei Lula. 'Ik háát je honden. Het zijn krengen. Die honden rijden tegen alles op.'

'Dat zeiden de mensen niet al te lang geleden ook van jou,' zei Lowanda. 'Verdomd brutaal om hier vragen te komen stellen en mijn honden te beledigen. Ik denk dat ik voortaan maar niet meer meewerk.'

Ik greep Lula vast voordat ze Lowanda de ogen uit kon krabben en duwde haar naar buiten.

'Daag haar nou niet uit,' zei ik tegen Lula. 'Waarschijnlijk heeft ze een vuurwapen in huis.'

'Ik heb zelf een pistool,' zei Lula. 'En ik denk er hard over om het te gebruiken.'

'Er wordt niet geschoten! En loop eens door. Ik sta hier niet graag op de stoep waar die honden ons kunnen vinden.'

'Volgens mij heeft ze me beledigd,' zei Lula. 'Ik schaam me niet voor mijn verleden. Ik was een verdomd goede hoer. Maar haar stem van zo-even beviel me niet. Ze heeft me beledigd.'

'Wat kan mij dat nou schelen... Loop eens door naar de auto voordat de honden lucht van ons krijgen.'

'Wat heb je toch met die honden? Ik ben zojuist beledigd en jij denkt alleen maar aan die honden.'

'Wou je hier nog staan als die honden om de hoek komen aandraven?'

'Hmf. Ik kan die honden best aan als het moet. Ik ben echt niet bang voor die honden.'

'Nou, ik ben er wel bang voor, dus schiet een beetje op.'

En toen hoorden we ze. *Waf waf waf* in de verte. In beweging. Ze kwamen dichterbij. Maar ze moesten de hoek nog om komen.

'O shit,' zei Lula en begon knieheffend en met pompende armen te draven.

Ik rende twee stappen voor haar uit, zo hard als ik kon. Ik hoorde de honden bij de hoek. Ik draaide me om en zag hoe ze kwamen aanhollen, met wilde ogen en openhangende bek, tongen en oren in de wind. Ze haalden ons snel in en de grootste rende vooraan.

Lula slaakte een gil. 'God sta me bij!'

Ik vermoed dat God luisterde, want ze renden Lula voorbij en liepen mij ondersteboven. De eerste hond raakte me vol in de rug, zodat ik op mijn knieën viel. Geen goede houding als je wordt aangevallen door een roedel oversekste honden. Ik probeerde overeind te krabbelen, maar de honden hadden me te pakken en ik kon me niet oprichten. Ik had rijders op beide benen en een buldog die op Winston Churchill leek reed op tegen mijn hoofd. Een rijder reed op een andere rijder.

'Gauw! Breng je in veiligheid!' schreeuwde ik tegen Lula.

'Zeg tegen mijn moeder dat ik van haar houd.'

'Overeind komen!' brulde Lula me toe. 'Je moet overeind komen! Anders rijden die honden je nog dood.'

Ze had gelijk. De honden waren door het dolle. Er werd woest door elkaar geneukt. Honden in onderliggende posities grauwden en snauwden en hapten naar elkaar om een betere plek te veroveren. De beenrijders klampten me stevig vast, vastberaden om hun bezigheid af te maken, maar de hoofdrijder kon het niet volhouden. Hij kwijlde en hijgde hete hondenadem in mijn gezicht. Hij reed wat en gleed dan weg en probeerde dan weer terug te klauteren om weer tegen me op te rijden.

'Ik kan niet overeind komen!' zei ik. 'Ik heb zeven honden die tegen me oprijden. Zéven! Doe iets!'

Lula stak hulpeloos haar handen in de lucht. 'Ik weet niet wat ik moet doen. Ik weet niet wat ik moet doen.'

'Trek die hond van mijn hoofd,' gilde ik. 'Die andere kunnen me niet schelen. Sjor die hond weg van mijn hoofd!'

'Misschien moet je ze maar laten begaan,' zei Lula. 'Ze gaan wel weg als ze klaar zijn. Zo gaat het met mannen ook.'

'Wil je nou godverdomme die buldog wegtrekken die bij mijn hoofd zit, want ik word helemaal gek!'

De deur van Lowanda's huis ging open en Lowanda schreeuwde ons toe: 'Hé! Wat doen jullie met mijn honden?'

'We doen niks,' zei Lula. 'Ze zijn met Stephanie bezig.'

Lowanda had een zak hondenbrokken in haar hand. Ze schudde met de zak en de honden hielden op met rijden en keken om. Lowanda rammelde nog een keer met de zak en de honden bonkten nog wat na en lieten zich toen afleiden door de brokken.

'Stomme trutten van premiejagers,' zei Lowanda en verdween in haar huis met de honden. Ze sloeg de deur achter zich dicht en deed hem op slot.

'Ik dacht dat je er geweest was,' zei Lula.

Ik lag op mijn rug, ademde zwaar en hield mijn ogen dicht. 'Laat me even bijkomen.'

'Je ziet er niet uit,' zei Lula. 'De honden hebben je goed gepakt. En je hebt iets in je haar van die buldog.'

Ik krabbelde overeind. 'Ik neem aan dat het kwijl is. Het lijkt toch op kwijl?'

'Als jij het zegt.'

Lula en ik vluchtten in de veilige auto en Lula reed naar Beverly's huis. Beverly's huis leek sterk op dat van Lowanda, alleen had Beverly geen leunstoel. Beverly had een bank voor haar televisie gezet. Over een gedeelte van de bank lag een blauw laken en ik vreesde dat er een ontzettend smerige vlek onder dat laken zat, zo erg dat zelfs Beverly er niet tegen aan kon kijken.

'Jullie kunnen niet binnenkomen,' zei Beverly zodra ze de deur had opengedaan. 'Ik heb geen tijd. Ik heb mijn schatje hier en we wilden net jeweetwel.'

'Meer informatie dan ik aankan,' zei Lula. 'Ik heb net gezien hoe een stel honden met Stephanie in de weer was. Ik ben wel aan mijn tax voor vandaag.'

'Dat moeten de honden van Lowanda zijn geweest,' zei Beverly. 'Ik snap die beesten niet. Ik heb nog nooit zoiets gezien. En drie ervan zijn teefjes.'

'We zoeken iemand die zich moet melden,' zei ik tegen Beverly.

'Ja, dat is wat je hier altijd komt doen,' zei Beverly. 'Maar ik hoef me niet te melden. Ik heb niets verkeerds gedaan. Ik zweer het.'

'Ik kom niet voor jou,' zei ik. 'Ik kom voor Roger Banker.'

'Hmf,' zei Beverly. 'Dat komt slecht uit. Willen jullie hem arresteren?'

'We willen met hem naar het bureau om een nieuwe dag af te spreken.'

'En dan? Laten jullie hem dan gaan?'

'Wil je dat we dat doen?' vroeg Lula.

'Mja.'

'Dan doen we dat toch,' zei Lula. 'Gaat hij alleen op en neer. En bovendien krijg je een twintigje van ons als we hem kunnen meenemen.'

Lowanda en Beverly zouden hun moeder verkwanselen voor een fooi.

'Nou, dan denk ik dat het wel kan zeggen,' zei Beverly. 'Hij is het schatje in de achterkamer. En hij is er misschien niet zo voor in de stemming.

Roger!' riep Beverly. 'Ik heb hier een paar dames voor je die je willen spreken.'

'Laat maar komen,' zei Roger. 'Ik kan ze aan. Meer is beter als het om dames gaat.'

Lula en ik keken elkaar aan en rolden met onze ogen.

'Zeg dat hij zich moet aankleden en hierheen moet komen,' zei ik tegen Beverly.

'Doe je broek aan en kom hier,' zei Beverly. 'Ze willen niet naar de achterkamer.'

We hoorden wat geritsel en gestommel en Banker kwam tevoorschijn. Hij droeg een legergroene broek en sportschoenen.
Geen sokken, geen overhemd. Geen onderbroek, schatte ik.
'Roger Banker,' zei Lula. 'Dit is je geluksdag, want wij komen je gratis wegbrengen naar de lik.'

Banker knipperde een keer met zijn ogen en keek naar Lula
en mij. En toen draaide hij zich razendsnel om en rende naar de
keukendeur.

'Hou dat wrak op wielen voor de deur in de gaten,' gilde ik
naar Lula. 'Dat is vast van Banker.' En ik zette de achtervolging
in, om Beverly heen, door de achterdeur. Banker had lange benen en hij kwam snel vooruit. Hij sprong over een verzakte afrastering en verdween om de hoek. Ik haastte me achter hem
aan en kwam vast te zitten aan een uitstekend stuk gaas van de
afrastering. Ik rukte me los en rende door. Banker was me enkele tientallen meters voor, maar ik kon hem nog zien. Hij holde over straat terug, in de richting van zijn auto. En hij kon
niet meer zo hard. Dat was maar goed ook, want ik had het niet
meer. Ik moest echt meer aan mijn conditie doen. Ik trainde
eigenlijk alleen in bed met Morelli. En zelfs dan bracht ik nog
veel tijd op mijn rug door.

Lula stond tussen Banker en de auto. Ze stond op het wegdek
en leek op een grote boze stier die op het punt stond aan te vallen. Als ik Banker was geweest, had ik geaarzeld, maar ik vermoed dat Banker dacht dat hij geen keus had, want hij bleef
niet staan om na te denken. Banker botste in volle vaart tegen
Lula op. Er klonk een geluid als van een basketbal tegen een
stenen muur. Lula kwam op haar achterste terecht en Banker
stuiterde anderhalve meter naar achteren.

Ik dook van achteren op hem en we gingen allebei neer. Ik
had handboeien in mijn hand en probeerde een pols te grijpen,
maar Banker maaide als een bezetene om zich heen.

'Help me!' riep ik Lula toe. 'Doe iets.'

'Uit de weg,' zei Lula.

Ik rolde van Banker af en Lula ging plompverloren op hem zitten, waardoor ze boven en onder alle luchtmoleculen uit Banker perste.

'Oefff,' zei Banker. En hij bleef roerloos op zijn rug liggen, met gespreide armen en benen, als een verkeersslachtoffer.

Ik deed hem de handboeien om en liet toen los. Hij had zijn ogen open, maar ze stonden glazig, en zijn ademhaling was oppervlakkig.

'Knipper met je ogen als het gaat,' zei ik.

'Kut,' fluisterde Banker.

'Maar wat dacht jij nou?' vroeg Lula, die met de handen op de heupen op hem neerkeek. 'Je kunt toch niet zomaar tegen een vrouw op botsen. Je zag me toch staan? Ik zou het liefst weer op je gaan zitten. Ik kan je als een insect verpletteren als ik wil.'

'Ik geloof dat ik het in mijn broek heb gedaan,' zei Banker.

'Dan kom je niet bij mij in de wagen,' zei Lula. 'Dan ga je maar lopen naar het politiebureau, sukkel.'

Ik hees Banker overeind en zocht in zijn zakken naar zijn autosleuteltjes. Ik vond de sleuteltjes en twintig dollar. 'Geef jij het geld aan Beverly,' zei ik tegen Lula. 'Ik breng hem in zijn eigen wagen naar het bureau, en jij kunt erachteraan rijden.'

'Goed,' zei Lula.

Ik trok Banker mee naar de afgeragde auto en richtte me tot Lula. 'Je wacht op het bureau toch op me?'

'Ik wacht toch altijd op je, of niet soms?'

'Je wacht nooit.'

'Ik kan er niets aan doen. Ik kan niet tegen politiebureaus. Dat komt door mijn moeilijke verleden.'

Een uur later had ik Banker veilig en wel achter de tralies en ik had het ontvangstformulier in handen dat garandeerde dat Vinnie zijn borgsom niet zou verliezen. Ik keek het parkeerterrein af, maar zag geen Lula. Niet verrassend. Ik belde haar op haar mobieltje. Ze nam niet op. Ik belde naar kantoor.

'Sorry,' zei Connie. 'Ze is er niet. Ze is langs geweest om te zeggen dat je Banker had gevonden en daarna is ze weer vertrokken.'

Geweldig. Het halve zitvlak van mijn spijkerbroek was losgescheurd, mijn overhemd zat vol grasvlekken en ik wilde niet eens denken aan mijn haar. Ik stond midden op het parkeerterrein tegenover het politiebureau en ik had geen auto. Ik kon mijn vader bellen. Ik kon Morelli bellen. Ik kon een taxi bellen. Het probleem was dat het allemaal tijdelijke oplossingen waren. Als ik morgen wakker werd, had ik nog altijd geen auto.

Natuurlijk had ik nog een optie. De pick-up van Ranger. Die was groot en zwart en splinternieuw. Er zaten allerlei speeltjes in gemonteerd en hij was luxe afgewerkt. En hij rook naar nieuw leer en Ranger... een geur die alleen werd overtroffen door koekjes met stukjes chocola in de oven. Jammer genoeg waren er heel wat uitstekende redenen om de pick-up niet te lenen. De voornaamste was dat Joe razend zou worden.

Mijn mobieltje tjilpte in mijn tas. 'Ik ben het,' zei Connie. 'Vinnie is zojuist vertrokken en zijn laatste mededeling was dat jij verantwoordelijk bent voor Carol Cantell. Hij wil niet dat je haar laat versloffen.'

'Best,' zei ik. 'Je kunt op me rekenen.' Ik verbrak de verbinding, zuchtte diep en belde Tank, Rangers assistent. Het gesprek met Tank was kort. Ja, Ranger had hem opgedragen de pick-up aan mij uit te lenen. Over twintig minuten kwam hij hem brengen.

Die tijd gebruikte ik zinnig door mijn beslissing te overdenken. Ik had geen keus. Ik moest de pick-up toch wel lenen? Hoe moest ik anders mijn werk doen? En dan kon ik de huur niet betalen. Toegegeven, mijn zus betaalde tegenwoordig de huur en ik woonde gratis bij Morelli, maar daar kon elk ogenblik verandering in komen. Stel dat Valerie op stel en sprong verhuisde? Wat dan? En ik was niet getrouwd met Morelli. We zouden hooglopende ruzie kunnen krijgen en dan stond ik op de keien. Het was zelfs bijna zeker dat we ruzie zouden krijgen nu ik de pick-up had geleend. Dat was een vermoeiende gedachte. Het leven was ook zo put-ingewikkeld.

De pick-up kwam precies op de afgesproken tijd aanrijden, gevolgd door de zwarte SUV. Tank stapte uit de pick-up en gaf me de sleuteltjes.

Tank een forse kerel noemen is te zwak uitgedrukt. Tank ís een tank. Zijn gladgeschoren hoofd lijkt te glimmen van de Pledge. Zijn lichaam is volmaakt strak, zonder een grammetje vet. Hij heeft een strak kontje. Er wordt beweerd dat hij zich zedeloos gedraagt. En zijn zwarte T-shirt lijkt op zijn bovenlichaam geschilderd. Moeilijk te zeggen hoe Tank over mij denkt. En zelfs of Tank wel kan nadenken.

'Bel me als er wat is,' zei Tank. Hij stapte in de SUV en was weg.

En zo had ik opeens een pick-up. Niet zomaar een karretje, maar een oersterk imposant vierdeurs ladingmonster met groot uitgevallen aluminium velgen, een kudde paarden onder de kap, getint glas en GPS. Plus een verzameling gadgets waar ik geen idee van had.

Ik was weleens met Ranger meegereden en wist dat hij altijd een vuurwapen bij zich had, uit het zicht. Ik klom achter het stuur, voelde onder de zitting en vond het wapen. Als het mijn wagen was geweest en mijn wapen, had ik het wapen verwijderd. Ranger had het op zijn plaats laten zitten. Goed van vertrouwen.

Voorzichtig draaide ik het sleuteltje om en voorzichtig voegde ik in. De Buick reed als een koelkast op wielen. De pick-up gedroeg zich als een monsterlijk grote Porsche. Als ik in de pick-up bleef rijden, had ik allemaal nieuwe kleren nodig. Mijn kleren waren te gewoon. Ik moest veel meer zwarte basics hebben. En ik moest mijn sportschoenen verruilen voor laarzen. En waarschijnlijk moest ik sexy ondergoed hebben... een string, misschien.

Ik reed door de stad, volgde Hamilton en reed de Wijk in. Ik nam een omweg naar Joe's huis. Onaangename dingen moest je altijd uitstellen. Morelli zou het niet prettig vinden dat ik met Lula op stap was geweest, maar hij zou het wel begrijpen. Op stap gaan met Lula terwijl hij me had opgedragen binnen te blijven zou zoveel ergernis bij hem opwekken dat hij minstens een halfuur verwoed zou moeten zappen. De pick-up zou waarschijnlijk aanleiding worden tot een serieuze krachtmeting.

Ik reed de hoek om en voelde mijn hart ineenkrimpen. Morelli was thuis. Zijn SUV stond voor het huis geparkeerd. Ik parkeerde achter de SUV en probeerde mezelf wijs te maken dat het zou meevallen. Morelli was toch geen onredelijke kerel? Hij zou wel inzien dat ik geen keus had gehad, dat ik Rangers pick-up had moeten lenen. Dat was verstandig. En bovendien ging het alleen mezelf aan. Dat je met iemand samenwoonde betekende toch niet dat je de regie over je eigen leven afstond? Ik vertelde Morelli toch ook niet hoe hij zijn werk moest doen? Nou ja, ik bemoeide me er wel eens mee. Maar hij luisterde nooit naar me! Dat was het belangrijkste op dit punt.

Het bezwaar gold niet echt de pick-up. Het bezwaar gold Ranger. Morelli wist dat hij me misschien niet zou kunnen helpen als ik naast Ranger stond terwijl Ranger de wet overtrad. En Morelli had zelf genoeg wilde jaren gekend om de dierlijke kant van Rangers seksuele aantrekkingskracht te begrijpen. Weer een goede reden om niet te dicht bij Ranger te blijven.

Ik liet me op de grond zakken, piepte de pick-up op slot en wandelde naar de voordeur. Ik deed de deur open en Bob kwam aangerend om me te begroeten. Ik sloeg mijn armen om hem heen en kreeg hondenkwijl op mijn broek. Kwijl vond ik niet erg. Het leek me een geringe prijs voor onvoorwaardelijke liefde. En bovendien viel zijn kwijl niet op tussen de grasvlekken en andere vlekken en God mocht weten wat nog meer. Bob snuffelde en deinsde achteruit. Bob was een nette hond.

Morelli bestormde me niet. Hij kwam niet dansend op me af, hij kwijlde niet en straalde evenmin onvoorwaardelijke liefde uit. Morelli hing op de bank en keek naar de Three Stooges op tv. 'Zo,' zei hij toen ik binnenkwam.

'Zo,' antwoordde ik.

'Hoe kom je aan die pick-up?'

'Welke pick-up?'

Hij keek me strak aan.

'O,' zei ik. 'Díe pick-up. Die is van Ranger. Ik mag hem lenen tot ik de Buick terug heb.'

'Heeft dat ding een kenteken?'

'Natuurlijk heeft hij een kenteken.'

Is dat kenteken geregistreerd? was een betere vraag geweest. Ranger beschikt over een schijnbaar onuitputtelijke voorraad zwarte auto's en bestelwagens. De oorsprong van dit wagenpark is onbekend. Het kentekenbewijs is vrijwel altijd aanwezig, maar het is mogelijk dat er in de Batmangrot een omkatruimte is ingericht. Niet dat Ranger of iemand van zijn mannen ooit een auto zou stelen, maar misschien zou er bij aflevering niet echt zijn doorgevraagd.

'Je had mijn SUV kunnen lenen,' zei Morelli.

'Die heb je me niet aangeboden.'

'Omdat ik wou dat je vandaag binnen zou blijven. Eén dag,' zei Morelli. 'Was dat te veel gevraagd?'

'Ik ben vandaag heel lang thuisgebleven.'

'Heel lang is niet de hele dag.'

'En morgen?'

'Het zal hoog oplopen,' zei Morelli. 'Jij gaat tieren over de gelijkberechtiging van de vrouw en persoonlijke vrijheid. En ik ga met mijn armen zwaaien en schreeuwen, want ik ben een Italiaanse diender en dat doen wij nou eenmaal als vrouwen zich onredelijk gedragen.'

'Het gaat niet om de gelijkberechtiging van de vrouw en persoonlijke vrijheid. Het is niet politiek. Het is persoonlijk. Ik wil dat je me steunt in mijn beroepskeuze.'

'Je hebt geen beroep,' zei Morelli. 'Je probeert zelfmoord te plegen. De meeste vrouwen gaan moordenaars en verkrachters uit de weg. Ik heb een vriendin die probeert ze op te sporen. En alsof moordenaars en verkrachters nog niet erg genoeg zijn, heb je nu een bende tegen je in het harnas gejaagd.'

'Die bendemensen zouden eens moeten nadenken. Van de kleinste kleinigheid gaan ze al helemaal over de rooie. Wat denken ze wel niet?'

'Zulke dingen vinden ze leuk,' zei Morelli.

'Misschien moet de politie eens proberen ze een hobby aan te bieden, hout bewerken of zo.'

'Ja, misschien zouden ze dan iets anders gaan doen dan handelen in drugs en moorden, zoals nu.'

'Zijn ze echt zo erg?'

'Ja, ze zijn echt zo erg.'

Morelli zette de tv uit en kwam naar me toe. 'Verdomme, wat heb jij nou?' vroeg hij, kijkend naar mijn spijkerbroek.

'Ik moest achter Robert Banker aan.'

'Wat heb je in je haar?'

'Ik hoop dat het kwijl van een hond is.'

'Ik begrijp het gewoon niet,' zei Morelli. 'Andere vrouwen

zijn tevreden als ze thuis kunnen blijven. Mijn zus blijft thuis. De vrouwen van mijn broers blijven thuis. Mijn moeder blijft thuis. Mijn grootmoeder blijft thuis.'

'Je grootmoeder is geschift.'

'Je hebt gelijk. Mijn grootmoeder telt niet mee.'

'Ik weet zeker dat er een periode in mijn leven zal komen dat ik thuis wil blijven. Maar nu nog niet,' zei ik.

'Dus ik ben mijn tijd vooruit?'

Ik lachte hem toe en gaf hem een kusje op zijn lippen. 'Ja.'

Hij trok me tegen zich aan. 'Je denkt toch niet dat ik ga wachten?'

'Ja.'

'Ik ben niet goed in wachten.'

'Leer dat dan,' zei ik en duwde hem van me af.

Morelli keek me met bijna dichtgeknepen ogen aan. 'Leer dat dan? Versta ik dat goed?'

Nou ja, misschien had het wat hooghartiger geklonken dan ik het had bedoeld. Maar ik had niet zo'n fijne dag achter de rug, ik had een vervelend gevoel over iets dat in mijn haar terecht was gekomen en misschien kwijl was, maar misschien ook niet. Daarmee had ik het gesprek kunnen afsluiten, maar het leek me niet verstandig om terug te krabbelen. En bovendien wilde ik eigenlijk weg uit Morelli's huis.

'Ik blijf niet thuis. Einde discussie.'

'Daar neem ik verdomme geen genoegen mee,' zei Morelli.

'O nee? Dan moet het maar zo,' zei ik. En ik liet hem de vinger zien en liep naar boven.

'Heel volwassen,' zei Morelli. 'Fijn dat je hier lang en breed over hebt nagedacht en de conclusie terugbrengt tot een gebaar.'

'Ik heb er lang en breed over nagedacht en ik heb een plan. Ik ga weg.'

Morelli was achter me aan naar boven gekomen. 'Je gaat weg? Is dat een plan?'

'Het is een tijdelijk plan.' Ik pakte de wasmand en begon er kleren in te stoppen.

'Ik heb ook een plan,' zei Morelli. 'Namelijk dat je blijft.'

'Jouw plan doen we volgende keer.' Ik keerde mijn la met ondergoed in de wasmand om.

'Wat is dit?' vroeg Morelli en viste een lavendelblauwe string uit de wasmand. 'Leuk, zeg. Zullen we dan maar?'

'Nee!' Ik had eigenlijk wel zin, maar het leek niet te passen in het plan.

Ik pakte wat spullen bij elkaar in de badkamer, deed die ook in de wasmand en nam hem mee naar beneden. Toen haalde ik in de keuken de hamsterkooi en zette die op de kleren in de mand.

'Je meent het,' zei Morelli.

'Ik wil niet elke dag beginnen met ruzie over me thuis verstoppen.'

'Je hoeft je niet altijd te blijven verstoppen. Ik wil alleen dat je je een paar dagen gedeisd houdt. En het zou fijn zijn als je de problemen niet blijft opzoeken.'

Ik tilde de mand op en schoof langs hem heen naar de deur. 'Oppervlakkig beschouwd klinkt dat redelijk, maar in werkelijkheid moet ik dan mijn baan opgeven en me verstoppen.'

Ik had de waarheid gesproken. Ik wilde niet elke dag beginnen met ruzie. Maar ik wilde ook niet wakker worden met nog meer geklieder op Joe's huis. Ik wilde niet dat een Slachter het huis zou binnendringen wanneer ik alleen was en onder de douche stond. Ik moest ergens onderdak zien te vinden waar de Slachters me niet zouden zoeken. Niet in Morelli's huis. Niet in het huis van mijn ouders. Niet in mijn eigen flat. Daar zou ik me niet echt veilig voelen. En ik wilde niemand in gevaar brengen. Misschien overdreef ik... maar misschien ook niet.

Daar stond ik dan met stationair draaiende motor op de hoek van Slater en Chambers met een fraaie, decoratieve designwasmand naast me op de bank, vol met alle schone kleren die ik had kunnen vinden, een hamsterkooi vastgegespt op de bank achter me... en geen flauw idee waar ik heen moest.

Ik had tegen Morelli gezegd dat ik naar mijn ouders ging, maar dat was gelogen. In werkelijkheid was ik de deur uit gegaan zonder een flauw idee te hebben van mijn bestemming.

Mijn beste vriendin Mary Lou was getrouwd en had een stoet kinderen. Die had geen plaats. Mijn vriendin Lula woonde in een bezemkast. Die had ook geen plaats.

De zon stond laag en ik voelde me paniekerig. Ik kon in de pick-up slapen, maar daar was geen sanitair. Ik zou naar het Mobil-station op de hoek moeten om naar het toilet te kunnen. En douchen, hoe moest dat? De benzinepomp had geen douche. Hoe moest ik de kwijl uit mijn haar spoelen? En hoe moest het met Rex? Wat een toestand, dacht ik. Mijn hamster is dakloos.

Een opvallende zwarte Lexus SUV kwam over Slater aanrijden. Ik schoof uit het zicht en hield mijn adem in terwijl de Lexus dichterbij kwam. Getint glas onttrok de inzittenden aan mijn blik. Kan best iemand zijn die een ritje maakt, hield ik mezelf voor. Een of ander keurig gezinnetje in een Lexus. Maar ik was bang dat het Slachters waren.

De Lexus stopte voor Morelli's huis. De bas van de geluidsinstallatie dreunde door de straat en bonkte tegen mijn voorruit. Na een lang ogenblik reed de SUV door.

Die zoeken mij, dacht ik. En toen begon ik te huilen. Ik had te veel te verstouwen gekregen en had medelijden met mezelf. Een stel bendeleden wilde wraak op me nemen. De politie had Big Blue. En ik was weg bij Morelli... voor de zoveelste keer.

Rex was uit zijn soepblik gekomen en zat op zijn tredmolentje bijziend zijn nieuwe omgeving op te nemen.

'Moet je mij nou zien,' zei ik tegen Rex. 'Ik zie er niet uit. Ik ben hysterisch. Ik moet een donut hebben.'

Daar werd Rex helemaal enthousiast van. Rex was altijd in de stemming voor een donut.

Ik belde Morelli op mijn mobieltje om hem over de Lexus te vertellen. 'Ik wou het je even laten weten,' zei ik. 'Wees voorzichtig als je naar buiten gaat. En misschien kun je voorlopig beter niet voor het raam gaan staan.'

'Het is ze niet om mij te doen,' zei Morelli.

Ik knikte instemmend in de donkere pick-up en verbrak de verbinding. Ik reed een paar honderd meter over Hamilton en sloeg af naar het autoloket van Dunkin' Donuts. Is dit niet een fantastisch land? Je hoeft niet eens uit te stappen om een donut te halen. Dat kwam goed uit, want ik kon me echt niet vertonen. Ik had grasvlekken en scheuren in mijn kleren en rode ogen van het huilen. Ik kocht een dozijn donuts, parkeerde ergens achteraan en begon te eten. Ik gaf Rex een stukje van een donut met jam en een stukje van een donut met pompoen en kaneel. Pompoen leek me goed voor hem.

Nadat ik de halve zak had leeggegeten, was ik zo misselijk dat Morelli en de bendeleden me niets meer konden schelen. 'Ik heb te veel donuts gegeten,' zei ik tegen Rex. 'Ik moet ergens liggen of een boertje kwijt of zoiets.' Ik keek naar mijn hemd. Flinke jamvlek op mijn ene borst. Perfect.

De motor stond uit en alleen het antidiefstalsysteem knipperde. Ik stak het sleuteltje in het slot en het dashboard begon te stralen als een kerstboom. Ik raakte een knopje aan en het GPS-scherm schoof op zijn plaats. Na een paar seconden kon ik een kaart van mijn omgeving zien. Gaaf. Ik raakte het scherm aan en er verscheen een menu. Een van de commando's was 'terugweg'. Ik raakte het scherm aan en een gele lijn voerde me van Dunkin' Donuts terug naar Morelli's huis.

Eigenlijk reed ik zomaar het parkeerterrein af en volgde de gele lijn. Even later stond ik voor Morelli's huis. Interessant was dat de gele lijn doorliep. Ik bleef de aangegeven route volgen en een paar straten verder raakte ik opgewonden omdat ik wist waar ik heen ging. De lijn voerde naar het politiebureau. En als de route me zou terugvoeren naar het politiebureau, zou hij misschien ook aangeven langs welke weg Tank daarheen was gereden toen hij me de pick-up kwam brengen. Als de computer genoeg informatie vasthield, was er de mogelijkheid dat hij me naar de Batmangrot zou brengen.

6

Ik bereikte het politiebureau en de gele lijn liep inderdaad door. Hij bracht me terug naar de rivier, naar een buurt met gerenoveerde kantoorgebouwen en bedrijven op straatniveau. Nu had ik een nieuw probleem. De gele lijn kon wel eindeloos doorgaan. Hij zou zomaar langs de Batmangrot kunnen voeren zonder dat ik er erg in had. En net toen ik dat dacht, hield de gele lijn op.

Ik bevond me in Haywood Street. Het was een zijstraat met weinig verkeer, twee straten verwijderd van het lawaai en de frustraties van vastrakend spitsverkeer in het centrum. Aan de noordkant van de straat zag ik een rij herenhuizen. Aan de zuidkant stonden kantoorgebouwen. Ik had geen flauw idee hoe het nu verder moest. Bij de herenhuizen was geen garage aangebouwd en in de straat gold een parkeerverbod. Ik reed een blokje om, op zoek naar een parkeermogelijkheid aan de achterzijde. Die was er niet. De centrale locatie was gunstig en de Batmangrot zou best in een van de herenhuizen kunnen zijn, maar ik kon me niet voorstellen dat Ranger zijn pick-up op enige afstand van zijn huis zou parkeren. Ik stond met stationair draaiende motor voor een kantoorgebouw met ondergrondse garage. Ranger zou in die garage kunnen parkeren, maar dan zou hij de straat moeten oversteken om het herenhuis binnen te gaan. Een kleine moeite voor een gewoon mens. Maar het leek me niets voor Ranger. Ranger ging met zijn rug naar de muur zitten. Ranger nam geen enkel risico. De andere mogelijkheden waren minder aantrekkelijk. Ik kon buiten bereik van het systeem zijn geraakt en dan betekende Haywood Street niets. Of Tank had de truck van Ranger genomen en had die in de buurt van de Tankgrot geparkeerd. In de meeste herenhuizen brandde licht. De meeste kantoren waren donker. Het gebouw met de parkeergarage was betrekkelijk smal en zes verdiepingen hoog. De begane grond en de vierde en vijfde verdieping waren verlicht. Ik reed een paar meter achteruit om door de grote glazen dubbele deuren te kunnen kijken. De lobby leek onlangs gerenoveerd. Liftkokers achterin. Receptiebalie opzij. Man in uniform achter de balie.

De twee rijstroken brede toegang tot de parkeergarage leek een zwart hiaat in de voorgevel. Ik reed naar de ingang toe, maar werd tegengehouden door een apparaat dat een pasje wilde hebben. Een zwaar metalen hek versperde de toegang. Ik tuurde in het donker en kon wel juichen. Ik wist vrij zeker dat ik een zwarte Porsche geparkeerd zag staan, met zijn neus naar de achtermuur.

Ik scheen met groot licht, maar door de hoek waaronder de pick-up stond viel er niet veel licht in de garage. Gelukkig beschikte Ranger over een compleet assortiment premiejagerspeelgoed. Ik trok een drieponds Maglite uit een klem in de rugleuning, stapte uit en scheen in de garage. In de achtermuur zag ik een trappenhuis en een lift. Voor de lift waren vier parkeerplaatsen. De eerste twee waren leeg. Rangers Porsche Turbo stond op de derde plaats. Zijn Mercedes was er niet. En ik had de pick-up. Twee zwarte SUV's stonden tegen de zijmuur geparkeerd.

'Het is de Batmangrot,' zei ik tegen Rex, toen ik weer achter het stuur zat.

107

Leuk wel dat ik hem eindelijk had gevonden... maar wat nu? Ranger was de stad uit en ik had nog geen onderdak. Ik staarde naar de donkere garage. Ik had geen onderdak en stond vrijwel zeker voor een gebouw met een ongebruikte flat. Daar mag je zelfs niet aan denken, hield ik mezelf voor. Daarmee teken je je eigen vonnis. De man is fanatiek in het beschermen van zijn privé-sfeer. Hij zal het niet waarderen als hij merkt dat jij in zijn flat hebt ingebroken zoals dat meisje bij de drie beren.

Ik had een apart gedeelte in mijn hersenen waarmee ik stomme plannen bedacht. Toen ik zeven was, had dat me ingegeven dat ik maar eens van het garagedak van mijn ouderlijk huis moest springen om te kijken of ik kon vliegen. Het had me ook aangemoedigd om tjoeketjoek te spelen met Joe Morelli, toen ik nog een klein meisje was. Morelli had dat spelletje bedacht. En het bleek noodzakelijk voor de trein om veel tijd door te brengen onder mijn rok. Nog later gaf het onnozele deel van mijn hersenen me in dat ik met Dicky Orr moest trouwen. Orr was een versierder met gladde praatjes. Nog geen jaar na de bruiloft had zijn versierderskant de overhand gekregen. En daarmee was dat huwelijk voorbij.

Het stomme-plannengedeelte van mijn hersenen hield me nu voor dat ik misschien onopgemerkt binnen zou kunnen komen. Eén nachtje maar, zei het. Doe het voor Rex. Die arme Rex moet ergens de nacht kunnen doorbrengen.

Ik reed achteruit en reed nog een blokje om in de hoop dat het stomme-plannengedeelte zijn snavel zou houden. Jammer genoeg was het nog volop actief toen ik weer voor Rangers gebouw stond. Ik had zijn pick-up. Hij had niet de moeite genomen zijn pistool te verwijderen. Misschien had hij ook zijn pasje laten zitten. Ik keek achter de zonneklep en in het handschoenenvakje. Ik zocht in de portierzakken en dashboardvakken. Ik zocht naar iets dat eruitzag als een plastic creditcard die ik in het apparaat zou kunnen schuiven. Ik reed nogmaals achteruit, reed naar de hoek en parkeerde onder een straatlantaarn om het interieur van de cabine beter te kunnen bekijken. Ik kon het pasje niet vinden.

Ik keek naar het sleuteltje in het slot. Er zat een extra ring aan de sleutelring waaraan twee kleine zwartplastic dingetjes zaten. Het eerste was de afstandsbediening om de pick-up mee te ontgrendelen. Het tweede was ook een soort afstandsbediening. Ik reed een blokje om, parkeerde voor de toegang tot de garage, drukte op een knopje op de tweede afstandsbediening en het hek gleed open.

Stephanie, hield ik mezelf voor, als je verstandig bent, keer je de wagen om zo snel mogelijk weg te rijden. Ja ja. Nu ik eenmaal zover was gekomen, moest ik toch verder op verkenning uit? Dit was verdorie de Batmangrot.

Tegen de zijkant stonden twee SUV's geparkeerd. Dat betekende dat Ranger niet de enige was die deze garage gebruikte. Het zou problematisch kunnen zijn voor Tank of iemand anders van Rangers mannen als Rangers pick-up uit zichzelf thuis was gekomen, dus keerde ik en parkeerde de pick-up een straat verderop. Daarna liep ik terug naar de garage, verschafte mezelf toegang en piepte het hek weer dicht. Ik stapte in de lift en keek naar het knoppenbord. Zes knoppen plus deze garage. Ik wilde niet uitkomen bij de portier op de begane grond, dus drukte ik op de een. De lift steeg op en de deuren schoven open voor een donkere gang die, nam ik aan, naar kantoren leidde. De volgende etages zagen er net zo uit. Nummer vier en vijf sloeg ik over, omdat die verlicht waren en dus waarschijnlijk in gebruik. En de knop naar de zesde deed het niet. De lift kon wel naar beneden, maar niet naar de bovenste etage.

Het penthouse, dacht ik. Het hol van de draak. Daar was een speciale sleutel voor nodig. Uit experimenteerdrift richtte ik de afstandsbediening van de garage op het knoppenbord en drukte op de knop. Geruisloos steeg de lift naar de zesde verdieping en schoof open. Ik kwam uit in een kleine hal met zwarte en witte marmertegels en wanden in gebroken wit. Geen ramen, een nis in een van de muren en een deur recht voor me.

Ik zou graag beweren dat ik hier totaal beheerst onder bleef, maar in werkelijkheid bonkte mijn hart zo heftig dat ik scheel zag. Als die deur openging en Ranger op de drempel zou staan, zou ik dood omkeilen. En stel dat hij een vrouw bij zich had? Wat zou ik dan doen? Dan zou ik niets doen, redeneerde ik, want dan was ik immers dood omgekeild?

Met ingehouden adem richtte ik de afstandsbediening op de deur en de deur ging open. Nu stond ik werkelijk voor een dilemma. Tot op dit ogenblik had ik me niet echt een indringer gevoeld. Ik had Rangers uitvalsbasis ontdekt. Dat stelde nu ook weer niet zoveel voor. Maar zodra ik over de drempel stapte, bevond ik me in Rangers particuliere ruimte, zonder daartoe uitgenodigd te zijn. Officieel was dit inbraak. Het was niet alleen verboden, het was ook onbeleefd.

Het stomme gedeelte van mijn hersenen meldde zich opnieuw. Ja, zei dat stemmetje, maar hoe zit het dan met al die keren dat Ranger in jouw eigen flat is binnengedrongen? Vaak genoeg sliep je dan en dus joeg hij je de stuipen op het lijf. Je kunt je toch zeker niet één keer herinneren dat hij eerst heeft aangebeld?

Misschien één keer, dacht ik. Het leek waarschijnlijk dat hij minstens één keer had aangebeld. Maar hoe ik mijn hersens ook pijnigde, ik kon me die keer niet herinneren. Ranger was als rook onder de deur door naar binnen gewaaid.

Ik haalde diep adem en stapte over de drempel. 'Hallo,' riep ik gedempt. 'Is daar iemand? Joehoe?'

Niets. Niets te horen. In de hal brandde licht, in de kamers niet. Ik stond in een kleine hal, met rechts een antiek kastje tegen de muur. Er lag een dienblad op het kastje dat eruitzag alsof daar sleutels op hoorden, dus liet ik Rangers sleutels erop vallen. Ik drukte op de schakelaar bij de deur en twee identieke lampen in de vorm van kandelaars op het kastje knipperden aan.

Ik zag een toog en daarachter de woonkamer. Keuken en eethoek lagen rechts van de woonkamer, de slaapkamers links. De flat was groter dan de mijne en veel luxueuzer ingericht. Ranger had meubilair. Duur meubilair. Het was een eclectische combinatie van antiek en modern. Veel hout en zwart leer. Marmer in de kleine wc bij de hal.

Ik had moeite me Ranger voor te stellen terwijl hij gekleed in arrestatieteamzwart door deze kamers liep. De flat voelde mannelijk aan, maar deed eerder aan kasjmiertruien en Italiaanse instappers denken dan aan het uniform van de premiejager. Nou goed, misschien een spijkerbroek en laarzen en een kasjmiertrui, maar minder niet. En dan wel een stijlvolle spijkerbroek.

De keuken was raffinement en roestvrij staal. Ik keek in de koelkast. Eieren, magere melk, vier flesjes Corona, een plastic bakje met boerenolijven, en de gebruikelijke sausflesjes. Appels, limoenen en handsinaasappelen in de groentela. Brie en cheddar in het kaasvak. Alle potjes en platen waren smetteloos schoon. Alleen ijsblokjes in het vriesvak. Spartaans, dacht ik. Ik keek in de kastjes. Biologische muesli, een pot honing, een onaangebroken pak crackers, groene thee, een folieverpakking Kona-koffiebonen, een folieverpakking gerookte zalm en een folieverpakking tonijn. Nou zeg. Geen Knapperflakes, geen pindakaas, geen Entenmann-cake. Hoe kon iemand zo leven?

Ik sloop door de woonkamer naar het slaapgedeelte.

Er was een kleine zitkamer met een comfortabele zachte bank en breedbeeldplasma-tv. De slaapkamer was achter een

deur in de woonkamer. Royaal tweepersoonsbed, strak opgemaakt. Vier extra grote kussens in slopen, passend bij de ivoor-
kleurige lakens die met drie smalle bruine biezen waren afgezet. Ze leken allemaal gestreken. Een lichtgewicht donsdekbed
in een bijpassende donkerbruine hoes bedekte het bed. Geen
sprei. Linnenkast aan het voeteneinde. Messing lampen met
zwarte kappen op nachtkastjes. Stoelkussens en gordijnen in
aardekleuren. Heel geserreerd, heel voornaam. Ik weet niet goed
wat ik van Ranger had verwacht, maar niet dit.

Ik begon zelfs te betwijfelen of hij hier wel woonde. Het was
een mooie flat, maar de sfeer was volkomen onpersoonlijk.
Geen foto's in de woonkamer. Geen boek op het nachtkastje bij
het bed.

De grote badkamer en kleedkamer waren naast de slaapkamer. Ik stapte naar binnen en hield even mijn adem in. De ruimte
rook heel licht naar Ranger. Ik ging op verkenning uit en ontdekte dat de geur afkomstig was van de zeep. Net als overal
in de flat heerste hier orde. Keurig opgestapelde handdoeken.
Ivoor en donkerbruin, de kleuren van het linnengoed. Chic. Van
de opwindende gedachte aan die lakens in contact met een
naakte Ranger kreeg ik knikkende knieën.

De dubbele wasbak was brandschoon en gevat in een mar-
meren tafel. Toiletartikelen stonden links uitgestald. Harkje en
elektrisch scheerapparaat lagen rechts. Geen badkuip, maar een
ruime douchecabine van marmer en glas. Witte ochtendjas aan
een haak naast de douche.

In de kleedkamer hingen overal kleren. Een mix van werkkleding en vrijetijdskleding. De werkkleding herkende ik. De
Ranger die vrijetijdskleding droeg was ik nooit tegengekomen.
Alles was keurig opgehangen of opgevouwen. Geen vuile sokken op de vloer. Alles netjes gestreken. Gelukkig geen dames-
ondergoed. Geen anticonceptiepillen of tampons.

Ik kwam tot de conclusie dat er twee mogelijkheden waren. Ofwel Ranger woonde bij zijn moeder, of hij had een huishoudster. Ik zag nergens sporen van een inwonend Cubaans dametje, dus ik hield het op die huishoudster.

'Nou,' zei ik tegen de lege flat, 'niemand zal het toch erg vinden als ik hier vannacht blijf logeren?'

Dat niemand bezwaar maakte, vatte ik als een gunstig teken op. Tien minuten later was ik terug in de flat met Rex en een verschoning. Ik zette Rex in zijn kooi op het aanrecht en gaf hem een stuk appel. Ik at zelf de rest van de appel op en liep naar de huiskamer. Ik liet me op de zachte bank vallen en pakte de afstandsbediening. Futuristisch geval. Geen idee wat ik met al die knopjes moest doen. Geen wonder dat Ranger nooit tv-keek.

Ik gaf het op en liep naar de slaapkamer. Ik was moe en het bed zag er uitnodigend uit, maar het zweet brak me uit bij de gedachte dat ik tussen Rangers lakens zou kruipen.

Zet je eroverheen, hield ik mezelf voor. Hij is er toch niet.

Nee, antwoordde ik mezelf, maar die lakens zijn wel van hem, verdorie. Zijn hoogstpersoonlijke lakens. Ik kauwde wat op mijn onderlip. Aan de andere kant waren ze zichtbaar gewassen en gestreken nadat hij ertussen had geslapen. Dus zo persoonlijk waren ze toch niet?

Probleem twee: ik wilde de lakens niet bevuilen met de smurrie in mijn haar. Dat betekende dat ik Rangers douche zou moeten gebruiken. Douchen betekende dat ik me moest uitkleden. En bij de gedachte aan naakt zijn in Rangers douche brak het koude zweet me uit.

Doe het nou maar gewoon, hield ik mezelf voor. Gedraag je nou eens volwassen. Maar jammer genoeg was het volwassen zijn onderdeel van het probleem. Ik reageerde érg volwassen op het idee van naakt zijn in die douche. Een moeilijke combinatie van wellust en acute schaamte. Ik verbood mezelf me daar iets van aan te trekken. Ik kneep mijn ogen stijf dicht en trok mijn kleren uit. Ik deed mijn ogen open, draaide aan de kranen en stapte onder de straal. Nou even serieus. Concentreer je. Die troep uit je haar. Niet teuten.

Halverwege het inzepen met Rangers doucheschuim kon ik nauwelijks meer overeind blijven. De geur leek om me heen te wolken. Warm en glibberig van het doucheschuim werd ik omringd door de Essentie van Ranger. Een kwelling. Iets verrukkelijks. Ik leefde in een natte droom. Jakkes! Als ik weer eens bij Ranger ging logeren, zou ik mijn eigen zeep meenemen.

Ik masseerde verwoed mijn haar, stapte haastig onder de douche vandaan en droogde me af. Ja, dit waren de handdoeken van Ranger en God mocht weten waarmee ze nog meer in contact waren gekomen, dus hou daar nou over op! Dat laatste was niet echt een stille verzuchting. Dat laatste was meer een gesmoorde gil van paniek.

Ik trok een slipje en T-shirt aan en liep vastberaden naar de slaapkamer. Ik schoof onder het dek. Ik deed mijn ogen dicht en kreunde. Het was hemels. Alsof je op een haarfijn geweven wolk de zevende hemel binnenzweefde. Het toppunt van luxe, met alleen een onrustig gevoel van dreigend onheil.

Het was nog donker in de kamer toen ik de volgende ochtend wakker werd. Overal in de flat waren de gordijnen dicht en ik was niet van plan ze open te doen. Ik maakte mijn aanwezigheid liever niet bekend. Ik liet me uit bed rollen en liep meteen door naar de douche. De dag was aangebroken. Ik voelde me veel moediger. En God sta me bij, ik verheugde me zelfs op Rangers douche. Ik was een doucheschuimslet!

Na de douche ontbeet ik met een sinaasappel en wat muesli. 'Ik ben de nacht doorgekomen en ik heb de douche overleefd,' zei ik tegen Rex, terwijl ik hem een partje sinaasappel aanbood en wat muesli in zijn voerbakje liet vallen. 'Ik weet niet waarom ik me zoveel zorgen maakte. Waarschijnlijk vindt Ranger het helemaal niet erg dat ik hier ben. Hij heeft immers ook in mijn bed geslapen en mijn douche gebruikt. Natuurlijk was ik daar zelf bij. Maar wat een man mag, mag een vrouw toch ook?' Het was lekker rustig in de flat en ik voelde me steeds minder een indringer. 'Het lijkt eigenlijk wel op bij Morelli wonen,' hield ik Rex voor. 'Daar was ik te gast en hier ook.' Het feit dat Ranger niet wist dat ik hier te gast was leek steeds meer bijzaak. 'Maak je geen zorgen,' zei ik. 'Ik maak wel dat ik mijn flat terugkrijg. Ik hoef alleen maar iets voor Valerie te vinden. En ik hoop dat het probleem met de Slachters vanzelf overgaat.'

Ik verwachtte Ranger niet gauw terug, maar ik schreef toch een briefje om alles uit te leggen en zette dat tegen de kooi van Rex aan. Ik trok Rangers voordeur achter me dicht en deed hem op slot met de afstandsbediening. Daarna nam ik de trap en bleef een paar keer staan om te luisteren of ik iemand hoorde, gespitst op het geluid van een branddeur boven of onder me.

Ik deed de garagedeur op een kier open om te kijken. Rangers beide auto's stonden er nog. De SUV's hadden zich in de nacht gekloond. Er stonden er nu vier naast elkaar. Er liepen geen mensen rond, dus haastte ik me de deur open te doen en draafde over de stoep naar de pick-up.

Ik hees mezelf op de zitting achter het stuur, deed de portieren om me heen op slot en bleef een ogenblik in stilte de heerlijke geur opsnuiven van leren bekleding en Ranger.

Ik rook aan mijn arm en kreunde. De Rangergeur kwam van mezelf. Hij had me zijn pick-up aangeboden en ik had in zijn huis de nacht doorgebracht. Ik had in zijn bed geslapen en met zijn doucheschuim gedoucht. Ik kon me niet voorstellen wat er zou gebeuren als hij erachter kwam.

Ranger vertoonde zelden emotie. Hij was meer een man van actie... iemand die mensen tegen muren smeet of uit het raam gooide, zonder een druppel zweet en zonder een spier te vertrekken. Nu heb je me kwaad gekregen, zei hij dan bedaard. En dan vlogen er lijven door de lucht. Het waren altijd de lijven van etterbakken die heel foute dingen hadden gedaan, dus het geweld was niet geheel ongerechtvaardigd. Toch was het een angstaanjagend en indrukwekkend gezicht.

Ik dacht niet dat Ranger me tegen een muur zou smakken of uit het raam gooien. Mijn grootste angst was dat er een eind zou komen aan onze vriendschap. En er was ook een kleine angst dat de vereffening een seksuele vorm zou aannemen. Ranger zou zich nooit opdringen. Maar het probleem was dat ik Ranger van dichtbij weinig kon weigeren. Ranger kon heel sterk aanwezig zijn.

Goed, wat stond me nu te doen? Harold Pancek was de enige die ik nog niet had opgebracht. Ik moest iets doen om Harold Pancek te vinden. Waarschijnlijk moest ik ook weer even bij Carol Cantell langs. De Slachtersbuurt moest ik absoluut links laten liggen. En ik moest onderdak zien te vinden voor Valerie.

Een telefoontje naar Morelli was het eerst aan de orde.

'Hoi,' zei ik toen hij opnam. 'Ik wou alleen even vragen of het goed met je is.'

'Waar ben je?'

'In de pick-up, onderweg naar mijn werk. Is er nog nieuwe schade aangericht door de Slachters?'

'Nee. Het is hier stil gebleven... na je vertrek. Hoe zit het, kom je nog terug?'

'Nee. Nooit meer.'

We wisten allebei dat dat een grote leugen was. Ik kwam altijd terug.

'In de nabije toekomst moesten we maar eens volwassen worden,' zei Morelli.

'Ja,' zei ik, 'maar daar moesten we maar niet te veel haast achter zetten.'

'Ik overweeg Joyce Barnhardt mee uit te vragen.'

Joyce Barnhardt, een zeer lage levensvorm, was mijn aartsvijandin. 'Dat zou beslist een stap achteruit zijn op de weg naar volwassenheid,' zei ik.

Morelli gnuifde en hing op.

Een halfuur later was ik op kantoor, waar Connie en Lula hun neus tegen de ruit drukten.

'Dat vervoermiddel langs de stoeprand lijkt sterk op Rangers eigen pick-up,' zei Lula.

'Geleend,' zei ik.

'Ja, maar hij is toch van Ranger?'

'Ja, hij is van Ranger.'

'Nounou,' zei Connie.

'Zonder tegenprestatie,' zei ik met nadruk.

Lula en Connie keken elkaar grijnzend aan. Zonder tegenprestatie bestond niet.

Ze zouden tegen het plafond gaan als ze hoorden van de Batmangrot. Ik had zelf de grootste moeite niet tegen het plafond te gaan bij de gedachte aan de Batmangrot.

'Vandaag is het Harold Pancek-dag,' zei ik.

'Die dombo,' zei Connie. 'Ik heb eens rondgevraagd. Hij werkt bij het megacomplex. Verschijnt elke dag om twee uur en werkt door tot tien uur. Als je hem niet thuis treft, kun je hem op zijn werk vinden.'

'Heb je geprobeerd hem te bellen?'

'Ik heb hem één keer aan de lijn gekregen en toen zei hij dat hij langs zou komen. Dat heeft hij niet gedaan. Als ik nu bel, krijg ik het antwoordapparaat.'

'Laten we vanavond maar naar het megacomplex gaan,' zei Lula. 'Er draait een film die ik wil zien. Het is die film waarin de wereld wordt opgeblazen en er alleen mutanten overblijven. Ik heb de aankondiging op tv gezien en een van die mutanten is een plezier om naar te kijken. We kunnen naar de film gaan en na afloop Harold te grazen nemen.' Ze bladerde in de krant op Connies bureau, op zoek naar de bioscoopladder. 'Hier staat hij. De film begint om half acht.'

Strak plan, vond ik. Dan hield ik de hele dag vrij om een huis voor Valerie te vinden. En mijn avondbesteding was ook geregeld. Ik hoefde pas terug naar Rangers flat wanneer er weinig of geen verkeer zou zijn. Bovendien had ik de aankondiging gezien waar Lula het over had en die mutant was inderdaad een plezier om naar te kijken.

'Okidoki,' zei ik. 'We gaan vanavond. Ik kom je om half zeven halen.'

'Je komt toch met de Batmanwagen?'

'Ik heb niets anders.'

'Ik wed dat je er een kick van krijgt als je erin zit,' zei Lula. 'Ik kan haast niet wachten. Ik wil ook even achter het stuur. Ik wed dat je je een echte macho voelt achter het stuur.'

Ik kreeg meer het gevoel alsof ik een slip van iemand anders droeg. Omdat het Rangers slip was (bij wijze van spreken), was het geen onaangenaam gevoel.

'Wat ga je vandaag verder doen?' vroeg Connie.

Ik pakte Connies krant om naar het huizenaanbod te kijken. 'Ik ga een huis voor Valerie zoeken. Ze maakt niet veel aanstalten om het mijne terug te geven, dus ik wou haar helpen.'

'Ik dacht dat je tegenwoordig onder de pannen was bij Morelli,' zei Lula. 'O jee, een slang in het paradijs?'

Ik begon huurhuizen aan te kruisen. 'Geen slang. Ik wil alleen mijn eigen huis terug.'

Ik concentreerde me op de krant, zonder op te kijken, want ik wilde de reactie van Connie en Lula niet zien.

Toen ik klaar was, vouwde ik de pagina op en stopte hem in mijn schoudertas. 'Ik neem je achterpagina mee,' zei ik tegen Connie. 'En er is geen slang.'

'Hmf,' zei Lula. Ze boog zich naar me toe om aan me te ruiken. 'Wat ruik jij verdomd lekker, zeg. Je ruikt precies als Ranger.'

'Komt zeker van de wagen,' zei ik.

Ik was net de deur uit toen mijn mobieltje ging.

'Met je moeder,' zei mijn moeder. Alsof ik haar stem niet zou herkennen. 'Iedereen is hier en we vroegen ons af of je even langs kunt komen om naar kleuren voor de jurken te kijken. We hebben al een keus gemaakt, maar jij moet ze toch ook even zien.'

'Iedereen is er?'

'Valerie en de bruidsadviseur.'

'De bruidsadviseur? Bedoel je Sally?'

'Ik had er geen idee van dat hij zo veel wist over stoffen en het kiezen van accessoires,' zei mijn moeder.

Toen ik achter de grote gele schoolbus voor het huis van mijn ouders parkeerde stond oma Mazur me bij de deur op te wachten.

'Dat is pas een wagen,' zei ze met een goedkeurende blik op Rangers Ford. 'Zo'n wagen zou ik ook wel willen hebben. Ik wed dat er leren bekleding in zit en alles.' Ze boog zich naar me toe om te ruiken. 'En wat ruik je lekker. Heb je een nieuw parfum?'

'Het is zeep. En het blijft lang hangen.'

'Het ruikt wel... sexy.'

Zo mocht ik het horen. Ik was verliefd op mezelf.

'Ze zijn allemaal in de keuken,' zei oma. 'Als je wilt zitten, moet ik een stoel uit de eetkamer halen.'

'Hoeft niet,' zei ik. 'Ik kan niet lang blijven.'

119

Mijn moeder, Valerie en Sally dronken koffie aan de keukentafel. Er lagen lapjes rond de cake en Valerie had uit tijdschriften gescheurde pagina's voor zich liggen.

'Ga zitten,' zei mijn moeder. 'Pak een stoel.'

'Geen tijd. Moet nog van alles doen.'

Sally gaf me een van de pagina's. 'Op deze foto staan de jurken van de bruidsmeisjes. Jouw jurk wordt net zo, maar dan in
een andere kleur. Ik denk nog steeds hard over pompoen.'

'Goed hoor,' zei ik. 'Pompoen wordt vast prachtig.' Het liet
me inmiddels volslagen koud. Ik wilde de pret niet bederven,
maar ik had wel andere dingen aan mijn hoofd.

'Wat moet je dan allemaal doen?' wilde oma weten.

'Premiejagerdingen.'

Mijn moeder sloeg een kruis.

'Jullie moeten Stephanies nieuwe wagen zien,' zei oma Mazur. 'Het lijkt wel de wagen waar de duivel zelf in zou rijden.'

Daar keek iedereen van op.

'Ik heb hem van Ranger geleend,' zei ik. 'Er waren wat problemen met de Buick en ik heb nog niets van de verzekering
terug voor de Escape.'

Mijn moeder sloeg weer een kruis.

'Wat steekt er uit je tas?' vroeg oma. 'Vraag en aanbod, lijkt
het wel. Ga je shoppen voor een wagen? Dan kan ik wel mee.
Dat vind ik wel leuk, shoppen voor een wagen.'

'Ik ga vandaag niet naar een wagen kijken. Val heeft het te
druk met de baby om een flat te zoeken, dus ik wou haar helpen. Ik heb een paar adressen in de krant gezien die me interessant leken.'

Valerie trok de krant uit mijn tas. 'Meen je dat nou? Goh, wat
aardig van je. Is er iets leuks bij?'

Mijn moeder haastte zich naar haar toe om met Valerie de
krant te bekijken.

'Wat dacht je van dat huurhuis? Het is in de Wijk. Dat zou ideaal zijn,' zei mijn moeder. 'Dan hoeven de meisjes niet naar een andere school.' Ze keek me aan. 'Heb je al gebeld? Weet je waar het is?'

'Ik heb op weg hierheen gebeld. Het is een dubbel woonhuis in Moffit Street. Het huis naast Gino's Tomatenpaleis. De eigenares daarvan woont in de andere helft. Ik heb gezegd dat ik vanmorgen langs zou komen.'

'Dat huis ken ik,' zei oma. 'Heel aardig huis. Vroeger was het van Lois Krishewitz. Ze heeft het twee jaar geleden verkocht toen ze haar heup had gebroken en naar een aanleunwoning moest.'

Valerie stond al. 'Even wat spullen bij elkaar pakken voor de baby, dan kunnen we meteen gaan kijken. We wilden eigenlijk een huis kopen, maar we krijgen de aanbetaling niet bij elkaar. Hier zouden we voorlopig mee gered zijn.'

'Ik ga mijn tas pakken,' zei mijn moeder.

'Ik ga ook mee,' zei Sally.

'Ik ook,' zei oma.

'We kunnen mijn bus nemen,' zei Sally. 'Dan hebben we meer ruimte.'

'Dit wordt echt cool,' zei oma terwijl ze naar de deur liep. 'Net de Partridges. Weten jullie nog dat zij in een bus rondreden?'

Geen paniek, hield ik mezelf voor. We gaan alleen een eindje rijden. Als je je op de bank zo klein mogelijk maakt, ziet niemand je.

Valerie hing de baby in een draagtas op haar rug en schoof een grote patchworktas met luiers over haar schouder. 'Waar is mijn handtas?' vroeg ze. 'Ik kan niet weg zonder mijn handtas.'

Oma gaf Valerie haar handtas. En Val hing haar grote handtas over haar andere schouder.

'Tjees, Val,' zei ik. 'Laat mij ook wat dragen.'

'Dank je, maar dat hoeft niet,' zei ze. 'Zo ben ik in evenwicht. Ik doe dit zo vaak.'

Het is niet cynisch bedoeld, maar als Val ooit snel geld nodig had, zou ze zich waarschijnlijk wel kunnen verhuren als pakezel. Ze zou een collega kunnen worden van die ezeltjes waarmee mensen de Grand Canyon in trekken.

'Ik heb mijn chequeboekje bij me,' zei mijn moeder terwijl ze de deur achter ons dichttrok. 'Voor het geval het huis ons bevalt.'

Valerie deinde het stoepje af.

'Ik wil voorin zitten,' zei oma, die achter haar aan dribbelde. 'Ik wil niets missen.'

Het was een frisse ochtend met een helderblauwe lucht en Sally's grote gouden oorring flonkerde in de zon toen hij achter het stuur ging zitten. Hij droeg een T-shirt met Buzz Lightyear erop, zijn gebruikelijke afgetrapte gympen en de spijkerbroek met scheuren. Hij had een halsketting met een haaientand eraan en een nog volumineuzer kapsel dan de vorige keer dat ik hem had gezien. Hij zette een lolitazonnebril met hartvormige glazen op zijn grote haakneus en startte de bus.

'Op de hoek afslaan,' instrueerde oma, 'dan twee zijstraten verderop rechtsaf.'

Sally nam de bocht te ruim, zodat oma van de bank af gleed en op de vloer belandde.

'Fuck,' zei Sally die oma zag zitten. Pets, zei het elastiek.

'Maak je over mij maar geen zorgen,' zei oma en krabbelde overeind. 'Ik had eraan moeten denken dat je je moet vasthouden. Ik snap niet hoe die kindertjes het doen. De banken zijn zo glad.'

'De kindertjes schuiven kriskras door die klotebus,' zei Sally. 'O shit.' Pets, pets.

'Ik geloof dat je een terugval hebt,' zei oma tegen Sally. 'Een tijdje is het heel goed gegaan.'

'Het kost concentratie,' zei Sally. 'Het is moeilijk om iets af te leren waaraan ik jaren heb gewerkt.'

'Dat begrijp ik,' zei oma. 'En het is ook moeilijk iets af te leren waar je zo goed in bent.'

'Ja, maar het is voor een goed doel,' zei Sally. 'Het is voor de kindertjes.'

Sally schoof de bus tegen de stoeprand voor het huurhuis en opende met een hydraulische zucht de deur. 'We zijn er,' zei hij. 'Allemaal uitstappen.'

Ik volgde mijn moeder en oma, en Valerie met haar baby en Sally, die haastig naar de voordeur liepen.

Mijn moeder klopte aan bij de eigenares en iedereen werd even stil. Mijn moeder klopte nog een keer, maar er kwam geen reactie.

'Wat gek,' zei oma. 'Ik dacht dat ze thuis zou zijn.'

Sally drukte zijn oor tegen de deur. 'Ik geloof dat ik binnen iemand hoor ademhalen.'

Waarschijnlijk lag ze op de vloer met een hartaanval. Een horde gekken was net uit een schoolbus gestapt om bij haar aan te kloppen.

'Doe eens open als je binnen bent,' riep oma. 'We hebben er een premiejager bij.'

De deur werd op een kier opengedaan, op de ketting. 'Edna? Ben jij het?' vroeg de vrouw.

Oma Mazur tuurde naar de ogen in de deuropening. 'Ja hoor, ik ben het,' zei ze. 'Wie ben jij?'

'Esther Hamish. Ik zit altijd naast je bij de bingo.'

'Esther Hamish!' zei oma. 'Ik wist niet dat jij dit huis had gekocht.'

'Zeker wel,' zei Esther. 'Ik had nog wat geld in een ouwe sok van Harry's verzekeringspolis. God zegene hem, hij ruste in vrede.'

'Nou, we komen voor het huurhuis,' zei oma tegen Esther. 'Dit is mijn kleindochter. Zij wil ergens wonen.'

'Wat aardig,' zei Esther. 'Ik zal even de sleutel pakken. Ik heb nog nooit een schoolbus voor mijn huis zien staan.'

'Ja,' zei oma, 'het is voor ons ook nieuw, maar het begint te wennen. Ik vind het zo leuk dat hij zo vrolijk geel is. Echt een stimulerende kleur. Het probleem is dat hij zoveel ruimte inneemt op straat, zodat je niets meer ziet. Maar het zou natuurlijk erger kunnen. Stel dat je uitzicht wordt geblokkeerd door zo'n grote bestelwagen waarin buitenaardse wezens worden rondgereden. Ik hoorde het nieuws op de radio en daarin hadden ze het erover dat er gisteren een stel buitenaardse wezens dood is aangetroffen die oververhit waren geraakt in zo'n bestelbus. Je moet er toch niet aan denken. Die arme wezens maken een lange reis door de ruimte om bij ons te komen, door al die lichtjaren en melkwegstelsels, en dan gaan ze dood door oververhitting in een bestelwagen.'

'Het is toch wat,' zei Esther.

'Ik ben nog blij dat het niet voor mijn huis is gebeurd,' zei oma. 'Ik zou het vreselijk vinden als ik E.T. dood in een bestelwagen zag liggen.'

7

Het huurhuis van Esther Hamish leek sterk op het huis van mijn ouders. Huiskamer, eetkamer, keuken beneden. Drie kleine slaapkamers en de badkamer boven. Smalle achtertuin. Piep-klein tuintje aan de voorkant. Achter het huis een vrijstaande garage voor twee auto's.

Het interieur was schoon maar vermoeid. De badkamer en keuken waren bruikbaar maar gedateerd. Net als in het huis van mijn ouders. En het was duidelijk dat er in het huis werd ge-woond.

'Wanneer komt het vrij?' vroeg Valerie.

'Over twee weken,' zei Esther. 'Er woont nu een jong gezin in dat net een huis heeft gekocht. Over twee weken is de verhui-zing.'

'Wacht even,' zei ik. 'In de krant stond onmiddellijk te aan-vaarden.'

'Over twee weken is vrijwel onmiddellijk,' zei Esther. 'Als je eenmaal mijn leeftijd hebt, is twee weken niets.'

Twee weken. Dat overleef ik niet! Valerie moet nu mijn flat uit.

Valerie richtte zich tot mijn moeder. 'Wat vind je?'

'Geknipt,' zei mijn moeder.

Esther keek naar Sally. 'Bent u de schoonzoon?'

'Nee hoor,' zei Sally. 'Ik ben de buschauffeur en de adviseur van de bruid.'

'De schoonzoon is advocaat,' zei mijn moeder trots.

Daar zag Esther wel wat in.

'Doe het maar,' zei oma tegen Valerie.

'Ja,' zei Sally, 'doe het maar.'

'Goed,' zei Valerie. 'Ik doe het.'

Tja, zo gaat het nou altijd: er is goed nieuws en er is slecht nieuws. Het goede nieuws is dat ik mijn flat terugkrijg, het slechte nieuws is dat het akelig lang gaat duren.

'Ik moet een donut hebben,' zei ik voor me heen.

'Wat een goed idee,' zei oma. 'Ik heb best zin in een donut.'

'Op naar de bus,' zei Sally. 'We gaan allemaal donuts halen.'

Vijf minuten later stond Sally voor de fijnbakkerij. De deuren zoefden open en we hobbelden allemaal naar binnen om donuts te kopen om het te vieren. Oma koos er twee uit, mijn moeder koos er twee, Valerie nam er twee, en Sally nam er twee. En ik nam er twaalf. Ik zei dat ze voor kantoor waren, maar als de dag zo verderging, zou ik ze hoogstwaarschijnlijk allemaal zelf naar binnen werken.

Renee Platt stond achter de toonbank. 'Wauw, wat dapper van je om het op te nemen tegen de Slachters,' zei ze tegen mij. 'Dat zou ik nooit durven.'

'Wie zijn de Slachters?' wilde mijn moeder weten.

'Zomaar mensen,' zei ik tegen haar. 'En ik heb het niet tegen ze opgenomen.'

'Ik hoor dat je met een tank hun wijk in bent gereden en er een heel stel hebt overreden,' zei Renee. 'Onder wie de leider. En ik hoor dat jij de enige bent die de Rode Duivel kan herkennen. En dat je een eed in bloed hebt afgelegd om hem te pakken te krijgen.'

'God nog aan toe,' zei ik. 'Hoe kom je daar nou bij?'

'Dat weet iedereen,' zei Renee. 'De hele stad praat erover.'

Mijn moeder sloeg een kruis en at haar beide donuts achter elkaar op.

'Het is ons Hongaarse bloed,' zei oma. 'Wij staan ons mannetje. Wij komen uit een oud geslacht van deserteurs en drinkers met een kwade dronk.'

'Misschien moesten we maar eens op huis aan,' zei ik. Aan mijn moeder te zien hadden de twee donuts niet geholpen. Mijn moeder had haar lippen zo stijf op elkaar geklemd dat haar gezicht blauw aanliep. Ik was een bezoeking voor mijn moeder.

We wandelden terug naar de bus en gingen weer zitten. 'Laat het me weten als je hulp nodig hebt om de Slachters uit te schakelen,' zei oma tegen mij. 'Ik weet niet wie het zijn, maar ik wed dat ik wel een paar Slachters aankan.'

'Het is een bende,' zei Sally. 'Hele nare jongens. Ik moet op mijn route door hun wijk om een paar kindertjes op te pikken, en het lijkt wel oorlogsgebied. Ze hebben schildwachten op de hoeken van de straat staan en soldaten die patrouille lopen. En ik weet niet hoe het komt, maar die jongens lachen nooit. Ze staan daar maar te staren, als zombies.'

'Wat doen ze dan?' wilde oma weten.

'Ze doen stoer,' zei Sally. 'En ze hebben het grootste deel van de drugshandel in handen. En ze moorden elkaar uit.'

'Waar moet het in de wereld naartoe,' zei oma. 'Vroeger deed de maffia dat. Wat blijft er dan over voor de maffia? Geen wonder dat Lou Raguzzi er zo slecht uitziet. Die zag ik laatst bij Stiva en zijn schoenen waren helemaal kaal. Waarschijnlijk had hij geen geld om nieuwe te kopen.'

'Met Lou gaat het helemaal niet slecht,' zei mijn moeder. 'Er loopt een FIOD-onderzoek tegen hem. Die schoenen heeft hij juist opgeduikeld om er niet al te succesvol uit te zien.'

Iedereen sloeg een kruis bij de gedachte aan de FIOD. Straat-

bendes en de maffia verbleekten bij de dreiging van de fiscus.
'Ik moet er weer eens vandoor,' zei Sally toen hij voor het
huis van mijn ouders stilhield. 'Ik moet naar de andere kant van
de stad om de kindertjes terug te brengen.'
'Bedankt voor de rit,' zei oma op het trapje. 'Misschien zie ik
je vanavond nog. Er is een mooi laatste afscheid bij Stiva. Char-
ley Whitehead ligt opgebaard en dus komen de Knights of Co-
lumbus. Die weten er altijd iets bijzonders van te maken. Dat is
de beste loge.'
Ik pakte Valeries luiertas, mijn moeder pakte Valeries handtas en we liepen allemaal achter oma aan naar de voordeur.
'Ik moet ook weg,' zei ik en zette de luiertas in de gang neer.
'Het was aardig van je om je zuster te helpen een huis te vinden,' zei mijn moeder tegen mij.
Ik hees mijn eigen tas over mijn schouder. 'Dank je, maar het
was puur egoïstisch.'
'Het zou egoïstisch zijn geweest om haar uit de flat te zetten.
Het was aardig van je om een huis voor haar te zoeken.'
Ik pakte mijn zak donuts, riep een afscheidsgroet en ging
naar buiten. Ik klom in Rangers pick-up en bleef even zitten om
tot bedaren te komen. Ik kon wel inpakken als dat gerucht de
Slachters bereikte. De Slachters zouden het niet waarderen om
aangereden en opgejaagd te worden door een vrouwelijke bleek-
scheet. Dat was niet iets waarmee je in bendeland prestige ver-
wierf. Ik kan er nu niet veel meer aan doen, dacht ik. Ik kan het
beste uit de buurt blijven en niet opvallen. Als ik geluk had,
zouden de Slachters het te druk hebben met drugs verkopen en
op elkaar schieten om zich om mij te bekommeren.
Ik startte, reed de straat uit, sloeg af en ging naar Joe's huis.
Even controleren. Ik wilde met eigen ogen zien dat het huis
er nog stond en niet verder was aangetast. Ik mocht dan het huis
uit zijn gegaan, een band was er nog wel. Net zoals ik nog

steeds een band had met Morelli. Ik had het zo vaak uitgemaakt met hem dat het normaal begon te lijken. Ik wist niet eens of we het wel hadden uitgemaakt. Het leek eerder een reorganisatie.

Morelli's straat was zo goed als uitgestorven, op een bestelbusje na dat voor Morelli's huis stond. Het busje was van Joe's neef Mooch. Mooch schilderde Joe's voordeur knalrood, over de graffiti heen. De graffiti op de stoep stonden er nog, maar zo te zien was er niets nieuws aan toegevoegd. Ik minderde vaart, maar reed door. Mooch keek niet op van zijn werk en ik riep hem niet toe.

De volgende bestemming was Carol Cantell. Ik hoefde niet elke dag bij haar langs, maar ik was gehecht geraakt aan Carol. Iemand die een chipstruck had overvallen en daarna het bewijsmateriaal had opgegeten, die moest je toch wel aardig vinden?

Ik parkeerde voor Carols huis en liep naar de voordeur. Carols zuster Cindy deed open nog voordat ik had aangebeld.

'We zaten in de voorkamer en ik zag je aankomen,' zei Cindy. 'Wat is er?'

Ik keek om Cindy heen naar Carol. 'Ik kom gewoon voor de gezelligheid,' zei ik. 'Vragen of alles in orde is.'

'Ik voel me een stuk beter,' zei Carol. 'Ik denk dat ik van mijn chipsverslaving af ben.'

Cindy boog zich naar me toe. 'Wat ruik je lekker,' zei ze. 'Je ruikt naar... ik weet het niet precies. Een beetje anders dan parfum.'

'Het is badschuim,' zei ik. 'Geleend van een vriend.'

Carol kwam naar me toe om aan me te ruiken. 'Is hij getrouwd?'

'Nee.'

'Zou hij getrouwd willen zijn?'

De vraag bleef me bij toen ik de straat uit reed. Ik had geen flauw idee van het antwoord. Ik werkte met Ranger samen, ik reed in zijn pick-up en ik woonde in zijn flat, maar ik wist vrijwel niets van hem af. Een paar dingen. Hij was heel jong getrouwd geweest en hij had een dochtertje in Florida. Hij was van de universiteit gegaan om bij het leger te gaan. In het leger was hij commando geworden. Meer wist ik eigenlijk niet. Hij sprak zijn gedachten nooit uit. Hij toonde zelden emotie. Hij lachte af en toe. Zijn flat zei weinig over hem. Hij had een goede smaak wat betreft meubels, een voorkeur voor aardse kleren en een geweldige smaak wat zeep betreft.

Het was tussen de middag; ik had geen flauw idee wat ik zou doen, dus parkeerde ik bij de supermarkt en at twee donuts op. Terwijl ik een klodder banketbakkersroom van mijn overhemd schraapte ging mijn telefoon.

'Waar ben je?' wilde Morelli weten.

'Op het parkeerterrein achter de supermarkt. Ik zit te lunchen.'

'Heb je de geruchten gehoord?'

'Er zijn zo veel geruchten. Welke bedoel je?'

Morelli zuchtte geërgerd.

'O,' zei ik. 'Díe geruchten. Ja, die heb ik gehoord.'

'Wat dacht je daaraan te doen?'

'Ik ben min of meer ondergedoken.'

'Je moest maar liever helemaal onderduiken, want ik leg je huisarrest op als ik je vind.'

'Waar word ik dan van beschuldigd?'

'Levensgevaarlijk gedrag waar ik gek van word. Waar ben je ondergedoken? Je logeert niet bij je ouders. Dat heb ik nagevraagd.'

'Ik logeer bij een kennis.'

'Is dat veilig?'

'Ja.' Afgezien van die kennis.

'Ik zou minder bezorgd zijn als je banger klonk,' zei Morelli. 'Die lui zijn geschift. Ze zijn onvoorspelbaar en onlogisch. Ze hebben heel andere normen dan wij.'

Morelli hing op en nu zuchtte ik zelf van ergernis. Ik deed juist mijn uiterste best om niet bang te zijn.

Ik besloot maar boodschappen te gaan doen nu ik hier toch was, dus sloot ik de pick-up af en kuierde naar de ingang. Ik kocht een pak Frosties, een soppig zacht witbrood, een pot pindakaas (het juiste merk, gevriesdroogd en stampvol transvetten en suiker) en een pot doodordinaire olijven.

Ik liep met mijn karretje langs het maandverband toen mevrouw Zuch me ontdekte.

'Stephanie Plum!' zei ze. 'Eeuwen geleden dat ik jou heb gezien. Je oma zie ik zo vaak, en van haar hoor ik precies wat je allemaal uithaalt.'

'Wat oma ook heeft gezegd, er klopt niets van.'

'En die toestand met de Slachters...'

'Dat is zéker niet waar.'

'Iedereen heeft het erover. Hoe je ze in je eentje hebt uitgeschakeld. Wat erg van die huurmoordenaar.'

'Huurmoordenaar?'

'Je weet wel, dat ze een huurmoordenaar hebben ingeschakeld. Ik heb gehoord dat ze iemand uit Californië laten overkomen. Het verbaast me dat je hier zomaar rondloopt. Zo te zien draag je niet eens een kogelvrij vest of zo.'

Dat kon ze niet menen. 'Allemaal geruchten,' zei ik. 'Allemaal niet waar.'

'Ik begrijp het wel,' zei mevrouw Zuch. 'En ik vind het bewonderenswaardig dat je zo dapper en bescheiden bent. Maar als het mij overkwam, zou ik een vest dragen.'

'Ik denk niet dat de Slachters veel tijd doorbrengen met boodschappen doen.'

131

'Daar heb je misschien gelijk in,' zei mevrouw Zuch. 'Maar ik loop voor de zekerheid toch maar door.'

En mevrouw Zuch haastte zich de onderlinge afstand te vergroten.

Ik moest me inhouden om niet tersluiks over mijn schouder te kijken terwijl ik mijn kar naar de kassa duwde.

Mijn telefoon ging toen ik weer in de pick-up zat.

'Wat hoor ik over een huurmoordenaar?' wilde Connie weten. 'Heb je Joe al gesproken?'

'Jawel, maar hij zei niets over een huurmoordenaar.'

'Vinnie heeft net borg gestort voor een jongen uit de Slachtersbuurt, en die jongen had de mond vol van hoe ze jou te grazen gaan nemen.'

Ik belde Morelli en haalde een paar keer diep adem onder het wachten.

'Ja?' zei Morelli.

'Met mij. Weet je nog dat je vroeg of ik de geruchten had gehoord? Welke geruchten bedoelde je precies?'

'Het gerucht over je dure eed de wereld te verlossen van de Slachters. Het gerucht over je getuigenverklaring over de Rode Duivel. O ja, en het gerucht over een huurmoordenaar. Dat vind ik het belangrijkst.'

'Ik heb gehoord over een huurmoordenaar. Is het waar?'

'Geen idee. We trekken het na. Ben je nog op de parkeerplaats achter de supermarkt?'

Ik schrok een beetje. Hij zou toch niet echt proberen me in zijn huis op te sluiten?

'Ik heb boodschappen gedaan en ben op de terugweg naar kantoor,' zei ik. 'Laat het me weten als je iets hoort.'

Ik verbrak de verbinding, stak het sleuteltje in het slot en reed weg in de tegenovergestelde richting. Mooie boel. Nu moest ik me schuilhouden voor de Slachters én Morelli.

Ik had nog alle tijd voordat ik met Lula had afgesproken voor ons bioscoopje en de aanhouding, dus reed ik naar het winkelcentrum. Als je twijfelt... winkelen. Ik parkeerde voor de ingang van Macy en wandelde naar de schoenenafdeling. Ik had nauwelijks krediet meer op mijn creditcard en ik zag niets waarvoor ik wilde brommen, dus liep ik het warenhuis weer uit en ging naar de Godivawinkel. Ik verzamelde al het wisselgeld in mijn handtas en kocht twee bonbons. Als je bonbons koopt van je wisselgeld, tellen de calorieën niet. Trouwens, die ene bonbon was een frambozentruffel, dus fruit. En fruit is toch gezond?

Mijn telefoon ging terwijl ik de tweede truffel opat.

'Ik dacht dat je naar kantoor ging,' zei Morelli.

'Ik heb me bedacht.'

'Waar ben je?'

'Point Pleasant. Ik had wat tijd over, dus wilde ik een eind langs het strand lopen. Het is zulk lekker weer. Wel een beetje veel wind.'

'Zo te horen zijn er veel mensen.'

'Ik ben in een paviljoen.'

'Zo te horen eerder een winkelcentrum.'

'En waarom bel je?' vroeg ik.

'Je wagen is vrijgegeven. Ik heb hem laten uitdeuken en alle graffiti zijn eraf. Je kunt hem elk gewenst moment ophalen.'

'Bedankt. Fijn. Ik zal tegen mijn vader zeggen dat hij hem kan halen.'

'Vroeg of laat krijg ik je te pakken, roomsoes,' zei Morelli.

'Je bent een echte diender.'

'Vertel mij wat.'

Ik verbrak de verbinding en liep het winkelcentrum uit. Het was bijna zes uur, dus reed ik naar Lula's huis. Ik at de rest van de donuts in de file op Route 1.

Lula zat voor haar huis op het stoepje op me te wachten. 'Je bent te laat,' zei ze. 'Nu missen we het begin van de film. Vind ik heel vervelend.'

'File,' zei ik. 'En trouwens, ik ben maar vijf minuten te laat. We hebben nog alle tijd.'

'Ja, maar ik moet popcorn hebben. Je kan niet naar een film over mutanten kijken zonder popcorn. En ik denk dat ik ook een blikje wil en snoep na dat zout en vet van de popcorn.'

Ik parkeerde voor de megabioscoop en keek het dossier van Pancek nog even in. 'Harold Pancek,' las ik Lula voor. 'Tweeëntwintig jaar. Blond haar, blauwe ogen, blank. Stevig gebouwd. Een meter vijfenzeventig. Geen bijzondere kenmerken. Dit is de man die op een rozenstruik heeft gewaterd. Het bedrag van zijn borg is laag. We zullen niet veel aan hem verdienen, maar we moeten hem toch opbrengen.'

'Wij zijn namelijk beroeps,' zei Lula.

'Ja. En als we niet ontslagen willen worden, moeten we wel.'

Ik liet de foto uit het dossier zien en Lula en ik staarden ernaar.

'Hij doet me aan iemand denken,' zei Lula. 'Ik kan er niet opkomen.'

'SpongeBob. Geel haar. Geen hals. Lijf van Lego.'

'Precies. Die huid van hem lijkt wel een spons.'

Ik stopte de foto en het opdrachtformulier in mijn tas. Ik had ook handboeien, een verdovingspistool en pepperspray bij me. Mijn pistool lag in Morelli's koekjespot. Rangers pistool zat in een klem in de cabine. God mocht weten wat Lula in haar tas had. Misschien een geladen raketwerper.

We staken het parkeerterrein over en liepen het theater in. We kochten kaartjes, popcorn, blikjes, M&M's, vruchtenkoekjes, Caramacs en pepermunt.

'Moet je kijken,' zei Lula. 'Sponskop controleert de kaartjes.'

Het verstandigst zou zijn hem nu meteen aan te pakken. Als ik wachtte, kon er van alles misgaan. Hij kon zich afmelden en naar huis gaan. Hij kon me herkennen en weggaan. Hij kon een hekel krijgen aan zijn baan, ontslag nemen en met de noorderzon verdwijnen.

'Ik verheug me echt op deze film,' zei Lula, met haar arm om een ton popcorn voor acht personen.

'We zouden hem nu moeten aanpakken. Als we het uitstellen, is hij straks misschien weg.'

'Ben je gek? Ik heb mijn popcorn. En mijn blikje. En mijn Caramacs. En bovendien zijn we nog nooit samen naar de film geweest. We doen nooit iets samen, behalve werken. Volgens mij is dit heel belangrijk voor ons als collega's. En die lekkere mutant dan? Wou je die niet zien?'

Daar had ze gelijk in. Ik wilde die mutant heel graag zien. Ik liep naar Pancek toe en liet hem mijn kaartje zien. Ik keek hem aan en glimlachte. Hij glimlachte neutraal terug en scheurde mijn kaartje. Voor Lula deed hij hetzelfde. We werden geen van beiden herkend.

'Het wordt een makkie,' zei Lula en ging zitten. 'Op weg naar de uitgang doen we Harold de boeien om en sleuren hem mee naar de lik.'

Na anderhalf uur mutantenactie was Lula klaar om Pancek te pakken.

'We kunnen het net zo goed als die mutanten,' zei Lula. 'Weet je wat het enige verschil is tussen ons en die mutanten? Kostuums. Echt waar, er gaat niets boven wijde mantels en laarzen. En je hebt een symbool nodig. Iets met een bliksemschicht.'

Pancek stond op het middenpad naar de uitgang te wijzen. Lula liep langs hem heen, draaide zich om en ging achter hem staan. Ik liep vlak achter Lula.

Ik lachte Pancek toe. 'Harold Pancek?' vroeg ik. Alsof ik hem van vroeger kende.

'Ja,' zei hij. 'Ken ik jou?'

'Stephanie Plum,' zei ik. 'Ik werk voor het borgkantoor van Vincent Plum.' En klik! De handboei om zijn pols.

'Hé,' zei hij. 'Verdomme, wat doe je nou?'

'Je hebt verzuimd op de zitting te verschijnen. Ik zal je moeten meenemen voor een nieuwe afspraak.'

'Ik ben aan het werk.'

'Je gaat vandaag een uur eerder weg,' zei ik.

'Dat moet ik tegen mijn baas zeggen.'

Ik deed hem de tweede handboei om en gaf hem een duwtje naar de deur. 'We zorgen wel dat het wordt doorgegeven.'

'Nee, wacht even. Bij nader inzien hou ik het liever stil. Dit is om je rot te schamen. Kijkt iedereen naar me?'

'Niet iedereen,' zei Lula. 'Volgens mij staat er iemand bij de popcorn die niet kijkt.'

'Het is trouwens een misverstand. Ik kan er niets aan doen dat haar roos is doodgegaan.'

'Dan was het zeker de Onzichtbare Plasser,' zei Lula.

'Het komt door de hond van Grizwaldi. Die tilt elke dag zijn poot op bij die struik. Het is discriminatie. Waarom hoeft Grizwaldi's hond niet voor de rechter te komen? Iedereen weet dat dat beest op alles pist, maar dat mag zeker omdat het een hond is. Het is niet eerlijk.'

'Daar zit wat in,' zei Lula. 'Maar het maakt niets uit. We nemen je toch mee naar de bak.'

Pancek bood verzet. 'Geen sprake van. Ik ga niet naar de gevangenis.'

'Nu maak je zelf kabaal,' zei ik.

'Zeker. Ik maak kabaal. Daar heb ik ook alle reden toe.'

'Die mutanten hadden dit nooit goed gevonden,' zei Lula. 'Die mutanten pakten aan.'

Ik gaf Pancek een duw in de juiste richting en schoof hem

door de lobby naar de uitgang. Ik bleef op hem inpraten om hem te overreden mee te werken. 'Je wordt niet opgesloten,' zei ik. 'We moeten met je naar het bureau om een nieuwe afspraak te maken. Zo gaat dat gewoon. We zorgen dat je zo snel mogelijk weer op borg vrijkomt.'

Ik hield de deur open en duwde Pancek naar buiten. Er stonden wel tien rijen auto's onder de booglampen geparkeerd. Ik stond in de vijfde rij.

Lula en ik voerden Pancek mee door drie rijen auto's en bleven staan. Een SUV met stationair draaiende motor stond op de rijweg tussen de geparkeerde auto's. Een zilverkleurige personenauto stond neus aan neus met de SUV. Een zwarte man in een zijdezacht wit ruimvallend trainingspak stond naast de SUV te praten met een blanke man in een driedelig maatpak. Beiden waren nog geen twintig. In de zilverkleurige auto zat een stel op de achterbank en een meisje voorin aan de passagierskant.

'Dit hoort niet,' zei Lula. 'Vroeger moest je eropuit om te scoren, nu komt de dope naar je toe.'

Ik belde het politiebureau aan Hamilton Avenue om een probleem op het parkeerterrein voor de bioscoop te melden. Daarna belde ik de bioscoop om te zeggen dat de beveiliging op het parkeerterrein moest ingrijpen.

De jongen in het witte trainingspak en de jongen in het maatpak bleven in gesprek. Het trainingspak was bedaard, de blanke jongen was opgefokt. Het meisje op de voorbank stapte uit. Ongeduldig.

'Foute boel,' zei Lula. 'Ze had nooit moeten uitstappen. Het zijn bendeleden. Vergeleken bij hoe zij over vrouwen denken, schrijft Eminem slaapliedjes.'

Drie jongens in bendekleren, allemaal met een rode doek die uit hun broekzak hing, stapten uit de SUV en begeleidden de onderhandelingen met hun *Ik ben een grote boze boef*-shuffle.

Een van de jongens prikte een vinger in de borst van het maatpak en begon te dreigen. De jongen duwde terug. Het bendelid
trok een pistool en zette het tegen de hoofd van de jongen.

'Goddorie,' zei Lula zuchtend.

Ik keek over mijn schouder en vroeg me af waar de beveiliging bleef. Waarschijnlijk gebeurde dit zo vaak dat niemand er
eerder bij wilde zijn dan de politie.

Het meisje zette grote ogen op. Hert, verstard in de koplampen. De andere bendeleden bemoeiden zich met haar en dwon-
gen haar achteruit te lopen tot ze tegen Rangers pick-up stond.
Er werd nog een pistool getrokken. Er verscheen ook een mes.

Ik drukte op de paniekknop in de afstandsbediening van de
pick-up en het alarm ging af.

Iedereen schrok.

De SUV-jongens stapten haastig in hun wagen, reden achteruit en scheurden het parkeerterrein af.

Ik drukte twee keer op de paniekknop en het alarm zweeg. Ik
draaide me om naar Lula en besefte dat Pancek weg was. We
hadden niet meer op Pancek gelet. Dat was nog niet zo erg,
maar hij had handboeien ter waarde van zestig dollar bij zich.

Lula keek ook om zich heen. 'Wat een ellende als ze er zomaar vandoor gaan,' zei ze. 'Als ik ergens een hekel aan heb, is
het een geniepige voortvluchtige.'

'Hij kan niet ver zijn. Neem jij de ene helft van het parkeerterrein, dan neem ik de andere. We zien elkaar weer bij de bioscoop.'

In de tweede rij werd een automotor gestart. Een auto reed
halsoverkop naar de uitrit. Ik ving een glimp op van het gele haar
van de man achter het stuur.

'Ik denk dat we het parkeerterrein niet meer hoeven af te zoeken,' zei Lula. 'Maar het is lastig rijden met handboeien om. Je
had zijn handen beter op zijn rug kunnen doen, zoals in het
boekje staat.'

'Hij leek me niet echt gevaarlijk. Ik wilde hem netjes behandelen.'

'Daar kom je dus niet ver mee. Je moet de mensen ook niet netjes behandelen.'

We reden het parkeerterrein af en een eind verderop zag ik twee politiewagens onder een hoek op de stoep staan, met zwaailicht. De ene was een surveillancewagen en de andere een ongemarkeerde wagen. De SUV stond voor de surveillancewagen. De inzittenden van de SUV hadden hun handen op de motorkap gelegd en werden gefouilleerd.

Ik reed langzaam langs de politiewagens en herkende Gus Chianni. Hij stond toe te kijken terwijl de uniformen hun werk deden. De meeste dienders van bureau Hamilton kende ik niet. Chianni kende ik wel omdat Morelli vaak een borrel met hem dronk.

Ik stopte en deed het raampje open. 'Wat is er?' vroeg ik aan Chianni.

'Te hard rijden,' zei hij grijnzend. 'We kregen je melding door en kwamen deze SUV tegen die honderdtwintig reed waar je vijfenveertig mag.'

'Het is de wagen waarover ik heb gebeld.'

Zijn grijns werd breder. 'Dacht ik al.' Hij deed een stap naar achteren om Rangers pick-up te bekijken. 'Heb je die gejat?'

'Geleend.'

'Dat zal Joe leuk vinden.'

Alle dienders kenden Rangers pick-up.

'Ik moet door,' zei ik. Als Chianni hier stond, kon Morelli niet ver zijn.

De man in het witzijden trainingspak draaide zijn hoofd opzij om me aan te staren. Zijn gezicht drukte niets uit, maar zijn ogen waren als diepe poelen in de rivier de Styx. Zwart, bodemloos en angstaanjagend. Hij knikte kort, alsof hij wilde zeggen dat hij wist wie ik was. Hij tilde zijn rechterhand van de motorkap van de SUV en maakte het gebaar van een pistool: duim omhoog, wijsvinger gestrekt. Met zijn lippen vormde hij het woord *boem*. Chianni zag het ook. 'Wees voorzichtig,' zei hij tegen me.

Ik reed door naar de snelweg, niet richting de Wijk, maar de tegenovergestelde richting.

'Niet best,' zei Lula op de snelweg. 'Die jongen herkende je. Hij wist wie je was. En dat was niet omdat hij je nu net op de parkeerplaats had gezien. Op de parkeerplaats hebben ze ons geen van allen gezien. Die jongen was een hele foute jongen en hij wist wie je was.'

Ik verdrong het en concentreerde me op het verkeer. Ik wilde niet dat de angst me in zijn greep zou krijgen. Voorzichtig zijn was goed. Bang zijn was contraproductief. Ik nam een omweg naar Pancek om Morelli te ontlopen.

Panceks huis was donker en zijn auto stond niet voor de deur. Ik reed langzaam een paar blokjes om, op zoek naar zijn auto. Nakko. Hij kon de wagen bij een vriend in de garage hebben gezet, en hij kon zich verstopt houden in zijn donkere huis, maar ik dacht niet dat dat het geval was. Ik vermoedde dat hij was langsgegaan bij iemand die hij vertrouwde, om zich van de handboeien te laten verlossen.

Ik bracht Lula naar huis en ging terug naar Rangers flat aan Haywood Street. Ik parkeerde de pick-up in een zijstraat en liep naar de ondergrondse garage. Ik keek omhoog naar het gebouw. De vierde en vijfde etage waren opnieuw verlicht. Ik deed het hek open met de afstandsbediening en liep haastig door de garage naar de lift. Rangers Turbo en de Porsche Cayenne stonden er nog. Een zwarte Ford Explorer stond tegen de zijmuur geparkeerd en een zwarte GMC Sonoma stond naast de SUV.

Ik stapte in de lift, zoefde naar de zesde en hield mijn adem in. De deuren schoven open in de spartaanse hal en ik sprong eruit. Ik luisterde aan de deur van Rangers flat, hoorde niets, hield mijn adem in en ging naar binnen. Alles leek precies zoals ik het had achtergelaten. Heel stil. Temperatuur aan de lage kant. Donker, net als Ranger. Ik deed overal het licht aan op mijn ronde door de flat. Ik begroette Rex in de keuken en zette mijn zakken met boodschappen op het aanrecht. Ik schoof mijn mobieltje in de lader en borg het eten op. Ik dacht na over de verlichte etages. Twee avonden achter elkaar had daar licht gebrand. In de garage stond een wisselende vloot van zwarte wagens. Ik had aangenomen dat vier- en vijfhoog kantoren waren. Maar het konden natuurlijk ook flats zijn. In elk geval moest ik uitkijken waar ik de pick-up parkeerde en uitkijken in het gebouw.

Ik deed pindakaas en olijven op een boterham en spoelde die weg met een van Rangers Corona's. Ik slofte naar de slaapkamer, liet mijn kleren op de vloer vallen, liep naar de douche om mijn tanden te poetsen en Rangers zeep te ruiken en kroop in bed.

Ik had een bizarre dag achter de rug. Niet dat ik daarvoor geen bizarre dagen had beleefd. Bizarre dagen leken al bijna gewoon geworden. Het verontrustende aspect van deze bizarre dag was dat er steeds sterkere aanwijzingen waren geweest dat ik gevaar liep. Ik had mijn best gedaan om niet te flippen en mijn angst te bedwingen, hoewel die nu toch wel vlak onder de oppervlakte was gekomen. Ik had in het verleden ook wel linke situaties beleefd. Maar het was de eerste keer dat iemand een huurmoordenaar opdracht had gegeven me uit te schakelen.

8

Ik deed mijn ogen open en verkeerde een ogenblik in paniekerige verwarring. De kamer was donker en voelde niet vertrouwd aan. De lakens waren glad en roken naar Ranger. Opeens drong het weer tot me door. Ik was opnieuw zelf degene die naar Ranger rook. Ik had mijn handen en gezicht gewassen voordat ik naar bed ging en de geur was blijven hangen.

Ik deed het lampje bij het hoofdeinde aan om te kijken hoe laat het was. Bijna acht uur. Mijn dag was nog niet begonnen en ik was nu al te laat. Het kwam door het bed, concludeerde ik. Het was het beste bed waarin ik ooit had geslapen. En al maakte ik me zorgen dat Ranger onverwacht zou opdagen, zolang ik in zijn flat was voelde ik me veilig voor alle andere gevaren. In Rangers flat heerste een serene en beschutte sfeer.

Ik rolde uit bed en liep op blote voeten naar de badkamer. Het was vrijdag. De meeste mensen zijn op vrijdag in een goed humeur omdat de werkweek bijna om is. Ik heb het soort baan waarbij het werk nooit ophoudt. Connie werkt op zaterdag een halve dag. Vinnie werkt als hij niets beters te doen heeft. Lula werkt volgens ons als het haar uitkomt. En ik werk continu. Nou goed, het is geen baantje van negen tot vijf, maar ik moet wel altijd uitkijken. De gelegenheid om iemand op te brengen kan zich voordoen op plaatsen waar je dat niet verwacht: in de supermarkt, op het vliegveld, in winkelcentra en in bioscopen. En wat bioscopen betreft: als ik een betere premiejager was, had ik waarschijnlijk vaker een weekend vrij. Als je het verprutst, zoals ik de afgelopen avond had gedaan, moet je dubbel zo hard werken om het goed te maken. Pancek wist nu hoe ik eruitzag. En hij wist dat ik achter hem aanzat.

Ik had de dag daarvoor alle gelegenheid gehad om badschuim te kopen, maar ik was het glad vergeten. Dus moest ik opnieuw met Rangers flacon onder de douche. Afzien, hè? En daarna moest ik me afdrogen met een van zijn dikke, superabsorberende handdoeken. Opnieuw afzien. Nee, ik moet toegeven: Rangers levensstijl stond me wel aan. Het kost me nog meer moeite om toe te geven dat de gestolen intimiteit me wel beviel. Daarvoor zou ik heel wat weesgegroetjes moeten bidden.

En ik zou de tol moeten betalen zodra Ranger terug was. Zelfs als ik allang weg zou zijn wanneer hij over de drempel stapte, zelfs als ik de lakens waste en streek en zijn badschuim verving, zou Ranger weten dat er een indringer in zijn huis was geweest. De man was bewakingsdeskundige. Waarschijnlijk hingen overal camera's. Niet in zijn flat, vermoedde ik. Maar er was een goede kans dat er wel camera's hingen in de garage, de lift, de buitenhal. Niemand had me een strobreed in de weg gelegd, dus ik moest ervan uitgaan dat er niet naar de monitoren werd gekeken of dat er contact met Ranger was opgenomen en dat ik mocht blijven.

Ik trok een spijkerbroek en gympen aan en een wijd T-shirt van stretch met een royale uitsnijding. Ik veegde wat mascara op mijn wimpers en liep naar de keuken. Ik liet een handje Frosties in het voederbakje van Rex vallen en vulde een kom voor mezelf. Ik was al laat, dus ik nam niet de tijd om koffie te zetten. Ik moest zo snel mogelijk naar kantoor. Daar kon ik wel koffie drinken.

Ik greep mijn mobieltje, mijn spijkerjack en schoudertas en sloot de flat af. Ik nam de lift naar de garage en beleefde een angstig ogenblik toen de liftdeuren openschoven zodat ik in het zicht kwam. Ook al was ik op de camera herkend, ik stelde een confrontatie liefst zo lang mogelijk uit. Het had geen zin mijn verblijf in gevaar te brengen. Ik had een onderdak nodig en ik was toch al in de problemen met Ranger. Dan kon ik net zo goed eruit halen wat erin zat, toch?

Ik keek naar buiten en zag niemand. Ik liep de lift uit, achter me schoven de deuren dicht en ik hoorde stemmen op de trap.

Rangers beide auto's stonden recht voor me. Rechts stonden drie zwarte SUV's. En er stonden een blauwe Subaru SUV en een zilverkleurige Audi personenwagen links van me. Instinctief koos ik ervoor weg te duiken achter de Subaru en laag te blijven in de hoop dat ik niet zou worden gezien. Ik wist niet wie toegang had tot de garage, maar ik nam aan dat Rangers mannen de zwarte SUV's zouden gebruiken.

De deur naar de trap ging open en Tank en twee andere mannen liepen de garage in. Ze stapten allemaal in een zwarte SUV en reden naar buiten. Ik wachtte een paar tellen voordat ik naar de uitgang draafde, het hek openzapte en een goed heenkomen zocht.

Het borgkantoor bevindt zich aan Hamilton Avenue, halverwege een blok. Achter het kantoor langs loopt een steeg waarop de achterdeur uitkomt en waar twee auto's kunnen staan. Ik parkeerde Rangers pick-up in een zijstraat en liep door de achterdeur het kantoor in... voor het geval Morelli op me loerde. Ik was in een stemming om onaangenaamheden te mijden.

'O jee,' zei Lula toen ze me zag. 'Het is nooit gunstig als je de achterdeur moet nemen.'

Ik liep meteen naar de koffiekan. 'Het is alleen uit voorzorg.'
'Dat begrijp ik,' zei Lula. 'Wat zijn de plannen voor vandaag?'
'Ik heb een andere auto nodig. Ik val te veel op in Rangers
pick-up.' Het ging me er vooral om dat ik niet zou opvallen als
ik de wagen voor de nacht wegzette. Rangers mannen reden
voortdurend rond in de straten rond de Batmangarage. Ik wilde
niet het risico lopen dat een van hen de pick-up zou opmerken.
'Ik hoopte dat je achter me aan kon rijden naar het huis van
mijn ouders. Ik wil de pick-up in hun garage parkeren. En daarna kunnen we op zoek gaan naar een andere wagen.'
'Op zoek gaan naar een andere wagen? Daar ben ik gek op,
op zoek gaan naar een wagen.'
Ik strooide poeder bij mijn koffie en nam een slok. 'Op deze
manier op zoek gaan naar een andere wagen zal je niet beval-
len. Ik heb geen geld, dus ik wil een wrak op wielen.' Ik keek
Connie aan. 'Nu we het toch over geld hebben, je hebt vast al
gehoord dat Pancek er met mijn handboeien vandoor is.'
'Dat zei Lula al. Pak maar een stel uit de SM-doos in het hok
voor je weggaat.'
Vroeger was er een goed renderende sekswinkel in Carmen
Street. Het gerucht ging dat deze zaak de grootste leverancier
van dildo's, zwepen en kettingen was in de drie staten. Negen
maanden terug had de eigenaar besloten dat hij er genoeg van
had om zijn verzekeringspremie aan de maffia te voldoen en
had de incasseerder weggestuurd. Kort daarna was de winkel
onder mysterieuze omstandigheden tot op de grond afgebrand.
Uit de puinhopen was een hele doos handboeien vrijwel punt-
gaaf tevoorschijn gekomen en die doos had Vinnie voor een
prikje gekocht.
'Waarom wil je de pick-up bij je ouders stallen?' wilde Lula
weten. 'Waarom geef je hem niet gewoon terug?'

'Ik wil hem voor de zekerheid nog even houden. Je weet nooit wanneer je een pick-up nodig hebt.' Bovendien kan ik niet in Rangers flat als ik Tank de sleuteltjes teruggeef.

'Er zijn vanmorgen weer een paar klantjes bijgekomen,' zei Connie. 'Ik zal de papieren in orde maken, dan kun je morgen de mappen ophalen.'

'Nadat je een wagen hebt gekocht, ga je zeker Harold Pancek zoeken,' zei Lula.

'Wat moet ik anders?'

'En ik kan beter met je meegaan omdat hij zo'n glibber is.'

Ik keek naar de stapel mappen op de archiefkast. Van zeker een maand. 'Moet je niet archiveren?'

'Dat kan altijd nog. Archiveren is geen kwestie van leven of dood. Ik weet wat belangrijk is en wat minder belangrijk. Ik neem onze vriendschap serieus. Als je op zo'n gevaarlijke kerel gaat jagen, voel ik me verplicht met je mee te gaan om je rugdekking te geven. Dat iemand lijkt op SpongeBob wil niet zeggen dat hij geen wapen kan trekken.'

'Je bent niet wijs,' zei Connie. 'Je doet alles om maar niet te hoeven archiveren.'

'Niet alles,' zei Lula.

Tien minuten later stond Rangers pick-up veilig op stal in de garage van mijn ouders.

Mijn vader had oom Sandors Buick bij de politie opgehaald en die stond nu samen met Rangers pick-up achter slot en grendel.

'Wat een leuke verrassing,' zei oma toen ze me bij de keukendeur zag.

'Ik kan niet blijven,' zei ik tegen oma en mijn moeder. 'Ik wou alleen even zeggen dat ik Rangers pick-up in de garage heb gezet.'

146

'En onze auto dan?' wilde mijn moeder weten. 'Waar moet je vader dan de LeSabre neerzetten?'

'Jullie gebruiken de garage nooit. De LeSabre staat altijd op de oprit. Kijk maar naar buiten. Waar is de LeSabre? Op de oprit! Ik moest eromheen rijden om bij de garage te kunnen.'

Mijn moeder maakte groente schoon voor soep. Ze hield op met snijden en keek me met grote ogen aan. 'Heilige moeder. Er is kennelijk iets ergs aan de hand. Je zit weer in de problemen.'

'Heb je die pick-up gestolen?' vroeg oma hoopvol.

'Ik zit niet in de problemen en er is niets mis. Ik heb Ranger beloofd dat ik op zijn pick-up zou passen terwijl hij de stad uit is. Ik had erin willen rijden, maar hij is me te groot.'

Mijn moeder wilde niet echt de waarheid weten, hield ik mezelf voor. De waarheid was niet gunstig.

'Hij is wel groot,' zei oma. 'En je weet wat ze zeggen over de afmeting van iemands wagen.'

'Ik moet weg,' zei ik. 'Lula wacht op me.'

Oma draafde achter me aan. Ze bleef bij de voordeur staan om naar Lula te zwaaien. 'Wat gaan jullie vandaag doen, meisjes?' vroeg ze. 'Gaan jullie achter een moordenaar aan?'

'Sorry,' zei ik. 'Vandaag geen moordenaars. Ik ga naar een auto kijken. Ik moet iets hebben voor zolang ik het verzekeringsgeld van de Escape nog niet heb.'

'Ik wil dolgraag mee op autojacht,' zei oma. 'Wacht even, dan zeg ik het tegen je moeder en pak mijn tas.'

'Nee!' zei ik. Maar ze was al weg.

'Hé,' riep Lula op de stoep. 'Waarom duurt het zo lang?'

'Oma wil mee.'

'De Drie Musketiers gaan weer op pad,' zei Lula.

Oma kwam naar buiten en installeerde zich op de achterbank van de Firebird. 'Wat heb je?' vroeg oma. 'Heb je 50 Cent? Heb je Eminem?'

Lula legde Eminem in de cd-speler, draaide het volume omhoog en we scheurden weg, in een donderwolk van muziek.

'Ik heb nagedacht over je vervoersprobleem,' zei Lula, 'en ik ken iemand die wagens verkoopt. Zonder veel vragen.'

'Ik weet het niet,' zei ik. 'Als je een tweedehandsje bij een garage koopt, krijg je meestal garantie.'

'Hoeveel wil je uitgeven?' vroeg Lula.

'Een paar honderd.'

Lula keek me schattend aan. 'En daar wil jij garantie voor?'

Ze had gelijk. Garantie was niet realistisch. Het was zelfs niet realistisch te denken dat ik voor zo'n bedrag een rijdende auto kon kopen.

Lula viste haar mobieltje op, bekeek haar telefoonboek en toetste een nummer. 'Ik heb een vriendin die een wagen nodig heeft,' zei ze zodra er werd opgenomen. 'Aha,' zei ze. 'Aha, aha, aha.' Ze keek naar mij. 'Wil je een kentekenbewijs?'

'Ja!'

'Ja,' zei Lula in de telefoon, 'dat wil ze.'

'Wat leuk nou,' zei oma op de achterbank. 'Ik ben zo benieuwd wat je voor wagen gaat kopen!'

Lula verbrak de verbinding, verliet de Wijk en reed naar de andere kant van de stad. In Stark Street schakelde ze de automatische portiervergrendeling in.

'Maak je geen zorgen,' zei Lula. 'Het is maar voor de zekerheid. We gaan niet naar een achterbuurt. Nou ja, een achterbuurt misschien wel, maar niet de ergste achterbuurt in de stad. We gaan niet naar bendegebied. Dit is meer de buurt waar de ongeorganiseerde misdaad woont.'

Oma drukte haar neus tegen het glas. 'Zoiets heb ik nog nooit gezien,' zei ze. 'Er is overal op geschreven en getekend. En daar staat een gebouw dat is uitgebrand en dichtgetimmerd. Zijn we nog wel in Trenton? Weet de burgemeester hiervan? En Joe

Juniak? Nu hij in het Congres zit, hoort hij hier aandacht voor te hebben.'

'Ik werkte vroeger in deze straat toen ik nog tippelde,' zei Lula.

'Meen je dat?' zei oma. 'Nee maar. Zijn er nu ook werkende vrouwen? Die zou ik best eens willen zien.'

We keken uit naar werkende vrouwen, maar die vertoonden zich niet.

'Niet veel animo om deze tijd,' zei Lula.

Lula ging rechtsaf Fisher Street in en parkeerde voorbij de eerste zijstraat voor een smal huis dat van onderop leek weg te rotten. Het had kennelijk ooit deel uitgemaakt van een rijtje huizen, maar de huizen aan weerskanten waren verdwenen; daar waren alleen nog de zijmuren van over. Het puin was grotendeels geruimd, maar de sloopplekken zagen er niet uit. Hier en daar lagen leidingen tussen rommel die niet met de laatste wagen was afgevoerd. Beide percelen waren met drie meter hoge hekken afgezet. Koelkasten, wasmachines, grillapparaten, tuinstoelen en terreinwagens, allemaal in verschillende stadia van verval, stonden op het ene veldje. Op het andere veldje stonden auto's.

'Die stukjes grond zijn van iemand die Hog heet,' zei Lula. 'Hij heeft nog veel meer in een garage een straat verderop. Hij koopt sloopwagens op veilingen, lapt ze een beetje op en verkoopt ze aan onnozele types zoals wij. Soms komt hij ook op een andere manier aan wagens, maar daar willen we niet over praten.'

'Zijn dat de wagens zonder kenteken?' vroeg ik.

'Hog kan je aan elk gewenst kenteken helpen,' zei Lula. 'Alleen moet je daar meer voor betalen.'

Oma was al uit de Firebird gestapt. 'Die tuinstoelen met de gele kussens zien er leuk uit,' zei ze. 'Daar moest ik maar even naar kijken.'

Ik sprong uit de auto en greep haar bij de riem van haar schoudertas. 'Bij mij blijven. Niet weglopen. Niemand aanspreken.'
Een forse kerel met een chocomelkleurige huid en een lichaam als een betonwagen kwam aangeslenterd. 'Lula zegt dat iemand een wagen wil kopen,' zei hij. 'Dan ben je hier aan het juiste adres, want we hebben hier mooie wagens.'
'We willen geen al te mooie wagen,' zei Lula. 'We zoeken eigenlijk meer een koopje.'
'Wat voor koopje?'
'Tweehonderd dollar, inclusief kenteken en nummerborden.'
'Zo kom ik geeneens uit de kosten. Ik heb al kosten gemaakt. Ik werk met tussenpersonen.'
'Je tussenpersonen zitten allemaal in de lik,' zei Lula. 'De enige kosten die je maakt zijn voor het tanken om naar de losers uit je familie in de bak te rijden.'
'Au,' zei Hog. 'Wat gemeen. Daar word ik helemaal opgewonden van.'
Lula gaf hem een tik met de vlakke hand tegen zijn slaap.
'Heerlijk. Ga door,' zei Hog.
'Heb je nou nog een wagen, of hoe zit het?' vroeg Lula.
'Tuurlijk heb ik een wagen,' zei Hog. Hij keek naar oma en mij. 'Wie van de knappe dames wil een wagen kopen?'
'Ik,' zei ik.
'Wat voor kleur wil je?'
'Wat je maar voor tweehonderd dollar kunt krijgen.'
Hij draaide zich om en staarde naar de bonte verzameling auto's achter het gaas. 'Voor tweehonderd dollar kom je niet ver met een wagen. Misschien kan je beter een wagen húren van Hog.' Hij liep naar een zilverkleurige Sentra. 'Deze heb ik net binnen. Van buiten moet er nog het een en ander aan gebeuren, maar de motor loopt als een zonnetje.'
Dat er van buiten het een en ander aan moest gebeuren, was

zacht uitgedrukt. De ontzette motorkap was met isolatietape aan de auto vastgemaakt. En aan de linkerkant ontbrak het plaatwerk boven het achterwiel.

'Het is namelijk zo,' zei ik tegen Hog, 'dat ik een onopvallende wagen moet hebben. Deze wagen valt nogal op. De mensen onthouden het als ze een wagen zien waarbij zoiets eraf is.'

'In deze buurt niet,' zei Hog. 'Dat zie je hier bij zoveel wagens.'

'Moet je haar zien,' zei Lula. 'Ziet ze eruit alsof ze hier in de buurt woont?'

'Hoe vind je deze?' vroeg oma aan de andere kant van het terreintje. 'Deze vind ik mooi.'

Ze stond voor een paarse Lincoln Town Car waar geen eind aan kwam. Terminale roestvorming kroop gestaag omhoog, maar de motorkap zat op de normale manier vast en het plaatwerk was compleet.

'Daar kan je heel wat moordenaars in kwijt,' zei oma.

'Dat heb ik niet gehoord,' zei Hog. 'Maakt me niet uit met wie je optrekt.'

'We trekken er niet mee op. We arresteren ze,' zei oma. 'Mijn kleindochter is namelijk premiejager. Dit is Stephanie Plum,' zei ze trots. 'Ze is beroemd.'

'Krijg nou wat,' zei Hog, met uitpuilende ogen. 'Komen jullie mij afzeiken? Rot nou gauw op. Denken jullie soms dat ik dat op mijn dak wil?' Hij rekte zijn nek om voor ons uit en achter ons de straat in te kijken. 'Niet alleen de brothers hebben het op haar voorzien, ik heb ook gehoord dat ze iemand van de andere kant van het land laten komen.' Hij dook weg achter een auto om niet met ons te worden gezien. 'Weg jullie. Opgedonderd.'

'Opgedonderd?' vroeg Lula. 'Hoor ik "opgedonderd"?'

'Er hoeft maar een Slachter langs te komen en ik ben er geweest,' zei Hog. 'Wegwezen dus.'

151

'We zijn hier om een wagen te kopen en dat gaan we dus ook doen,' zei Lula.

'Mij best,' zei Hog. 'Kies er maar een uit. Maar schiet op.'

'We willen deze mooie paarse,' zei oma.

Hog wierp oma weer zo'n verbijsterde blik toe. 'Dame, dat is een dure wagen. Dat is een Lincoln Town Car. Dat is geen wagen van tweehonderd dollar!'

'We willen je niet het vel over de neus halen,' zei Lula. 'Dus gaan we rustig nog wat rondkijken of we iets goedkopers kunnen vinden.'

'Nee, niet doen,' zei Hog. 'Neem dan goddorie de Lincoln maar. Ik heb de sleuteltjes thuis liggen. Ik ben zo terug.'

'Vergeet de nummerborden en het kentekenbewijs niet,' zei Lula.

Vijf minuten later had ik een tijdelijk nummerbord voor de achterruit vastgeplakt, oma zat naast me onder de gordel en Lula reed voor ons uit terug naar kantoor.

'Ik voel me net een filmster in deze wagen,' zei oma. 'Het lijkt wel zo'n lange limousine. Niet iedereen kan zich zo'n wagen als deze permitteren, weet je. Hij moet van een bijzonder iemand zijn geweest.'

Een gangster of een pooier, dacht ik.

'En hij rijdt zo soepel,' zei oma.

Ik moest toegeven dat dat zo was. De auto was bijna zo lang als Sally's schoolbus en had twee rijstroken nodig om een bocht te maken, maar hij reed wel soepel.

Lula en ik parkeerden voor het borgkantoor en we stapten allemaal uit om te reorganiseren.

'Wat nu?' vroeg Lula. 'Gaan we achter Harold Pancek aan?'

'Ja,' zei oma. 'Gaan we achter Harold Pancek aan?'

'Lula en ik gaan achter Harold Pancek aan,' zei ik. 'Ik breng jou eerst wel even thuis.'

'Geen sprake van! Stel dat je een oude dame nodig hebt om hem koest te houden?'

Mijn moeder zou me van mijn levensdagen geen omgekeerde ananastaart meer voorzetten als ze wist dat ik oma meenam bij een arrestatie. Maar ik was net met oma door Stark Street gereden, dus waarschijnlijk had ik het al verbruid.

'Nou goed,' zei ik. 'Jullie mogen allebei mee, maar wel in de auto blijven zitten.'

Ik voelde me verplicht dat te zeggen, maar het was een loze eis, omdat oma nooit in de auto bleef zitten. Oma stond er altijd als eerste naast. Ik was bereid haar mee te nemen omdat ik niet dacht dat we Pancek thuis zouden aantreffen. Pancek woonde al een paar jaar op dat adres, maar leek er niet echt geworteld. Pancek had familie en vrienden in Newark. Ik veronderstelde dat hij na wat er bij de bioscoop was gebeurd de wijk had genomen naar Newark.

Een grijze, vrij nieuwe personenauto reed langs. Hij keerde in het drukke verkeer en parkeerde achter de paarse Lincoln. Morelli.

'O jee,' zei Lula. 'Die blik van je.'

'Wat voor blik is dat?'

'Die "o, shit"-blik. Een heel andere blik dan die van een vrouw die tevreden terugkijkt op de afgelopen nacht.'

'Het is ingewikkeld.'

'Dat hoor ik de laatste tijd vaker,' zei Lula.

Morelli stapte uit en liep naar ons toe met het gezicht van een politieman die zojuist van achteren is aangereden. Hij beheerste zijn woede en zijn manier van lopen was misleidend nonchalant.

'Wat een leuk toeval,' zei oma tegen Morelli. 'Ik had je pas morgenavond verwacht.'

Regen, hagel of sneeuw, of uitverkoop op de schoenenafdeling bij Macy: op zaterdagavond werd ik bij mijn ouders te eten verwacht. Als een kuitschietende zalm werd ik geacht terug te keren naar waar ik was geboren. Anders dan de zalm ging ik er niet dood aan, al scheelde het soms niet veel, en moest ik die trek elke week maken.

'Ik moet Stephanie even spreken,' zei Morelli die zijn best deed daar vriendelijk bij te lachen, met zijn hand in mijn nek en zijn vingers om mijn kraag om me te weerhouden van een ontsnappingspoging.

'Tjee, we zitten net ergens middenin,' zei ik. 'Kan het niet wachten?'

'Sorry, nee,' zei Morelli. 'Het moet nu.'

Ik liep met hem mee naar zijn auto en we gingen met onze rug naar Lula en oma staan om ze te beletten ons af te luisteren.

'Hebbes,' zei Morelli.

'En hoe nu verder?'

'Nu neem ik je mee naar huis om je in de badcel op te sluiten. Als je heel aardig tegen me bent, breng ik je de tv.'

'Dat meen je niet.'

'Van die tv? Nee, sorry, ik heb er maar één en die ga ik echt niet de trap op sjouwen.'

Ik keek hem vernietigend aan.

'Iemand heeft opdracht gekregen je te vermoorden,' zei Morelli, 'en ik kom hier langs en daar sta je, als een eendje in een schiettent. Aan een dode vriendin heb ik niet veel.'

Nou, in elk geval zag hij me nog als zijn vriendin. 'Ik hoopte dat het alleen een gerucht was.'

'Mijn bronnen melden dat er iemand uit LA is overgekomen. Hij heeft een bijnaam, Jakhals, en ze denken overal dat hij door de Slachters is gehaald om jou uit te schakelen. Alle berichten wijzen erop dat hij bijzonder gevaarlijk is. Er wordt veel over hem gepraat. Er zit nauwelijks bruikbare informatie bij. We hebben nog niet eens een signalement.'

'Hoe weet je zo zeker dat hij bestaat?'

'De bronnen zijn betrouwbaar. En de brothers op straat knijpen 'm. Daar hoef je niet trots op te zijn, je schijnt niet de enige te zijn die op zijn lijstje staat. Er zouden ook nog een politieman en twee brothers van een andere bende op voorkomen.'

'Wat voor politieman?'

'Een specialist op het gebied van de activiteiten van bendes. We weten geen naam.'

'Ik vind het ontzettend lief van je dat je me in je badkamer wilt opsluiten, maar het past niet in mijn plannen. En de laatste keer dat we bij jou thuis waren, hebben we hier zwaar bonje over gehad.'

Morelli streek met zijn vinger langs de verlaagde hals van mijn T-shirt. 'Ten eerste kun je dat nauwelijks bonje noemen. Ten tweede vind ik dit wel een leuk wit hemdje.' Hij haakte zijn vinger om de boord en keek omlaag.

'Pardon?' zei ik.

'Controle.' Een bredere grijns.

'Je zou me toch niet echt in je badkamer opsluiten?'

'Zeker wel.'

'Dat zou je vrijheidsberoving kunnen noemen.'

'Jouw woord tegen het mijne.'

'Dat is walgelijk arrogant en macho.'

'Ja,' zei Morelli. 'Dat is nog het mooiste.'

Ik keek om naar oma en Lula. 'Hoe denk je dat te bereiken?'

'Ik dacht je naar mijn wagen te sleuren en je gillend en trappelend mijn huis in te dragen.'

'Waar oma en Lula bij zijn?'

'Nee,' zei Morelli. 'Ik kan het niet waar je oma bij is.' Zijn gezicht verstrakte. 'Mag het nu even serieus? Het is meer dan een gerucht. Die kerels willen je echt omleggen.'

'Wat moet ik nou doen? Ik woon hier. Ik kan niet de rest van mijn leven onderduiken.'

Morelli's pieper ging en hij keek naar het schermpje. 'Ik haat die dingen,' zei hij. 'Zul je voorzichtig zijn?'

'Ja.'

'Blijf je van de straat?'

'Ja.'

Hij gaf me een haastige kus op mijn voorhoofd en stapte in. Oma en Lula keken naar de wegrijdende Morelli.

'Meestal heb ik het niet op dienders,' zei Lula, 'maar hij is lekker.'

'Hij is inderdaad een stuk,' zei oma. 'En hij heeft ook beslist iets. Er gaat niets boven een man met een wapen.'

'Wat hij heeft, heeft niets met een wapen te maken,' zei Lula. 'Bij hem is het aangeboren.'

Ik dacht koortsachtig na en leunde tegen de grote paarse Lincoln in de hoop dat die me tegen een eventuele sluipschutter zou beschermen. Het was Morelli uitstekend gelukt me nerveus te maken. Wat ik tegen Morelli had gezegd, dat ik nou eenmaal in Trenton woonde en niet de rest van mijn leven kon onderduiken, was geen dappere uitspraak. Het was een licht radeloze en misschien zelfs ietwat hysterische uitspraak. Ik voelde me in een hoek gedrongen, een slachtoffer van de omstandigheden. En ik had geen flauw idee hoe ik me eruit moest redden.

Ik kon zo gauw niets anders bedenken dan een voorlopig overlevingsplan. 's Nachts in Rangers flat blijven slapen. Overdag naar Pancek zoeken. Het zoeken naar Pancek was een goed plan omdat ik vermoedde dat hij na ons eerste bezoek aan Canter Street de wijk had genomen naar Newark, een mooi eind bij de Slachters vandaan.

'Allemaal instappen,' zei ik. 'We gaan Harold opsporen.'

Ik meerde de Lincoln af voor Panceks rijtjeshuis, we stapten allemaal uit en liepen naar de voordeur, waar ik aanbelde. Natuurlijk werd er niet opengedaan. Ik belde nog een keer. Ik toetste zijn nummer in op mijn mobieltje. We hoorden zijn telefoon overgaan achter de deur. Het antwoordapparaat werd ingeschakeld. Ik sprak een bericht in.

'Hallo, met Stephanie Plum,' zei ik, 'ik moet je spreken.' Ik sprak het nummer van mijn mobieltje in en verbrak de verbinding.

Ik belde bij de buren van Pancek aan.

'Hij is vanmorgen vroeg vertrokken,' zei de buurvrouw. 'Rond een uur of zeven. Toen ik de krant haalde, was hij bezig zijn wagen in te laden. Meestal draag je boodschappenzakken uit je wagen het huis in, maar hij bracht ze naar buiten om ze in de wagen te zetten.'

'Zei hij nog iets?'

'Nee. Maar zo ging het vaak. Het is een rare man. Niet erg toeschietelijk. Woonde daar helemaal alleen. Ik heb er nooit iemand anders naar binnen zien gaan. Ik denk dat hij weinig vrienden had.'

Ik liet mijn kaartje bij haar achter en vroeg of ze me wilde bellen als Pancek terugkwam.

'Wat nu?' wilde oma weten. 'Ik ben er klaar voor om die kerel te pakken. Waar gaan we heen?'

'Newark. Zijn familie woont in Newark.'

'Ik weet niet of ik met je mee kan,' zei oma. 'Ik zou om een uur met Midgie Herrel naar het winkelcentrum gaan.'

Ik nam Route 1 naar Route 18 en reed de tolweg op. Oma was thuis om op Midgie te wachten. Sally, Valerie en mijn moeder waren druk met het maken van plannen voor de bruiloft. Lula dweilde met mij mee in de paarse Lincoln; ze zat naast me op

157

de voorbank te neuzen in een zak eten die we hadden gekocht voordat we Trenton uit reden.

'Wat wil je het eerst?' vroeg ze. 'Een broodje of een Keek-Happer?'

'Doe maar een broodje.' We hadden wel veertig KeekHappers. We konden niet kiezen tussen de verschillende smaken, dus hadden we van allemaal flink veel ingeslagen. Een nicht van me werkt bij de KeekHapperfabriek in Philadelphia en volgens haar maken ze wel 493.000 Butterscotch Happers per dag. Ik was van plan daar drie van te eten zodra ik mijn broodje op had. En misschien daarna een KeekHapper met kokoscrème. Het is belangrijk om op krachten te blijven als je op boeven jaagt.

Toen we Newark bereikten, hadden Lula en ik de etensvoorraad bijna uitgeput. Mijn broek voelde ongebruikelijk strak en mijn maag was zeeziek. Ik vermoedde dat mijn misselijkheid eerder door doodsangst werd veroorzaakt dan door te veel eten. Toch had ik na de derde Happer beter kunnen ophouden.

Panceks moeder had zijn borgstelling geregeld. Ik had haar adres en ook het adres waarop Pancek eerder had gewoond. Ik wist dat Pancek in een donkerblauwe Honda Civic reed en ik had zijn kenteken. Het zou prettig zijn als de Honda voor een van de beide huizen geparkeerd zou staan.

Lula las de kaart om me door Newark te leiden. 'Bij de volgende hoek linksaf,' zei ze. 'Het huis van zijn mama staat in het eerste blok, aan de rechterkant, twee huizen voorbij de hoek.'

9

Lula en ik bevonden ons in een buurt die veel leek op bepaalde delen van de Wijk. De huizen waren bescheiden rijtjeshuizen van rode baksteen, met een stoepje voor de voordeur dat aansloot op het trottoir. Aan weerszijden stonden auto's geparkeerd, waardoor er twee krappe rijstroken overbleven. Het was het begin van de middag en er gebeurde niet veel. We reden langs het huis van Panceks moeder om uit te kijken naar de Civic. We reden een blokje om zonder hem te zien.

Aan het eind van de middag hadden we gesproken met Panceks moeder, twee voormalige buren, zijn voormalige vriendin en zijn beste vriend van de middelbare school. Niemand wilde Pancek verlinken en zijn auto hadden we niet gezien.

'De KeekHappers zijn op,' zei Lula. 'We moeten naar huis of naar de supermarkt.'

'We moeten naar huis,' zei ik.

Panceks beste vriend was getrouwd en ik kon me niet voorstellen dat zijn echtgenote Pancek in huis zou dulden. Van de vriendin mocht Pancek wegrotten in de hel. Zo drukte ze het uit. De buren kenden hem amper. Zijn moeder bleef over. Ik had het gevoel dat mevrouw Pancek meer wist dan ze ons had verteld, maar uit haar optreden vanmiddag was duidelijk geworden dat ze haar zoon niet wilde verraden.

We hadden alle aanwijzingen nagetrokken en konden niets meer doen, tenzij we het huis van zijn moeder in observatie namen. Ik was een groot voorstander van maximale inspanning, maar dat was Pancek me niet waard. Observeren was een kwelling.

Morelli belde me op mijn mobieltje. Hij verdeed geen tijd aan hallo of hoe is het met je. Morelli ging recht op zijn doel af. 'Waar ben je?'

'In Newark om een borgklant te zoeken.'

'Je voelt er zeker niet voor om daar te blijven. In een hotel of zo.'

'Wat is er dan?'

'We hebben hier een dooie. Op straat neergeschoten en daarna met een lancet ontdaan van zijn kloten.'

'Bendelid?'

'Nou en of. Nog verder toegetakeld. Een grote J met een mes in zijn voorhoofd.'

'De J van Jakhals?'

'Dat lijkt mij wel,' zei Morelli. 'Ben je al bang?'

'Ik ben altijd bang.'

'Mooi. Ik drink liters Pepto-Bismol tegen het maagzuur. Elke keer als mijn pieper afgaat begint er een spiertje bij mijn oog te trillen van angst dat iemand je lijk heeft gevonden.'

'We hoeven in elk geval niet bang te zijn dat ik van mijn kloten word ontdaan.'

Het bleef even stil. 'Wat een zieke grap.'

'Ik streefde naar een vrolijke noot.'

'Niet gelukt.' Hij verbrak de verbinding.

Ik vertelde Lula over de afrekening en we gingen op zoek naar de tolweg.

'Die bendeleden zijn geschift,' zei Lula. 'Het lijken wel buitenaardse indringers of zo. Of ze niet weten hoe je op deze planeet moet leven. Het zijn verdomme niet eens lekkere buitenaardse wezens. Niet dat het wat uitmaakt, maar als ze er lekker uitzagen, zouden ze op zijn minst interessant zijn, weet je wel?'

Ik wist niet wat ze bedoelde. Ik haalde langzaam en diep adem en deed mijn best mijn hartslag te normaliseren.

Ik zette Lula af bij kantoor en reed door naar Rangers flatgebouw. Ik zag iemand in de hal die met de portier stond te praten. Een auto reed de garage uit en het hek gleed weer dicht. Te veel activiteit, dacht ik. Te vroeg om naar binnen te glippen.

Ik parkeerde een eind verderop om naar het komen en gaan te kijken. Ik belde Connie, gaf haar het adres in Haywood Street op en vroeg haar het gebouw na te trekken.

'Dat is van Ranger,' zei Connie.

'Hoe weet je dat?'

'Op dat adres is het RangeMan-kantoor. Ranger is ongeveer een jaar geleden met zijn bedrijf naar dat gebouw verhuisd.'

'Dat wist ik niet.'

'Ja, nou, de Batmangrot is het niet,' zei Connie. 'Het is een kantoorgebouw.'

Hoe zat het dan met de flat op de bovenste verdieping? Er lagen allemaal kleren van Ranger. Hij bracht er in elk geval een deel van zijn tijd door. Ik was teleurgesteld en opgelucht. Ik was teleurgesteld omdat ik geen diep geheim adres had ontdekt. En ik was opgelucht omdat ik Rangers privacy misschien níet had geschonden. Die opluchting sloeg natuurlijk nergens op. Hij had er zijn kleren. Zijn badschuim, zijn deodorant, zijn scheerapparaat. Het mocht dan niet de Batmangrot zijn, het was wel Rangers privé-ruimte.

'Anders nog iets?' wilde Connie weten.

'Nee,' zei ik. 'Dat was alles. Tot morgen.'

Om zeven uur leek het gebouw zo goed als leeg. De vierde

161

en vijfde etage waren verlicht, maar de haldeur leek op slot en er werd niet meer in en uit gereden. Ik sloot de Lincoln af, liep terug naar de garage en verschafte me toegang tot Rangers flat.

Ik liet mijn sleutels vallen op de schaal op het buffet en ging naar de keuken om Rex te begroeten. Ik dronk een flesje bier en at een boterham met pindakaas, en daarna liep ik naar de tv om te proberen hem aan de praat te krijgen. Na tien minuten knopjes indrukken van de afstandsbediening had ik beeld, maar geen geluid. Ik heb op school gezeten met iemand die nu een witgoedwinkel heeft. Ik belde hem op en hij gaf me een lesje afstandsbediening. Hoera, nu kon ik tv zien en horen. Eindelijk thuis...

Ik had de wekker bij het bed gezet om vroeger te kunnen opstaan. Het was zaterdag, maar ik dacht niet dat de beveiligingsbranche in het weekend ophield met werken, en ik wilde niet weggetrapt worden uit de enige plek waar ik me veilig voelde.

Ik leende een zwart sweatshirt met capuchon uit Rangers kast. Het was me veel te groot, maar ik had niets anders om me mee te vermommen. Ik zette de capuchon op, nam de lift naar beneden en bereikte probleemloos de Lincoln. Connie zou pas over een paar uur op kantoor zijn, dus stak ik de rivier over naar Pennsylvania en reed naar Yardley. Vanuit Trenton was Yardley niet ver, maar Slachtersland lag lichtjaren ver weg. De Jakhals zou Stephanie Plum niet in Yardley zoeken.

Ik parkeerde op een gratis parkeerplaats, deed de portieren op slot en liet mijn rugleuning zakken. Het was half acht en Yardley sliep uit.

Om negen uur belde ik Morelli. 'Wat doe je?' vroeg ik.

'Bob en ik zijn bij de autowasserette. Daarna gaan we naar de dierenwinkel om voer voor hem te kopen. Al met al een opwindende ochtend.'

'Dat hoor ik. Zijn er nog nieuwe ontwikkelingen?'

'Niets waar jij van zou moeten weten. Ik hoop dat je ergens ver weg bent.'

'Ver genoeg. Mijn mobieltje staat aan voor het geval er nog nieuws is. En vergeet niet dat mijn moeder ons vanavond voor het eten verwacht.'

'Dat heeft zijn prijs, roomsoes. Ik kom niet eten zonder dat er iets tegenover staat.'

'Ik houd het wel bij voor je.' En ik verbrak de verbinding.

Eigenlijk miste ik Morelli. Hij was sexy en slim en de sfeer in zijn huis was goed. Dat opwindende badschuim ontbrak, maar Bob was er wel. Ik miste Bob. Wat daar nu weer van te denken? Nou goed, ik moest zijn drollen in een plastic zakje mee naar huis dragen. Maar zo erg leek dat ook niet meer.

Ik draaide de parkeerplaats af en reed de stad uit. Op Hamilton passeerde ik het kantoor en vond een plekje in een zijstraat. Daarna ging ik door de achterdeur naar binnen.

Connie keek op van haar computer toen ik naar binnen wandelde. 'Kom je weer via de achterdeur?'

'Ik probeer minder op te vallen.'

'Strak plan.'

Vinnie kwam op zaterdag zelden langs en Lula kwam altijd te laat. Ik schonk koffie in en ging tegenover Connie zitten. 'Nog nieuwe schietpartijen, aanslagen met brandbommen, geruchten over mijn ophanden zijnde dood?'

'Geen nieuws.' Connie verschoof de muis over de mat en klikte. 'Ik heb drie nieuwe weglopers voor je. Ik print nu de gegevens uit. De originele documenten liggen ergens tussen de ongearchiveerde chaos op de kasten.'

O jee. Lula had al zo lang niets opgeborgen dat er meer mappen op de kasten lagen dan erin stonden.

'We moeten die stapels door,' zei Connie en stond op. 'Dan

kunnen we ze net zo goed meteen opbergen. We zoeken Anton Ward, Shoshanna Brown en Jamil Rodriguez.'

Een uur later hadden we de documenten van alle drie de betrokkenen gevonden, en we hadden ruim de helft van de achterstallige mappen bijgewerkt.

De voordeur vloog open en Lula marcheerde naar binnen.

'Wat gebeurt hier?' vroeg ze. 'Heb ik wat gemist?'

Connie en ik staarden Lula tien seconden koel aan.

'Ja?' vroeg Lula.

'We hebben net een uur voor je gearchiveerd om de documentatie over nieuwe weglopers te kunnen vinden,' zei Connie.

'Dat had niet gehoeven,' zei Lula. 'Ik heb er een systeem voor.'

'Je was er niet,' zei Connie. 'Waar hing je verdomme uit? Je had hier om negen uur moeten zijn.'

'Op zaterdag ben ik er nooit om negen uur. Zaterdag kom ik altijd wat later. Dat weet iedereen.' Lula schonk koffie in. 'Hebben jullie het nieuws al gehoord? Ik had de radio aan toen ik hierheen reed en ze zeiden dat de Rode Duivel vanmorgen de supermarkt in Commerce Street heeft overvallen. En hij heeft de caissière tien keer in haar hoofd geschoten. Dat zijn veel kogels in een hoofd.'

Weer de Rode Duivel. Driester. Wreder. Het leek jaren geleden dat mijn Escape in de hens was gezet en Eddie was neergeschoten. Ik liet me op mijn stoel zakken en voegde Connies informatie aan de drie mappen toe.

Shoshanna Brown moest voorkomen wegens drugsbezit. Ze had een strafblad. Ik had Shoshanna Brown al eerder opgebracht en ik wist dat ze niet moeilijk te vinden zou zijn. Waarschijnlijk had ze geen vervoer naar de rechtbank gehad.

Jamil Rodriguez was bij Circuit City betrapt op winkeldiefstal van elektronische apparatuur. Toen hij werd gefouilleerd, bleek hij een geladen Glock bij zich te hebben, een stanleymes,

164

een boterhamzakje vol ecstasy en een menselijke duim in een afgesloten potje met sterk water. Hij beweerde niets te weten van die duim.

Voor Anton Ward was een hoge borgsom gesteld. Hij had bij een ruzie met zijn vriendin haar meermalen gestoken met een steakmes. De vriendin had het overleefd, maar ze was niet blij met Anton. Anton was op borg vrijgelaten, en was vervolgens niet op de zitting verschenen. Hij was negentien en had een blanco strafblad. Althans geen strafblad als volwassene. Vinnie had een aantekening gemaakt op Wards borgcontract: dat Ward bendetatoeëringen op zijn arm had. Een ervan was een pootafdruk met de letters CSS erbij. Ward was een Comstock Street Slachter.

Ik nam de map door op zoek naar de foto. De eerste foto was van opzij. De tweede was van voren. Ik verstarde toen ik de tweede foto zag. Anton Ward was de Rode Duivel.

'Je ziet er niet best uit,' zei Lula. 'Gaat het wel? Je ziet bleker dan anders.'

'Dit is die duivel.'

Connie greep de map. 'Weet je het zeker?'

'Het is vijf dagen geleden, maar ik weet eigenlijk wel zeker dat hij het is.'

'Hij zat er niet bij toen ik de buurt voor je natrok, omdat ik hem niet kon vinden,' zei Connie. 'Ik had geen tijd om ook te kijken in de ongearchiveerde mappen.'

'Ai,' zei Lula.

Connie keek de map door en las voor wat de computer aan gegevens had opgeleverd. 'Anton Ward. Schoolverlater op zijn zestiende. Geen arbeidsverleden. Woont bij zijn broer.' Ze sloeg een pagina van het borgcontract om. 'Voor de borgsom staat ene Francine Taylor garant. Het onderpand is haar huis. Vinnie heeft er een aantekening bij gemaakt dat de dochter, Lau-

165

ralene, hoogzwanger is, heel jong nog, en verwacht met Anton Ward te trouwen.' Connie gaf me de map terug. 'Ik geef hem niet graag aan jou. Normaal gesproken zou deze zaak naar Ranger gaan.'

'Geen probleem,' zei ik. 'Ik schuif hem door naar de politie.' De politie in Trenton had onvoldoende mankracht om elke voortvluchtige op te sporen. Dat vond ik uitstekend omdat het de garantie was dat er werk voor mij overschoot. Anton Ward was een ander geval. Hij was betrokken bij het neerschieten van een politieman en mogelijk een moord. De politie van Trenton zou mensen vrijmaken om Anton Ward op te sporen.

Ik belde Morelli om hem over Ward te vertellen.

'Ik wil niet dat je bij hem in de buurt komt,' zei Morelli.

Ik voelde hoe de spieren van mijn wervelkolom zich spanden. Morelli is een politieman, hield ik mezelf voor. En een Italiaan. Hij kan het niet helpen. Daar moet je begrip voor hebben.

'Kun je dat ook anders zeggen?' vroeg ik aan Morelli. 'Ik denk dat je bedoelde: wees voorzichtig.'

'Ik bedoel precies wat ik zei. Ik wil niet dat je bij Anton Ward in de buurt komt.'

Toegegeven, ik had Morelli gebeld om een excuus te hebben om niets aan Anton Ward te hoeven doen. Het probleem is alleen dat mijn oren, zodra Morelli een verbod uitspreekt, zich plat tegen mijn hoofd vouwen, mijn ogen vernauwen zich tot spleetjes en ik zet me met gebogen hoofd schrap, klaar om hem op de hoorns te nemen. Ik weet niet hoe het komt. Volgens mij kan het iets te maken hebben met krullend haar en in Jersey geboren zijn. Onnodig te zeggen dat het niet de eerste keer was dat me dit overkwam.

'En jij kunt zeker wél achter hem aan?' zei ik tegen Morelli.

'Ik ben een diender. Achter boeven aan gaan is ons werk. Daarvoor belde je me toch, waar of niet?'

'En het is mijn werk om voortvluchtigen op te brengen.'

'Begrijp me niet verkeerd,' zei Morelli, 'maar daar breng je niet veel van terecht.'

'Ik lever mijn klanten af.'

'Je trekt rampen aan als een magneet.'

'Nou, stoere jongen,' zei ik, 'ik geef je vierentwintig uur om hem te pakken... Anders is hij voor mij.'

Ik stopte mijn mobieltje weer in mijn tas en keek naar Lula. 'Krasse taal,' zei Lula. 'Ik zou in jouw plaats hem alle tijd hebben gegeven. Om te beginnen, al die mensen wonen in Slachtersland. En bedenk wel, Anton heeft niet veel meer te verliezen nadat hij net een gatenkaas heeft gemaakt van iemands kop.'

'Het ontschoot me.'

'Je meent het. En hoe denk je iemand te vinden als Morelli hem niet kan vinden? Morelli kan er wat van.'

Morelli had zijn ultimatum uitgesproken voordat ik hem alle informatie had verschaft. 'Morelli weet niet van Lauralene Taylor. En zoals we allemaal weten zet de vriendin je altijd op het spoor van een voortvluchtige.'

'Ik hoop dat hij Lauralene niet nodig heeft, want ik voel er weinig voor om je achterna te gaan naar Slachtersland,' zei Lula.

Ik stopte de drie nieuwe mappen in mijn tas. 'Lauralene woont niet in Slachtersland. Ze woont in Hancock Street.'

'Hé, dat is in mijn buurt,' zei Lula.

Lula boog zich naar me toe om aan me te ruiken. 'Gek dat je nog steeds naar Rangers wagen ruikt. Je gebruikt die wagen al een volle dag niet meer en toch ruik je nog naar Ranger.' Ze ging een stap achteruit. 'Je bent veranderd. Ik weet niet precies wat het is.'

'Ze is dik,' zei Connie.

Lula vertrok haar gezicht tot een brede grijns. 'Dat is het. Kijk eens naar die bolle wangetjes en dat achterste. En je hebt een reserveband om je middel. Goed zo, meid: je bent hard op weg net zo'n grote vrouw te worden als Lula.'

Ik keek omlaag naar mezelf. Ze hadden gelijk! Ik had een vetrol over de band van mijn spijkerbroek hangen. Waar kwam die vandaan? Ik wist bijna zeker dat ik die een dag eerder niet had gehad.

Ik holde naar de wc om in de spiegel naar mijn gezicht te kijken. Bolle wangen, hapsnoet. Een onderkin. Shit. Het kwam door de spanning. Door stress kwam er toch een hormoon vrij waar je dik van werd? Ik dacht echt dat ik dat ergens had gelezen. Ik keek weer naar mijn spijkerbroek. Ik had al de hele ochtend buikpijn. Nu wist ik waarom. Ik deed de knoop los en voelde me beter zodra het vet de ruimte kreeg.

Ik ging terug naar Lula en Connie. 'Het komt door de stress,' zei ik. 'Daardoor komen hormonen vrij waar ik dik van word.'

'Het is maar goed dat ik donuts heb meegenomen,' zei Lula. 'Neem deze, met chocoglazuur en crèmevulling, dan gaat het vast beter. Je moet je niet laten kisten door stress.'

Connie liet me uit door de achterdeur en sloot af. We hadden de overgebleven mappen gearchiveerd. Connie ging die middag naar de brandweerkazerne met een cadeautje voor een aanstaande moeder. Lula had bij de kapster afgesproken. Ik wilde de dag verder doorbrengen met voorzichtig doen.

Ik zette de capuchon van mijn sweatshirt op en glipte de steeg uit, na een snelle blik in de zijstraat. Geen bendejongens met laaghangende broeken en bandana's die op de loer lagen om me neer te schieten. Mooi.

Ik reed in een bedaard tempo naar de Wijk en parkeerde een straat bij mijn ouders vandaan. Met gebogen hoofd sloeg ik een zijstraat in, liep door de tuin van de Krezwicki's en klom over de schutting naar de achtertuin van mijn ouders.

Mijn moeder slaakte een gil toen ze me bij de achterdeur zag staan. 'Heilige moeder,' zei ze met haar hand op haar hart. 'Ik herkende je eerst niet. Waarom heb je die capuchon opgezet? Het is geen gezicht.'

'Ik had het koud.'

Ze voelde aan mijn voorhoofd. 'Heb je iets onder de leden? Er heerst griep.'

'Nee hoor.' Ik trok het sweatshirt uit en hing het over een keukenstoel. 'Waar is iedereen?'

'Je vader is boodschappen doen. En Valerie is met de meisjes gaan winkelen. Hoezo?'

'Het was maar een vraag.'

'Ik dacht dat je een belangrijke mededeling wilde doen.'

'Hoezo?'

'Dat weet je best,' zei mijn moeder.

'Nou goed, ik woon niet meer bij Morelli. Dat is toch niet het eind van de wereld? Het is niet eens definitief. We praten nog met elkaar.'

'Je bent daar weg? Maar je bent toch in verwachting?'

Ik was met stomheid geslagen. Zwanger? Ik? Ik keek naar mijn buik. Jasses. Het leek inderdaad of ik zwanger was. Ik nam de pil, maar misschien niet altijd even nauwgezet. Ik maakte snel een rekensommetje en zuchtte van opluchting. Ik was niet zwanger.

'Ik ben niet in verwachting,' zei ik.

'Het komt van de donuts,' zei oma. 'Ik zie het aan je achterste.'

Ik keek of ik ergens een mes zag. Ik kon er beter een eind aan maken. 'Het komt door de stress van de laatste tijd,' zei ik.

'Je kunt het vet laten wegzuigen,' zei oma. 'Daar heb ik gisteravond een programma over gezien. Ze hadden een dokter die onwijs veel vet zoog uit een vrouw, zo voor de camera. Ik werd er bijna misselijk van.'

De voordeur werd opengegooid en Mary Alice galoppeerde naar binnen. Valerie kwam met de baby de keuken in.

'Kijk eens wie er is,' zei oma tegen Valerie. 'Stephanie is wat vroeger gekomen en ze gaat niet eens meteen weer weg.'

Valerie zette de luiertas op de vloer neer en keek met grote ogen naar me. 'Jemineetje,' zei ze, 'je bent in verwachting!'

'Dat dachten wij ook,' zei oma. 'Maar ze is alleen dik geworden.'

'Het komt door de stress,' zei ik. 'Ik moet me ontspannen. Misschien drink ik te veel koffie.'

'Ik zeg toch dat het door de donuts komt,' zei oma. 'Je bent eindelijk een echte Plum geworden. Als je niet uitkijkt, zie je er binnenkort uit als je tante Stella.'

Stella had iemand anders nodig om haar veters te strikken.

'Je broek staat open,' zei Mary Alice terwijl ze langsgaloppeerde. 'Wist je dat?'

Nou goed. Dan eet ik gewoon niet meer. En ik ga water drinken. Maar wacht eens even: stel dat de Jakhals me vindt en me neerschiet. Misschien kom ik dan wel aan de beademing en dan kan ik mijn reserves goed gebruiken. Misschien is het juist goed om reserves te hebben. Overmacht!

'Wat hebben we toe?' vroeg ik aan mijn moeder.

'Chocoladecake met vanille-ijs.'

Als God had gewild dat ik zou afvallen, had hij wel gezorgd dat we spinazie à la crème toe hadden.

Albert Kloughn kwam klokslag zes uur binnen.

'Ik ben toch niet te laat?' vroeg hij. 'Ik was aan het werk en ik heb niet meer aan de tijd gedacht. Het spijt me als ik te laat ben.'

'Je bent niet te laat,' zei mijn moeder. 'Je bent net op tijd.' We wisten allemaal wie er niet op tijd was. Joe. De rollade en de sperziebonen en de puree stonden al op tafel. Mijn vader sneed de rollade en nam de eerste plak. Oma liet een lepel puree op haar bord vallen en gaf naar rechts door. Mijn moeder keek op haar horloge. Geen Morelli. Mary Alice maakte paardengeluiden met haar tong en liet haar vingers om haar waterglas galopperen.

'Jus,' zei mijn vader.

Iedereen schrok overeind en gaf hem de jus door.

Ik had een bord vol vlees en puree met veel jus. Ik had een broodje met boter, vier sperziebonen en een glas bier. Ik had eten opgeschept, maar was nog niet begonnen met eten. Ik had weer een innerlijke dialoog met mijn onnozele ik. Eten, zei mijn onnozele ik. Je moet op krachten blijven. En stel dat je morgen door een vrachtwagen wordt geschept, met fataal gevolg? Wat dan? Dan heb je je voor niets gematigd. Eet nou maar en geniet ervan!

Mijn moeder keek naar me. 'Zo dik ben je nu ook weer niet,' zei ze. 'Ik heb je altijd te mager gevonden.'

Kloughn keek om zich heen. 'Wie is er dik? Ben ik dik? Ik weet dat ik een beetje gezet ben. Dat ben ik altijd al geweest.'

'Je bent volmaakt, knuffelbeertje,' zei Valerie.

Oma sloeg haar glas wijn achterover en nam er nog een.

Buiten werd een autoportier dichtgeslagen en iedereen zat meteen rechtop. Een ogenblik later ging de voordeur open en Morelli kwam binnen.

'Sorry dat ik te laat ben,' zei hij tegen mijn moeder. 'Ik kon niet eerder weg van mijn werk.' Hij liep naar me toe, drukte een vriendelijke kus op mijn hoofd en ging naast me zitten.

Van alle kanten klonk een zucht van opluchting. Mijn familie vreesde dat Morelli me de laatste kans bood om getrouwd te raken. Zeker nu ik dik was geworden.

'Nog wat gebeurd?' vroeg ik aan Morelli.

'Er is altijd wel wat.'

Ik keek nadrukkelijk op mijn horloge.

'Terg me niet,' zei Morelli zacht, met een lach op zijn gezicht voor de familie. 'Rijd je nog in de pick-up? Ik zag hem niet staan.'

'Die staat in de garage.'

'Ga je echt proberen Ward te pakken?'

'Het is mijn werk.'

We staarden elkaar even aan en ik voelde de handboei om mijn linkerpols.

'Dat meen je niet,' zei ik en tilde mijn pols op om ernaar te kijken.

'Grapje onder ons,' zei Morelli tegen de andere aanwezigen. Daarna deed hij de andere handboei om zijn eigen pols.

'Kinky,' zei oma.

'Zo kan ik niet eten,' zei ik tegen Morelli.

'Eet jij met je rechterhand, dan eet ik met mijn linkerhand.'

'Zo kan ik mijn vlees niet snijden. En bovendien moet ik naar de wc.'

Morelli schudde even zijn hoofd. 'Afgezaagd,' zei hij.

'Ik moet echt,' zei ik. 'Door het bier.'

'Goed,' zei Morelli, 'dan ga ik met je mee.'

Ze hielden allemaal geschrokken hun adem in. Een hap vlees viel uit mijn vaders mond en mijn moeders vork kletterde op haar bord. We waren geen mensen die samen naar de wc gingen. We gaven amper toe dat we de wc gebruikten.

Morelli keek de tafel rond en liet een mismoedige zucht horen. Hij stak zijn hand in zijn borstzakje, diepte het sleuteltje van de handboeien op en maakte me los.

Ik wipte van mijn stoel en draafde naar boven, naar de wc. Ik deed de deur op de knip, zette het raam open en klom naar het dak boven de achterdeur. Al sinds mijn middelbareschooltijd gebruikte ik deze methode om te ontsnappen. Ik was er goed in. Ik ging aan de dakrand hangen en liet me op de grond vallen. Morelli greep me vast, draaide me om en klemde me vast tegen de achtermuur van het huis. 'Ik wist dat je door het raam zou gaan,' zei hij grijnzend.

Ik had er een pervers genoegen in dat Morelli me zo goed kende. Het was een geruststellende gedachte dat zijn belangstelling onverminderd was. 'Uitgekookt van je.'

'Ja.'

'En nu?'

'We gaan gewoon weer aan tafel zitten. En na het eten gaan we naar huis... samen.'

'En wat gebeurt er morgenochtend?'

'Uitslapen, de zondagskrant lezen en Bob uitlaten in het park.'

'En maandag?'

'Dan ga ik naar mijn werk en jij blijft thuis ondergedoken.'

Ik gaf mezelf theatraal een klap tegen mijn voorhoofd. 'Umf,' zei ik.

Hij kneep zijn ogen bijna dicht. 'Hoezo?'

'Ten eerste durf ik niet onder te duiken in je huis. Ik durf ook niet onder te duiken in mijn flat of het huis van mijn ouders. Ik wil niemand in gevaar brengen en ik wil het de boeven niet gemakkelijk maken om me te vinden. Bovendien vind ik het verschrikkelijk als je me commandeert. Ik probeer de wet te handhaven, net als jij. Ik ben een sleutelfiguur in deze ellende. We zouden moeten samenwerken.'

'Ben je gek geworden? Hoe stel je je dat voor? Dat ik jou als lokvogel gebruik?'

'Zo misschien niet.'

Morelli pakte me bij het voorpand van mijn hemd, trok me naar zich toe en kuste me.

Het was een heerlijke kus, maar ik wist niet goed wat ik eraan had. Het leek me toe dat aan een ruziekus minder tong te pas zou komen.

'Nou,' zei ik. 'Wil je dat toelichten?'

'Er is geen verklaring mogelijk. Ik ben zo gestresst. Ik word gek van je, verdomme.'

Dat gevoel kende ik. Ik was kampioen stress. Er zat een huurmoordenaar achter me aan, en ik had een bizarre relatie met twee mannen. Ik wist niet wat ik angstaanjagender vond.

'Ik knijp er lafhartig tussenuit,' zei Morelli. 'Met die handboeien ben ik misschien buiten mijn boekje gegaan. Ik moet trouwens toch weer aan het werk. We houden het huis van Wards broer dag en nacht onder observatie, dus blijf daar een flink eind uit de buurt. Als ik je daar betrap, laat ik je aanhouden.'

Ik rolde nog maar eens met mijn ogen en ging weer naar binnen. Ik rolde inmiddels zo vaak met mijn ogen dat ik er hoofdpijn van kreeg.

Zondagochtend bekeek ik mezelf eens goed in de spiegel in Rangers badkamer. Geen prettig gezicht, vond ik. Het vet moest weg. Ik ging onder de douche en kleedde me aan, waarbij ik een zwart T-shirt van Ranger leende. Het T-shirt was prettig ruim en hield de vetrol verstopt.

Het T-shirt had ik gemakkelijk gevonden. Het was keurig opgevouwen en op een stapeltje op de plank neergelegd, op twintig andere keurig opgevouwen zwarte T-shirts. Het sweatshirt met capuchon dat ik eerder had geleend had ik ook gemakkelijk gevonden. Ook het sweatshirt met capuchon was keurig opgevouwen en op een plank gelegd, bij zes andere keurig opgevouwen zwarte sweatshirts. Dat was nog indrukwekkender, omdat het verdomd lastig is een sweatshirt keurig op te vou-

wen. Ik telde dertien zwarte cargobroeken, dertien zwarte spijkerbroeken, dertien keurig gestreken zwarte overhemden met
lange mouwen die bij de cargopants pasten. Een zwarte blazer
van kasjmierwol, een zwartleren jack, een zwart jeansjack, drie
zwarte pakken, zes zwartzijden overhemden, drie dunne zwarte kasjmierwollen pullovers. Ik begon laden open te trekken.
Zwarte nette sokken, zwarte en donkergrijze sportsokken. Allerlei zwarte sportkleding. Ik zag ook een kleine safe en ik vond
een afgesloten la. In die la lagen wapens, vermoedde ik.
Het interesseerde me allemaal niet echt. De akelige waarheid
was dat ik de strijd om het behoud van het fatsoen had verloren
en op zoek was naar Rangers ondergoed. Niet dat ik daar kinky dingen mee wou doen. Ik wou alleen zien wat hij droeg. Ik
had al heel lang mijn fatsoen gehouden door niet te gaan snuf-
felen.

Ik had nu zowat de hele garderobe doorzocht en tenzij Ranger zijn ondergoed in zijn safe bewaarde, zag het ernaar uit dat
hij zich als commando kleedde.

Ik maakte zo'n onnozel wappergebaar als van vrouwen in
films uit de jaren veertig om verkoeling te vinden. Ik heb geen
idee waarom ik dat deed. Het bracht in elk geval geen verkoeling. Ik dacht aan Ranger in zijn zwarte cargopants en mijn gezicht voelde alsof ik te lang in de zon had gezeten. Andere li-
chaamsdelen voelden ook erg warm.

Er was nog één la over. Langzaam trok ik hem een klein eindje open. Eén enkel zwartzijden boxershort. Eentje maar. Verdorie, wat moest ik daaruit afleiden?

Ik voelde me een beetje pervers, dus duwde ik voorzichtig de
la dicht, ging naar de keuken, trok de koelkast open en liet me
overspoelen met koude lucht.

Ik keek omlaag en kon voorbij mijn buik mijn tenen niet
meer zien. Nu was het mis. 'Geen zoete rommel meer bij het

ontbijt,' zei ik tegen Rex. 'Geen donuts, chips, pizza, ijs of bier meer.'

Rex zat in zijn soepblik, dus het was lastig vast te stellen wat hij vond van het plan.

Ik zette koffie, vulde een kommetje met Rangers ontbijtvlokken en goot er magere melk bij. Heerlijk, hield ik mezelf voor. En het zou nog heerlijker zijn met suiker en chocola. Ik at het kommetje leeg en schonk een beker koffie in. Ik liep met de koffie naar de televisie en zette het toestel aan.

Om twaalf uur had ik genoeg van tv-kijken en ik kreeg het een beetje benauwd in de flat. Ik had niets van Morelli gehoord, wat me zowel in de privé-sfeer als wat het werk betrof ongunstig leek. Ik toetste het nummer van zijn mobieltje in en wachtte ademloos af.

'Wat?' vroeg Morelli.

'Met Stephanie. Ik wou even vragen hoe het ervoor staat.'

Stilte.

'Omdat ik niets van je heb gehoord, heb je Ward nog niet te pakken, neem ik aan.'

'We hebben het huis van zijn broer in observatie, maar Anton is nog niet komen opdagen.'

'Jullie hebben het verkeerde huis in observatie. Je moet het via zijn vriendin spelen.'

'Ik kan niets doen met die vriendin.'

'Ik wel. De moeder van de vriendin heeft haar huis als onderpand voor de borgsom gebruikt. Ik kan de moeder dreigen met beslag.'

Nog meer stilte. 'Dat had je me gisteren ook kunnen vertellen,' zei hij ten slotte.

'Toen was ik kwaad op je.'

'Het is maar goed dat je er leuk uitziet als je kwaad bent. Wat is het plan?'

'Ik ga bij de moeder langs om wat druk uit te oefenen. Alle informatie die ik krijg geef ik aan jou door, en dan mag jij in actie komen.'

10

De vriendin van Anton Ward, Lauralene Taylor, woonde thuis bij haar moeder in Hancock Street. Ik wilde de Taylors ondervragen en het leek me beter dat in mijn eentje te doen. Minder bedreigend en ik dacht niet dat ik hulp nodig zou hebben. In feite was het een simpel karweitje in een wijk die het arm had, maar niet rood uitsloeg op de gevarenmeter.

De huizen waren klein, in verschillende stadia van verwaarlozing, en er woonden grote gezinnen in. De bevolking was etnisch divers. De financiën waren krap, op het randje van rampzalig. De meeste bewoners waren werkende armen.

Ik reed langs het huis van Francine Taylor en zag geen activiteit; het leek me veilig om aan te bellen. Ik parkeerde de Lincoln een paar huizen verderop, sloot hem af en liep terug.

Het huis van de Taylors zag er iets beter uit dan de andere in de omgeving. De voorgevel was verschoten lindegroen, halverwege kaal hout en nieuwe verf. De zonwering zag er goedkoop uit, maar was voor alle ramen tot dezelfde hoogte opgehaald. Het stoepje was bekleed met groen weerbestendig tapijt. De aankleding bestond uit een roestige metalen klapstoel en een grote glazen asbak vol peuken.

Ik aarzelde even en luisterde voordat ik aanklopte. Ik hoorde geen geschreeuw achter de gesloten deur, geen schoten, geen grote grommende hond. Alleen gedempt tv-geluid. Gunstig. Ik klopte aan en wachtte af. Ik klopte nog een keer aan. Een hoogzwanger meisje deed open. Ze was een hoofd kleiner dan ik en droeg een roze trainingspak dat niet bedoeld was als positiekleding. Ze had een rond en glad kindergezicht. Haar haar was ontkroest en honingblond gebleekt. Haar huid was donker, maar ze had Aziatische ogen. Veel te knap voor Anton Ward en veel te jong om zwanger te zijn.

'Ja?' zei ze.

'Lauralene Taylor?'

'Jij bent van de politie of van de sociale dienst,' zei ze. 'En daar willen we niks mee.'

Ze probeerde de deur dicht te doen, maar mijn voet zat ertussen.

'Ik kom van Antons borgbemiddelaar. Is Anton er?'

'Als Anton hier was, was jij allang dood.'

Uit de mond van Lauralene klonk het alsof ze dat een goed idee zou vinden, zodat ik mijn opvatting over haar moest herzien. 'Anton moet een nieuwe afspraak maken voor de behandeling van zijn zaak,' zei ik.

'Jaja, dat kennen we.'

'Je moeder heeft dit huis als onderpand gebruikt. Als Anton niet op de rechtbank verschijnt, raakt je moeder haar huis kwijt.'

'Anton zorgt wel voor ons.'

Mevrouw Taylor kwam naar de deur en ik stelde mezelf voor.

'Ik heb niets tegen jou te zeggen,' zei Francine Taylor. 'Dit gaat over de vader van mijn ongeboren kleinkind. Je moet hemzelf hebben.'

'U hebt uw handtekening gezet voor de borgsom,' zei ik. 'U hebt uw huis als onderpand gebruikt. Als Anton verzuimt te verschijnen, raakt u uw huis kwijt.'

'Dat laat hij niet gebeuren,' zei Francine. 'Hij kent mensen.'

'Daar heeft hij niets aan,' zei ik. 'Als hij in de buurt blijft, wordt hij opgepakt en dan moet hij de gevangenis in. De enige andere mogelijkheid is dat hij op de vlucht slaat. Daarbij kan hij geen zwangere vrouw gebruiken. Het zal hem bovendien niets kunnen schelen of u uw huis kwijtraakt. En dan staat u met lege handen op straat.'

Dat was waar. En ik zag aan Francine dat ze dat ook besefte. Ze was minder dom dan haar dochter.

'Ik weet dat ik het huis niet als onderpand had moeten gebruiken,' zei Francine. 'Maar ik wou iets doen voor Lauralene.'

'Dit krot is toch niks waard,' zei Lauralene.

'Ik werk anders hard genoeg om het af te betalen,' zei Francine. 'Het is een dak boven je hoofd. Het wordt het enige dak boven het hoofd van je kindje. En dat wil ik niet kwijt voor zo'n loser als Anton Ward.'

'Maakt niet uit wat iedereen vindt,' zei Lauralene. 'Ik geef Anton niet op en daar komt geen verandering in, wat je ook doet. Hij gaat met me trouwen. En dan blijven we niet in dit stinkhuis zitten. Wij hebben andere plannen.'

Ik gaf Francine mijn kaartje en vroeg haar me op te bellen als ze informatie over Ward had. Ik wenste Lauralene het beste met de baby en zij zei dat ik dood kon vallen. Ik probeer objectief te blijven, maar ik vond het een beetje eng dat Lauralene en Anton Ward aan voortplanting deden.

Ik liep terug naar de Lincoln en bleef een poosje achter het stuur zitten kijken naar het huis van de Taylors. Ik had ontbeten met konijnenvoer en niet geluncht. Ik was uitgehongerd en ik had niets te eten in de Lincoln. Geen chocoprinsen, geen Big Mac, geen superfrieten.

Ik had twee nieuwe klanten, maar ik had geen zin om er achteraan te gaan. En Harold Pancek was er ook nog, maar eerlijk gezegd had ik in hem ook weinig trek. Het was mij om Anton

Ward te doen. Ik wilde Ward achter de tralies zien. Ik had de aanhouding graag aan iemand anders overgelaten, maar op dat ogenblik voelde ik me betrekkelijk veilig. Ik besloot te blijven wachten.

Om vier uur keek ik nog steeds naar het huis van de Taylors. Ik verveelde me stierlijk en had zo'n honger dat ik bijna aan de bekleding begon. Ik belde Lula, zei dat ik in Hancock Street was en vroeg haar of ze me iets te eten wilde brengen waar je niet dik van werd.

Vijf minuten later stopte de Firebird achter me en Lula stapte uit. 'Waar ben je mee bezig?' vroeg ze en gaf me een bruinpapieren zak. 'Wat heb ik gemist?'

'Ik zit te wachten of Lauralene vanavond uitgaat.'

Ik keek in het zakje. Er zat een flesje water in en een hardgekookt ei.

'Je moet van koolhydraten afblijven,' zei Lula. 'Zo ben ik zelf enorm afgevallen. Ik heb dat proteïnedieet gedaan. Toen heb ik zeg maar een terugval gehad en ben weer op gewicht gekomen, maar het was wel mijn favoriete dieet, behalve die keer dat ik twee pond spek had gegeten en moest overgeven.'

Ik at het ei op en dronk water. Ik overwoog het zakje op te eten, maar ik was bang dat er koolhydraten in zaten.

'Ik moest maar liever bij je blijven voor het geval er iets gevaarlijks gebeurt, als je iemand nodig hebt om op een persoon te gaan zitten,' zei Lula.

Ik keek opzij. 'Niets beters te doen?'

'Nakko. Ik heb momenteel geen vent. En er is niets op tv.' Ze haalde een pak kaarten uit haar tas. 'We kunnen wel een potje kaarten.'

Om zes uur zei Lula dat ze een sanitaire stop moest maken. Ze reed weg in de Firebird en kwam een halfuur later terug met poedersuiker op haar shirt.

'Wat gemeen,' zei ik. 'Wat vals van je om te gaan eten en niets voor mij mee te nemen.'

'Jij bent op dieet.'

'Ik hoef me niet dood te hongeren!'

'Nou, ik wou naar huis om naar de wc te gaan, maar toen dacht ik: ik kan ook bij de Dunkin' Donuts naar de wc. En toen kon ik natuurlijk niet naar de wc gaan zonder donuts te kopen. Dat is toch onbeleefd?'

Ik toonde haar een Italiaans gebaar dat niet betekende dat ik linksaf zou slaan.

'Nou zeg, wat word jij knorrig als je geen donut krijgt,' zei Lula.

Krap een uur later floepte de straatverlichting aan en Hancock Street stelde zich in op de avond. Lula en ik konden niet kaarten in het donker, dus gingen we over op het hangt aan de muur en het tikt.

'Ik denk aan iets dierlijks,' zei Lula. 'En mijn achterste slaapt. Hoe kom je er zo bij dat Lauralene vanavond uitgaat?'

'Ze heeft nieuws voor Anton en ik wed dat ze dat gaat gebruiken om hem naar zich toe te lokken.'

Op dat ogenblik ging de voordeur van de Taylors open en Lauralene kwam naar buiten.

'Wat slim van je,' zei Lula. 'Jij denkt altijd na. Jij weet alles van de manier waarop vrouwen manipuleren.'

Lauralene keek naar links en naar rechts, en Lula en ik verstarden. We zaten maar een paar huizen verderop. Gemakkelijk te zien. Gelukkig stonden we niet onder een straatlantaarn en Lauralene leek ons niet op te merken. Ze droeg nog hetzelfde roze trainingspak. Ze had geen handtas bij zich. Ze liep bij ons vandaan de straat in.

'Ze gaat naar hem toe,' zei Lula. 'Maar haar mama mag het niet weten.'

Lauralene ging de hoek om en ik startte. Ik liet mijn koplampen uit en reed behoedzaam achter Lauralene aan. Ze liep twee zijstraten voorbij en stapte achter in een auto. De auto stond in het donker, het merk was niet te zien op deze afstand. Het leek een gewone personenauto, misschien donkergroen.

Ik stopte een paar huizen achter de auto en liet de motor stationair draaien. Er stonden geen geparkeerde auto's tussen Lauralene en mij in.

'Dit voelt nogal open en bloot,' zei Lula. 'Als ze zich omdraait, ziet ze ons.'

Dat was ik met haar eens, maar ik wilde niet langs Lauralene rijden; ik was bang dat ze me zou herkennen. In het donker maakten we meer kans.

Na een poosje begon de auto voor ons te deinen.

'Moet je nou zien,' zei Lula. 'Ze is zeven maanden zwanger en ze doen iets ordinairs op de achterbank. Ze nemen zelfs niet eens de moeite de buurt uit te rijden.'

'Ze hadden zeker haast,' zei ik.

'Nou, neem me niet kwalijk, maar dat vind ik vulgair. Hij had het op zijn minst kunnen opbrengen om iets te jatten met een ruimere achterbank als hij van plan is een zwangere vrouw te pakken. Hoeveel moeite is het nou helemaal om een Cadillac te vinden? Al die ouwe mensen in Hamilton Township hebben een Cadillac. Die wagens vragen er gewoon om dat ze worden gejat.'

'Hij pakt wel aan,' zei ik. 'Ik heb nog nooit een auto zo heftig op en neer zien gaan.'

'Hij molt de schokbrekers nog als hij zo doorgaat.'

Luid gekreun drong tot ons door en Lula en ik deden de raampjes open om het beter te kunnen horen.

'Hij kan er echt wat van of de weeën zijn begonnen,' zei Lula. Ze boog zich naar voren en tuurde scherp. 'Zie ik nou zijn blote gat? Wat doet hij nou, verdomme? Hoe kan hij nou zijn gat zo tegen de achterruit duwen?'

Het was een gruwelijk en hypnotiserend gezicht.

'Misschien moeten we hem gaan halen voor hij klaar is,' zei Lula. 'Het is vast makkelijker hem de boeien om te doen als hij een stijve heeft en niet goed kan lopen.'

Mogelijk had Lula gelijk, maar ik zag mezelf Anton Ward niet boeien terwijl hij zijn vlag in top had. Een maand terug hadden Morelli en ik een pornofilm gehuurd en daarin ging het stevig toe. Nou ja, het was weer eens iets anders, zoals een verkeersongeluk iets anders is. Maar dat was film, en dit is Anton Ward in eigen persoon, die met de zwangere Lauralene Taylor een auto laat deinen. Jasses. Ik wilde echt niet dichterbij dan zo.

'Ai,' zei Lula. 'De wagen deint niet meer.'

We staken ons hoofd naar buiten. Het was stil.

'Hij lijkt me niet iemand die blijft plakken,' zei Lula.

We schoten de Lincoln uit en draafden naar Wards auto. Ik had handboeien achter de tailleband van mijn spijkerbroek en had Rangers Maglite in mijn ene hand en pepperspray in de andere. Onder het hollen zocht Lula in haar handtas naar het pistool.

Ik haalde diep adem, wenste vurig dat Anton en Lauralene hun kleren aanhadden en scheen met de Maglite naar binnen.

'Kolere, wat nou weer?' zei Anton Ward, met zijn blote gat in de lichtbundel van de Maglite.

'Tjees,' zei ik. 'Sorry, ik dacht dat je klaar was.'

'Zeker van standje gewisseld,' zei Lula, die in de auto keek.

'Stomme trut,' brulde Ward tegen Lauralene, 'je hebt me verraden.' En hij sloeg haar in haar gezicht.

Ik liet de Maglite en de spuitbus vallen en graaide in de auto om Ward te boeien, maar hij was een man in beweging en het lukte me alleen zijn broek te pakken te krijgen. Hij wurmde zich uit zijn broek, wierp zich aan de andere kant van de auto naar buiten en zette het op een lopen.

Ik draafde achter hem aan naar de hoek. Hij sloeg af en rende verder. Hij was jonger dan ik en waarschijnlijk in betere conditie, maar hij was poedelnaakt, op zijn sokken na. Ik dacht dat hij daardoor vroeg of laat wel tempo zou moeten minderen, nog afgezien van zijn klok- en hamerspel dat bungelde in de wind.

Ik hoorde Lula op een halve straat tussenruimte draven. Prettig te weten dat iemand langzamer was dan ik.

Ward schoot een steeg in tussen de huizen, sprong over een schutting en viel toen zijn voet bleef haken. Hij krabbelde overeind, maar hij had terrein verloren. Ik sprong over de schutting om hem te tackelen.

Hij was niet echt groot, maar hij vocht gemeen. Vloekend en klauwend rolden we over de grond. Het bleek niet zo gemakkelijk een blote vent te pakken. Niet dat het me veel uitmaakte waar ik hem vast kreeg, maar ik kreeg gewoon geen vat op hem. Hij gaf me een knietje in mijn buik en van de pijn rolde ik van hem af.

'Uit de weg,' riep Lula. 'Ik heb hem!' En Lula liet zich op Anton Ward vallen, in een volmaakte herhaling van wat ze met Roger Banker had gedaan.

De lucht werd uit Anton Ward geperst toen Lula neerkwam en daarna verroerde Ward zich niet meer. Hij lag op zijn rug, met starre open ogen.

Lula voelde met haar teen. 'Je bent toch niet dood?'

Ward knipperde met zijn ogen.

'Hij is niet dood,' zei Lula. 'Jammer, hè?'

Ik boeide hem en Lula en ik hesen hem overeind.

'Het lijkt me niet nodig hem te fouilleren op wapens,' zei Lula. 'Dat is het grote voordeel bij een blote kerel.'

'Mee,' zei ik tegen Ward. 'We gaan terug naar de auto.'

'Doe ik niet,' zei hij.

'Maak me niet kwaad,' zei ik. 'Ik heb vandaag alleen maar een ei gegeten en ik sta niet voor mezelf in.'

'Bovendien wil ik graag nog eens op je gaan zitten,' zei Lula. 'Ik moet werken aan mijn techniek. Dat was mijn nieuwe grote truc. Ik wil er zelfs een naam voor verzinnen. Zoals de Rock al die worsteltechnieken heeft, de Elleboogstoot en de Rock-'n-Roll. Ik noem de mijne Lula's Billenbom.'

Ward mompelde wat en zette zich in beweging. 'Je bent zo goed als dood,' zei hij tegen me.

'We zijn zo bang, we beven helemaal,' zei Lula. 'Moet je mij nou zien. Ik sta te trillen. We worden bedreigd door een lelijkerd in zijn nakie. Denk je dat we bang voor je zijn? Je hebt geen draad aan je stomme reet.'

'Wie aan mij komt, komt aan de Natie,' zei Ward. 'De enige reden dat die premiehoer nog niet door de brothers is gepakt, is dat ze gereserveerd wordt voor de Jakhals.'

We gingen de hoek om en ik zag de Lincoln staan, maar niet de wagen van Ward.

'Kut,' zei Ward. 'Die hoer is er met mijn wagen vandoor.'

Geen grote ramp, maar zijn kleren lagen in die auto. Lula en ik keken allebei naar Ward.

'Zo neem ik hem niet mee in de Firebird,' zei Lula. 'Hij komt niet met zijn blote kont op de bekleding van mijn Firebird.'

Ik wilde zijn blote kont ook niet op mijn bekleding. Ik was niet dol op de Lincoln, maar meer had ik op dat ogenblik niet.

'Ik bel Morelli wel,' zei ik. 'Kunnen ze hem komen halen.'

'Heeft Ward handboeien om?' vroeg Morelli, na een akelig stilzwijgen.

'Ja, en ik dacht dat jullie hem konden ophalen.'

'Je zou me bellen voor de aanhouding.'

'Helemaal vergeten. Het ging ook zo snel. Het overviel me nogal.'

Tien minuten later kwamen er twee surveillancewagens aanrijden. Robin Russell stapte het eerst uit en liep naar me toe. 'Allemachtig,' zei ze. 'Hij is naakt. Ik krijg niet genoeg betaald voor wat ik moet doen.'

'Onze schuld is het niet dat hij naakt is,' zei Lula. 'We hebben hem op heterdaad betrapt. Hij was op de achterbank van een Hyundai aan het vozen als een grote hond.'

Carl Costanza kwam ook aanlopen. Hij bekeek Ward en grijnsde me toe. 'Vertel eens?'

'Nee,' zei ik. 'Verzin zelf maar wat.'

'Joe lacht zich rot,' zei Costanza.

'Waar is hij?'

'Hij wacht op het bureau. Hij was bang dat hij een moord zou begaan als hij niet kalmeerde voor hij je zag.'

Robin legde een vriendschappelijke arm om Costanza's schouders. 'Ik wil je een heel grote gunst vragen...'

'Geen denken aan.'

Robin Russell kneep haar ogen tot spleetjes. 'Je weet niet eens wat ik wou zeggen.'

'Je wou me overhalen die kerel met zijn blote kont in mijn wagen te laten zitten.'

'Nietes,' zei Robin. 'Nou ja, eigenlijk wel.' Ze keek Costanza strak aan. 'Waar doe je het voor?'

Costanza grijnsde haar toe.

'Je maakt je uniform te schande,' zei Russell tegen Costanza.

'Ik doe mijn best.'

Russell haakte haar hand om Wards arm en trok hem mee. 'Je mag op mijn *Trenton Times* zitten,' zei ze. 'En daar blijf je op zitten, of anders...'

'Dat was leuk,' zei Lula. 'Het wachten waard.'

Dat ik Ward had aangehouden was bevredigend, maar leuk zou ik de ervaring niet gauw noemen. Ik zette Lula af bij haar Firebird, bedankte haar voor haar hulp en reed door naar het politiebureau. Ik was liever naar Rangers flat gegaan om me voor zijn breedbeeld-tv een versuffing te kijken, maar ik moest zorgen dat ik de aanhouding officieel op mijn naam kreeg. Daarom moest ik een ontvangstbevestiging ophalen.

Het politiebureau staat niet in een chique buurt en de parkeerplaats voor bezoekers aan de overkant van de straat wordt niet bewaakt. Het was te laat en zo donker dat ik het risico niet aandurfde en liever illegaal parkeerde in de ruimte voor politiewagens. Ik meldde me bij de achterdeur en kon meteen doorlopen naar de balie. Ward zat vastgeketend aan een houten bank, nog altijd naakt. Iemand had een handdoek over zijn schoot gelegd.

'Hallo hoer,' zei Ward tegen mij. 'Wou je even onder de handdoek kijken? Nog een laatste blik op de grote jongen?'

En hij maakte smakzoengeluiden.

Ik had de grote jongen al vaker moeten zien dan me aangenaam was, en zo groot of fascinerend was hij niet. En die smakgeluiden werkten op mijn zenuwen. Bij de balie wachtte ik met gebogen hoofd op de administratieve verwerking. Morelli wilde ik niet zien. Ik wist niet of hij op het bureau was. Ik wilde het liefst weg voordat hij me had gezien. In dit stadium was ik, dacht ik, gebaat bij uitstel en afstand.

Er zat een nieuwe diender achter de balie die heel traag werkte om geen fouten in de procedure te maken. Ik moest me beheersen om de ontvangstbevestiging niet uit zijn handen te grissen.

'Heb je haast?' vroeg hij.

'Drukke tijd.'

Ik pakte het document aan, draaide me om en marcheerde

naar de uitgang. Ik meed oogcontact met Ward, voor het geval de handdoek was weggegleden of, erger nog, bewoog. De achterdeur werd achter me afgesloten en ik gilde het uit toen Morelli mijn arm greep en meetrok.

'Tjees,' zei ik met mijn hand op mijn hart. 'Ik schrik me het lazarus. Wat geniepig van je.' Eerlijk gezegd wist ik niet goed of ik een gil had geslaakt omdat ik niet wist wie het was, of omdat ik wél wist wie het was.

'Alles goed?'

'Ja, dat geloof ik wel. Ik heb alleen hartkloppingen. Daar heb ik de laatste tijd vaker last van.'

'Je hebt Ward nu van dichtbij kunnen zien. Denk je nog steeds dat hij de Rode Duivel is?'

'Ja.'

'En zat hij in de wagen toen er op Gazarra werd geschoten?'

'Ja.'

Een surveillancewagen stopte bij de achterdeur van het bureau om iemand af te leveren. Morelli en ik gingen opzij terwijl twee agenten Lauralene van de achterbank haalden.

'Wat heeft zij gedaan?' vroeg ik.

'In een gestolen wagen door rood gereden, rijden zonder rijbewijs.'

Lauralene had rode ogen van het huilen.

'Ze heeft een rotavond gehad,' zei ik tegen Morelli. 'En ze is in verwachting. Misschien kun jij met haar praten. Zo te zien kan ze wel een vriend gebruiken.'

Ik belde Francine om te zeggen dat Ward was gearresteerd. Toen vertelde ik erbij dat Lauralene ook was opgebracht.

'Wat nu?' vroeg Morelli.

'Ik ga naar huis. Ik ben kapot.'

'En waar mag dat zijn?'

'Dat is geheim.'

'Als ik er moeite voor doe, zou ik je kunnen vinden,' zei hij.
'Als ik dacht dat ik je kon vertrouwen, zou ik het je vertellen.'
Morelli liet me een strak lachje zien. Hij was niet te vertrouwen. Dat wisten we allebei. Hij zou me tegen mijn uitdrukkelijke wens in wegslepen uit mijn schuilplaats, als hem dat beter leek.

'Heb je een escorte nodig? Waar staat je wagen?'
'Nee, ik sta illegaal op de parkeerplaats van de commissaris.'
Morelli keek naar de gereserveerde plek. 'Die Lincoln? Wat is er met de pick-up gebeurd?'
'Te opvallend.'

Mijn mobieltje ging maandagochtend om kwart voor zeven.

'Jakhals heeft het tweede bendelid op zijn lijstje omgelegd,' zei Morelli. 'De bijzonderheden wil je niet weten, maar het kostte deze keer minder moeite om de losse onderdelen terug te vinden, omdat we wisten waar we moesten zoeken.'

Geen prettige informatie op een lege maag.

Ik rolde uit bed en liep naar de keuken om Rex goedemorgen te wensen. Ik zette koffie en dronk die bij mijn kommetje gezonde, smakeloze ontbijtvlokken. Na twee kopjes koffie had ik nog geen zin om aan de dag te beginnen, dus ging ik terug naar bed.

Om acht uur ging de telefoon weer. Het was Connie.
'Je denkt toch wel aan Carol Cantell?'
'Tuurlijk. Waar moet ik aan denken?'
'Ze moet vandaag naar de zitting.'
Shit. Glad vergeten. 'Hoe laat moet ze er zijn?'
'Ze wordt geacht er om negen uur te zijn, maar waarschijnlijk is ze pas tegen een uur of twaalf aan de beurt.'
'Bel haar zus en vraag haar naar Carols huis te gaan. Ik ben over een halfuur op kantoor om Lula op te halen.'

Geen tijd om te douchen. Ik leende een pet en een shirt van Ranger en trok mijn laatste schone spijkerbroek aan. Ik stond in de lift toen ik besefte dat ik de bovenste knoop dicht had gedaan. Hoera. Mijn dieet leverde resultaat op. Dat mocht ook wel, want ik vond het verschrikkelijk en hunkerde naar een excuus om ermee op te houden.

Ik maakte het hek open met de afstandsbediening en holde naar de wagen. Ik stond dichterbij nu ik de Lincoln had. Minder bang voor ontdekking door de mannen van Ranger. Bij het eerste rode stoplicht belde ik Cantell op mijn mobieltje.

'Wat?' riep ze in de telefoon. 'Wat?'

'Met Stephanie Plum,' zei ik op mijn meest geruststellende, hartelijke toon. 'Hoe gaat het ermee?'

'Ik ben dik... dat is goddorie de ellende. Ik heb niets om aan te trekken. Ik lijk wel een ballon.'

'Heb je bedacht dat je naar de rechtbank moet?'

'Ik ga niet. Ik kan geen van mijn kleren meer aan en iedereen zal me uitlachen. Ik heb een vrachtwagen vol chips leeggegeten, god nog aan toe.'

'Lula en ik komen naar je toe om je te helpen. Wacht maar rustig af.'

'Schiet op. Ik heb het niet meer. Ik moet zout hebben. Ik moet vet hebben. Ik moet iets te knabbelen hebben. Ik heb koorts.'

Cindy zat voor Carols deur op de stoep toen we kwamen aanrijden.

'Ze wil me niet binnenlaten,' zei Cindy. 'Ik weet dat ze binnen is. Ik hoor haar ijsberen.'

Ik klopte op de voordeur. 'Carol, doe open. Ik ben het, Stephanie.'

'Heb je eten bij je?'

Ik kraakte met een zak Dorito's, zodat ze het door de deur

heen kon horen. 'Lula en ik hebben onderweg Dorito's gekocht om je kracht te geven voor de zitting.'

Carol zette de deur op een kier. 'Laat zien.'

Ik schoof haar de zak toe. Ze griste hem weg, scheurde hem open en schoof een handjevol Dorito's in haar mond.

'O ja,' zei ze en het klonk als Lowanda die bezig was met telefoonseks. 'Ik voel me meteen beter.'

'Ik dacht dat je niet meer verslaafd was aan chips,' zei Lula.

'Ik kan niet goed tegen stress,' zei Carol. 'Het is een hormoonkwestie.'

'Het is psychisch,' zei Lula. 'Je bent geschift.'

We liepen allemaal achter Carol aan naar boven, naar haar slaapkamer.

'Ik had mijn haar gedaan en ik had me opgemaakt en toen kreeg ik een soort hersenverzakking,' zei Carol.

We keken op de drempel naar het rampgebied. Het leek of haar klerenkast was ontploft, waarna haar kamer door apen was geplunderd.

'Je wist zeker niet goed wat je moest aantrekken,' zei Lula, die over de gesneuvelde kledingstukken heen de kamer in liep.

'Ik kan nergens in!' jammerde Carol.

'Was handig geweest als je dat gisteren had gemerkt,' zei Lula. 'Denk je nooit eens vooruit?'

Ik zocht tussen de ordeloos neergekwakte kleding op de vloer naar een broek met een elastische tailleband, een ruimvallend shirt, een bijpassende sjaal. 'Help eens even,' zei ik. 'Laten we beginnen met een broek. Liefst een zwarte. Bij zwart past alles.'

'Ja, en het camoufleert vetrollen,' zei Lula. 'Zwart kleedt echt slank af.'

Tien minuten later hadden we Carol in een zwarte broek geholpen. De bovenste knoop stond open, maar dat zag je niet onder het donkerblauwe katoenen hemd dat tot op haar heupen viel.

'Het is maar goed dat je zo'n flink ruim hemd hebt,' zei Lula tegen Carol.

Carol bekeek zichzelf. 'Het is een nachthemd.'

'Heb je ook ruimvallende hemden die geen nachthemden zijn?' vroeg ik.

'Daar zitten allemaal Dorito-vlekken op,' zei ze. 'Oranje vlekken die er niet uit gaan.'

'Weet je wat ik denk?' zei ik. 'Ik vind dat deze combinatie je uitstekend staat. Niemand weet toch dat het een nachthemd is. Het lijkt eerder een gewoon hemd. En de kleur staat je goed.'

'Ja,' zeiden Lula en Cindy. 'De kleur staat je goed.'

'Goed,' zei ik, 'dan gaan we.'

'Ik heb haar tas en haar jas,' zei Cindy.

'Ik heb een handdoek zodat ze niet onder de Dorito-kruimels komt onderweg naar de rechtbank,' zei Lula.

'Ik kan het niet!' jammerde Carol.

'Je kunt het wél,' zeiden we allemaal. 'Je kunt het wél.'

'Geef hier,' zei Carol. 'Ik moet er meer hebben.'

Ik gaf haar een nieuwe zak. Ze scheurde hem open en verslond een handjevol Dorito's.

'Je moet jezelf op rantsoen zetten,' zei Lula tegen Carol. 'Je hebt een lange dag voor de boeg en je wilt niet zonder Dorito's komen te zitten.'

Carol klemde de zak tegen haar borst en we duwden haar de trap af, naar de auto.

Ik installeerde Carol Cantell in de rechtbank en vertrok. Lula en Cindy bleven bij Cantell. Cindy had een onaangebroken zak chips. Lula had handboeien en een verdovingspistool. Ze zouden me bellen als er zich problemen voordeden.

Ik had wel bij Cantell willen blijven om te kijken hoe het afliep, maar ik voelde me groezelig. Ik wilde onder de douche. En ik wilde niet bij die chips in de buurt blijven. Nog tien minuten bij Cantell en ik was met haar gaan vechten om de resterende zakken.

Ik reed langs Rangers gebouw, maar er liepen zoveel mensen rond dat ik de race naar de lift niet aandurfde. Wat waren de andere mogelijkheden om aan een douche en een lunch te komen? Morelli's huis was een mogelijkheid. Ik had de sleutel en ik had er nog kleren. Handig, maar niet verstandig, leek me. Het was geen gunstig ogenblik om daarheen terug te gaan. Te veel losse eindjes. En het was mogelijk dat de Jakhals het huis in de gaten hield.

Ik kon beter naar het huis van mijn ouders gaan. Daar kon ik gemakkelijk achterom naar binnen, met een goede kans dat ik daarbij niet werd opgemerkt.

I I

Het was bijna twaalf uur toen ik de Wijk binnenreed. Sally's bus stond geparkeerd voor het huis van mijn ouders en de auto van mijn vader stond niet op de oprit. Waarschijnlijk was er een zware discussie over de bruiloft aan de gang, zodat mijn vader naar de loge van de Elks was gevlucht.

Op mijn eerste rondje zag ik geen Slachters met wagens vol bonkmuziek of automatische wapens. Natuurlijk kon iemand wegduiken achter de hortensiastruik van mevrouw Ciak, als hij smal genoeg was. Voor de zekerheid parkeerde ik maar weer een flink eind verderop. Ik zette mijn capuchon op. Ik sloot de Lincoln af en nam opnieuw de route via de achtertuin van de Krezwicki's.

Ik wilde mijn moeder niet nog eens zo aan het schrikken maken, dus trok ik het sweatshirt uit voordat ik de achterdeur opendeed.

Sally, Valerie en de baby, mijn moeder en oma Mazur zaten aan de keukentafel.

'Je houdt je weer schuil voor iemand,' zei mijn moeder tegen mij. 'Daarom sluip je telkens achterom.'

'Ze houdt zich schuil voor de bendeleden die haar willen omleggen,' zei oma. 'Wil iemand die laatste plak cake?'

'Dat is belachelijk,' zei mijn moeder. 'We hebben geen bendes in Trenton.'

'Wakker worden, Doornroosje,' zei oma. 'We hebben hier rooie, blauwe en groene gangs. En dan noem ik er nog maar enkele.'

'Ik moest vanmorgen zo vroeg weg dat ik geen tijd had om te douchen,' zei ik tegen mijn moeder. 'Mag ik hier onder de douche?'

'Natuurlijk,' zei mijn moeder. 'Heb je het echt weer uitgemaakt met Joseph?'

'Ik woon niet meer met hem samen. Ik weet niet of het uit is.'

Mijn moeder deed er het zwijgen toe, maar haar radar zoemde. 'Als je niet bij Joseph woont, waar woon je dan wel?'

Nu was iedereen een en al oor.

'Ik logeer in de flat van iemand die ik ken,' zei ik.

'Wie dan?'

'Dat kan ik niet zeggen. Het is... geheim.'

'O mijn god,' zei mijn moeder. 'Je hebt een verhouding met een getrouwde man.'

'Hoe kom je erbij!'

'Tjonge, zeg,' zei oma.

Sally liet zijn elastiekje tegen zijn pols springen.

'Waarom doe je dat nou?' vroeg oma.

'Ik dacht een heel erg woord,' zei Sally.

Tjees. 'Ik blijf hier niet naar luisteren,' zei ik tegen iedereen.

Een uur later was ik onder de douche geweest en had mijn haar gewassen en ik keek in de koelkast van mijn moeder. Ik had lang niet zo veel vet meer over mijn tailleband hangen. Merkwaardig hoe vet verdwijnt zodra je niet meer eet. Het nadeel is dat je er een giftig humeur van krijgt.

'Wat zoek je?' wilde mijn moeder weten. 'Je staat daar al tien minuten met de deur open.'

'Ik zoek iets waar ik niet dik van word.'

'Je bent niet dik,' zei mijn moeder. 'Daar hoef je niet over in te zitten.'
'Ze moet uitkijken voor de Plum-kant van de familie,' zei oma. 'Op deze leeftijd begint het. Weet je nog hoe slank Violet was? Pas na haar dertigste is ze uitgedijd. Nu moet ze twee tickets kopen als ze met het vliegtuig wil.'
'Ik weet niet wat ik moet eten!' zei ik, fladderend met mijn armen. 'Ik heb me nog nooit druk hoeven maken over mijn gewicht. Wat moet ik nou verdorie eten?'
'Ligt aan het dieet dat je volgt,' zei oma. 'Wil je de Weight Watchers, Atkins, South Beach, de Zone, het Glibberdieet of het Seksdieet? Ik zie zelf wel wat in het Glibberdieet. Daarbij mag je alleen glibberige dingen eten, oesters en slakken en rauwe stierenballen. Ik wou zelf het Seksdieet gaan volgen, maar ik begreep de regels niet helemaal. Het idee is dat je seks moet hebben als je honger hebt. Maar ze zeggen er niet bij wat voor seks het dan moet zijn. Of het bijvoorbeeld alleen is of met iemand anders. En hoe zit het met orale seks? Dat heb ik zelf niet vaak gedaan. Je grootvader was niet echt in voor experimenten,' zei oma tegen mij.
Mijn moeder liep naar de kast, schonk een tumblerglas whisky in en klokte het leeg.
'Maar wat voor dieet doe jij nou?' vroeg oma aan mij.
'Het KeekHappersdieet,' zei ik en nam er een met butterscotch.
'Heel goed,' zei oma. 'Een uitstekende keus.'
'Ik moet weer aan het werk,' zei ik, zette mijn capuchon op en schoot naar buiten.
Mevrouw Krezwicki stond voor haar keukenraam toen ik door haar achtertuin sloop. Ze richtte haar pistool op me en kneep haar ene oog dicht. Ik duwde de capuchon naar achteren en zwaaide. Ze liet het pistool zakken en pakte de hoorn van de muur. Ongetwijfeld ging ze mijn moeder bellen.

197

Ik stapte in de Lincoln en reed naar kantoor.

'Lula heeft gebeld vanuit het gerechtsgebouw,' zei Connie toen ik binnenkwam. 'Geen problemen met Cantell.'

'En Ranger? Heb je nog iets van Ranger gehoord?'

'Met geen woord.'

Nou hoor. Hij zou pas over een week terug zijn, maar ik wilde niet het risico lopen dat ik in zijn bed werd betrapt. Of, erger nog, in zijn douche!

Connie keek naar mijn pet. 'Volgens mij is die van Ranger.'

'Heb ik gekregen.' Het was een prima leugen. Als ik zijn pickup mocht hebben, waarom dan niet zijn pet?

Connie keek ernaar alsof ze hem zelf had gekocht.

'Ik wou dat Ranger zich weer eens liet zien,' zei Connie. 'Het bevalt me niets dat jij achter Rodriguez aan gaat. Wie loopt er nou rond met een duim in zijn zak?'

'Iemand die gek is?'

'Het is luguber. Als je wilt kan ik Tank vragen met je mee te gaan.'

'Nee!' De vorige keer dat ik Tank had meegenomen, had hij zijn been gebroken. Zijn opvolger had er een hersenschudding aan overgehouden. Rangers Vrolijke Bent had slechte ervaringen met mij. Het was al erg genoeg dat ik zijn flat had gekraakt. Ik wilde de schade niet vergroten door zijn personeel uit te schakelen. En eerlijk gezegd voelde ik me niet erg op mijn gemak in Tanks gezelschap. Tank was Rangers rechterhand. Hij was de man die Ranger rugdekking gaf. Je kon blind op hem varen, maar hij zei nauwelijks een woord en liet je nooit weten wat hij dacht. Met Ranger had ik een soort telepathisch contact gekregen. Ik had er geen flauw idee van wat er in Tanks hoofd omging. Misschien helemaal niets.

'Ik maak me veel meer zorgen over de Jakhals dan over Rodriguez,' liet ik Connie weten.

'Heb je de Jakhals gezien?'

'Nee.'

'Weet je hoe hij eruitziet?'

'Nee.'

'Weet je waarom je op zijn lijstje staat?'

'Moet daar dan een reden voor zijn?'

'Meestal is er wel een reden,' zei Connie.

'Ik kan getuigen dat Ward de Rode Duivel is en ik heb Eugene Brown van mijn motorkap laten vliegen.'

'Dat kan het zijn,' zei Connie. 'Maar het kan ook iets anders zijn.'

'Wat dan?'

Connie haalde haar schouders op. 'De bendes ken ik niet, maar ik weet wel iets van de maffia. Als iemand als doelwit wordt aangewezen, gaat het gewoonlijk om macht... de macht houden of veroveren.'

'Slaat dat dan op mij?'

'Als een hele bende het op je voorzien heeft, ga je zo ver mogelijk weg. Als het gaat om één lid van de bende, kun je het probleem oplossen door die persoon uit te schakelen.'

'Bedoel je dat ik de Jakhals moet uitschakelen?'

'Ik bedoel alleen dat je zou kunnen uitzoeken waarom de Jakhals je op zijn lijstje heeft gezet.'

'Daarvoor zou ik bij de Slachters moeten infiltreren.'

'Je moet er één pakken en hem dwingen met je te praten,' zei Connie.

Een Slachter pakken. Het klonk als kinderspel.

'Je kunt je schuilhouden tot Ranger terug is,' zei Connie.

Wat ze bedoelde was dat ik kon onderduiken tot Ranger terug was en de Jakhals voor me uitschakelde. Ranger was goed in het oplossen van dat soort problemen. En het was verleidelijk het aan hem over te laten, maar zo ga je niet om met iemand die je graag mag. Zo ga je zelfs niet om met iemand aan wie je een hekel hebt. Niet als de oplossing neerkomt op het plegen van een moord. Dat had ik al eens meegemaakt en ik had er een beroerd gevoel aan overgehouden. Ik wist vrij zeker dat Ranger iemand had vermoord om me te beschermen. Die man was zo gek als een deur en wilde me absoluut dood hebben. Zijn dood was als zelfmoord verklaard, maar in mijn hart wist ik dat Ranger tussenbeide was gekomen om het probleem op te lossen. En ik wist dat er een stilzwijgende overeenkomst tussen Ranger en Morelli bestond. Geen vragen, geen verklaringen.

Als politieman was Morelli gehouden de wet te handhaven. Ranger had zijn eigen wetten. Er waren zaken die in het grijze gebied tussen Morelli en Ranger vielen. Dingen die Ranger bereid was te doen als hij daar de noodzaak van zag. Dingen die Morelli nooit zou kunnen rechtvaardigen.

'Ik zal er eens over nadenken,' zei ik tegen Connie. 'Laat het me weten als je iets van Ranger hoort.'

Ik had de Lincoln op het terreintje achter kantoor neergezet. Ik vertrok door de achterdeur, stapte in en belde Morelli.

'Hoe staat het met Anton?' vroeg ik. 'Is hij op borgtocht vrijgekomen?'

'Het vastgestelde bedrag is nogal hoog. Ik denk niet dat iemand dat voor hem over heeft.'

'Heb je met hem gesproken? Heeft hij je nog iets interessants verteld? Over de Jakhals, bijvoorbeeld?'

'Hij zegt niets,' zei Morelli.

'Kun je hem niet dwingen?'

'Jawel, maar ik kan mijn gummiknuppel nergens vinden.'

'Volgens jou is de Jakhals toch een huurmoordenaar? En hij komt uit LA.'

'We zijn er niet langer zeker van of die informatie juist is. De bron is minder betrouwbaar gebleken dan we dachten. We weten dat er iemand rondloopt die zich Jakhals noemt. En we weten dat hij een lijst afwerkt. Dat is eigenlijk het enige waar we zekerheid over hebben.'

'En ik sta op die lijst.'

'Dat is ons verteld.'

En dat had Anton bevestigd. 'Het zou nuttig kunnen zijn om te weten waarom ik op die lijst sta.'

'Wat de reden ook is, je zou er beter aan doen als je ophield met werken en de rol van ongevaarlijke huisvrouw ging spelen. Of misschien voor een paar maanden wegging. Dit soort jongens vergeet snel.'

'Zou je me missen als ik wegga?'

Het bleef lange tijd stil.

'Nou?' vroeg ik.

'Ik denk na.'

Vervolgens belde ik Lula.

'Carol moet over een minuut of tien naar binnen,' zei Lula.

'Hoe moeten we nu thuiskomen?'

'Ik ben onderweg. Parkeren valt niet mee. Bel me als jullie op de stoep voor de rechtbank staan, dan kom ik langs om jullie op te pikken.'

Ik bereikte het gerechtsgebouw en reed een blokje om. Tijdens mijn tweede rondje ging de telefoon.

'We staan buiten,' schreeuwde Lula. 'En Carol is er ook bij. En we moeten allemaal een borrel!'

'En het vonnis?'

'Proeftijd en verplichte cursus. Het was haar eerste vergrijp en ze had al betaald voor alles wat ze heeft opgegeten. We hadden een vrouwelijke rechter van honderd kilo die reuze veel begrip had.'

Ik ging de hoek om en zag het drietal op de stoep staan. Lula en Cindy stonden te lachen. Carol leek verdoofd. Ze was krijtwit en klemde een zak Dorito's tegen haar borst. Ze stond zichtbaar te trillen op haar benen.

Ze schoven allemaal op de achterbank; Carol kwam tussen Cindy en Lula in te zitten.

'Carol beseft niet dat de zitting voorbij is,' zei Lula grijnzend. 'Carol is van de kaart. We moeten zorgen dat Carol een kanjer van een margarita krijgt.'

Ik reed naar de Wijk en parkeerde voor Marsillio's Bar. Het was een prettige, veilige gelegenheid om iets te drinken. Als je bij Marsillio door iemand werd lastiggevallen, kreeg die met Bobby V. te maken. Erger nog, dan zorgde hij dat die iemand geen tafeltje kreeg.

We loodsten Carol naar binnen, zetten haar aan een tafeltje neer en gebruikten een servetje om wat chipskruimels weg te vegen.

'Moet ik de cel in?' vroeg Carol.

'Nee,' zei Cindy. 'Je hoeft niet de cel in.'

'Ik was bang dat ik de cel in zou moeten. Wie moet er dan voor mijn kinderen zorgen?'

'Dan zou ik toch voor je kinderen zorgen,' zei Cindy. 'Maar je kunt gerust zijn, want je hoeft niet de cel in.'

Alan, de eigenaar, kwam snel aangelopen met een margarita voor Carol.

'Moet ik de cel in?' vroeg ze.

Drie margarita's later schoven we Carol in de Lincoln. Ik zette haar af bij Cindy's huis.

'Tjonge,' zei Lula. 'Ze had hem behoorlijk om.'

Als ze geluk had, kotste ze een paar zakken Dorito's uit. Begrijp me niet verkeerd, ik ben gek op Dorito's, maar chips zijn niet echt een verstandig voedingsmiddel als je ze met karrenvrachten tegelijk eet.

Het liep tegen het eind van de middag, dus bracht ik Lula terug naar kantoor. Ik parkeerde achter en we gingen door de achterdeur naar binnen.

Connie schoot overeind zodra ze ons zag. 'Ik heb een stapel mappen,' zei ze. 'We doen er allemaal wat, dan zijn we er zo af. Ik wil niet weer zo'n chaos in het archief.'

Ik pakte mijn deel aan en begon ze op alfabet te leggen. 'Volgens Joe is Anton Ward deze keer niet op borgtocht vrijgekomen.'

'De borgsom is hoog; die kan niemand opbrengen. Zijn broer heeft gebeld, maar Vinnie wilde er niet aan. De enige manier waarop Ward op vrije voeten kan komen is als iemand zich persoonlijk garant stelt, en dat krijgt Anton Ward van niemand gedaan.'

'Waar wordt hij van beschuldigd?'

'Gewapende roofovervallen en medeplichtigheid.'

'Het gaat onrechtvaardig toe in deze wereld,' zei Lula. 'Dat misselijke scharminkel zal zijn maatjes verlinken in ruil voor strafvermindering en dan krijgt hij hoogstens een jaar of wat.'

Connie borg haar laatste map op. 'Ik denk niet dat hij dat voor elkaar krijgt. Ik denk dat hij helemaal niets zal zeggen. Als hij Slachters verlinkt, is hij zo goed als dood.'

Er klonk een salvo uit een automatisch wapen aan de achterkant van het gebouw en instinctief lieten we ons allemaal op de grond vallen. Het schieten hield op, maar we bleven liggen.

'Zeg dat het een nachtmerrie is,' zei Lula. 'Ik wil dit niet geloven.'

Na een tijdje krabbelden we overeind en liepen op onze tenen naar de achterdeur om te luisteren.

Niets te horen.

Connie zette de deur op een kier. 'Goed,' zei ze, 'nu begrijp ik het wel.'

Lula en ik keken ook naar buiten.

De Lincoln was bezaaid met bendegrafitti en doorzeefd met kogels. De banden waren kapotgeschoten en de ruiten waren aan diggelen.

'Hmf,' zei Lula. 'Zo te zien heb je ander vervoer nodig.'

Wat ik nodig had was een ander leven. Ik merkte dat ik weer op mijn lip kauwde en dwong mezelf daar onmiddellijk mee op te houden.

'Je ziet een beetje witjes,' zei Connie. 'Gaat het wel?'

'Ze hebben me gevonden. Ik had een nieuwe auto gekocht en achter neergezet en daar hebben ze hem gevonden.'

'Waarschijnlijk hielden ze het kantoor in de gaten,' zei Lula.

'Ik doe mijn best om niet te gaan gillen,' zei ik.

'Speel je rol,' zei Lula. 'Dat is wat we moeten doen. We kiezen een rol en die spelen we dan. Welke rol wil je spelen?'

'Ik wil slim zijn en ik wil moedig zijn.'

'Gooi je erin,' zei Lula.

Connie trok de deur dicht en deed hem op slot. Ze ging naar het berghok, rommelde in dozen en kwam terug met een Kevlarvest.

'Kijk eens of het je past,' zei ze.

Ik hulde me erin, drukte de sluitstrippen vast en trok er het sweatshirt met capuchon over aan.

Lula en Connie deden een stapje achteruit om naar me te kijken. Ik had Rangers zwarte pet op, bij zijn zwarte T-shirt en zwarte sweatshirt.

'Verdomd gek,' zei Lula. 'Nu ruik je niet alleen zoals Ranger, je begint zelfs op hem te lijken.'

'Ja,' zei Connie. 'Hoe komt het toch dat je nog steeds naar Ranger ruikt?'

'Ik heb een nieuw merk badschuim. Ruikt net als dat spul van Ranger.' Goed gelogen, hè?

'Ik ga er vijf liter van kopen,' zei Lula. 'Hoe heet het?'

'Bulgari.'

Ik reed weer rond in Rangers pick-up. Ik parkeerde twee straten bij zijn flatgebouw vandaan en wachtte op zonsondergang en de leegloop. Nog een paar minuten, dan was de kust vrij. Ik wachtte al ruim twee uur. Ik vond het niet erg. Ik had de tijd gebruikt om na te denken.

Connie had gelijk: ik moest weten waarom ik op die lijst stond. Vroeg of laat zou de eenheid straatcriminaliteit of de criminele inlichtingendienst daar wel achter komen, maar ik had moeite met dat 'vroeg of laat'. Zoveel geduld had ik niet.

In het borgkantoor was ik op een stom, idioot idee gekomen. Het was zo stom en idioot dat ik het niet over mijn lippen had kunnen krijgen. Het probleem was dat het idee me niet losliet.

Wat ik nodig had was een verlinker. Ik moest een Slachter zien te vinden die ik kon overhalen om zijn mond open te doen. Veel geld om iemand om te kopen had ik niet, dus zou ik geweld moeten gebruiken. En die Slachter zou ik moeten zien te vinden buiten het Slachtersgebied. Ik was niet van plan me daar nog eens te wagen.

Dus hoe moest ik één enkele Slachter buiten zijn gebied te pakken krijgen? Ik wist dat er een achter de tralies zat: Anton Ward. Ik hoefde alleen maar borg voor hem te staan, dan kon ik hem zó meenemen. Ja, het plan moest nog verder worden uitgewerkt, maar het bood ongetwijfeld mogelijkheden.

De zon was ondergegaan en de straten waren verlaten. Tijd om naar het gebouw te gaan kijken, meende ik. Ik sloot de pick-up af, trok de capuchon over Rangers honkbalpet en wandelde naar het hek. Op de vierde en vijfde etage brandde licht. In de lobby zag ik alleen de avondportier. Nu of nooit, dacht ik. Ik zapte door het hek, liep door de garage en nam de lift, allemaal probleemloos. Ik ging de flat binnen en kwam tot rust. De flat was prettig leeg. Precies zoals ik hem had achtergelaten. Ik liet de sleuteltjes van de pick-up vallen op de schaal in het halletje, trok het sweatshirt uit en liep naar de keuken.

Rex draafde in zijn molentje. Ik tikte tegen de zijkant van de kooi en zei hem gedag. Rex hield even stil, met trillende snorharen. Hij knipperde een keer met zijn ogen en ging door met draven.

Ik deed de koelkast open om erin te kijken. Vervolgens keek ik naar mijn middel. Er lubberde nog steeds wat vet over de tailleband van mijn spijkerbroek, maar minder dan de dag ervoor. Ik was beslist op de goede weg. Ik deed de koelkastdeur weer dicht en verliet haastig de keuken, voor ik in de verleiding kon komen een biertje te nemen.

Ik keek een poosje tv en ging toen onder de douche. Ik hield mezelf voor dat ik wilde douchen om me te ontspannen, maar eigenlijk was het me om de geur van de zeep te doen. Soms kon ik vergeten dat ik in Rangers huis woonde. Op deze avond lukte dat niet. Ik was me er maar al te zeer van bewust dat ik zijn handdoeken gebruikte en in zijn bed sliep. Het is een soort Russische roulette, dacht ik. Elke avond ga ik de flat binnen en laat het magazijn draaien. Binnenkort zou Ranger me hier opwachten en dan kwam het schot tussen de ogen.

Ik droogde me af, trok een slipje en een T-shirt aan en ging naar bed. De lakens waren koel en het was donker in de slaapkamer. In Rangers bed voelden slipje en T-shirt heel dun aan. Ik zou me veel geruster voelen als ik aangekleed was. Sokken, spijkerbroek, twee of drie overhemden die tot het bovenste knoopje aan toe waren dichtgeknoopt. Misschien ook een jack en pet.

Het kwam door de douche, besliste ik. Het warme water en die heerlijke zeep. En de handdoek. Daardoor was ik oververhit geraakt. Daar kon ik wel iets aan doen... maar dan werd ik blind. Daarmee werd althans gedreigd toen ik in de Wijk opgroeide: van masturberen word je blind. Ik had me daar niet altijd door laten weerhouden, maar ik maakte me er wel zorgen over. Ik wilde niet blind worden. Bovendien: stel dat het net lekker ging en Ranger kwam binnen? Eigenlijk klonk dat wel opwindend.

Nee! Dat was niet opwindend. Wat haalde ik me in mijn hoofd? Ik was min of meer met Joe. Dus waar hing hij verdorie uit als ik hem nodig had? Hij zat thuis. Waarschijnlijk. Daar kon ik heen. Ik kon naar binnen gaan en zeggen dat ik net een douche had genomen met die heerlijke zeep waarvan ik me altijd sexy ga voelen. En dan zou ik hem vertellen hoe ik me door de handdoek had laten meeslepen...

Lieve help. Ik deed het licht aan. Ik moest iets te lezen hebben, maar er waren geen boeken, geen tijdschriften, geen catalogi in dit huis. Ik hulde me in Rangers ochtendjas, ging op de bank liggen en deed de tv aan.

Ik werd wakker van de ontbijtshow. Ik had Rangers ochtendjas nog aan. Ik lag op de bank. En ik had een pesthumeur. Dat werd er niet beter op door Al Roker, die op het scherm in gesprek was met een of andere vrouw uit Iowa, en Al keek er zo monter bij als maar kan. Al kijkt altijd zo monter als maar kan. Waar haalt hij het vandaan?

Ik zei Al gedag en zapte de tv uit. Ik sleepte me naar de badkamer, maar besloot de douche over te slaan. Ik poetste mijn tanden en trok de kleren aan die op de vloer lagen.

Ik smachtte naar koffie, maar het was bijna acht uur en ik moest het gebouw uit. Ik zette Rangers pet op, hulde me in het

vest en het sweatshirt en nam de lift naar de garage. De liftdeuren gingen open toen er net een auto de garage in reed. Ik
drukte me plat tegen de zijwand van de lift en ging terug naar
de zesde verdieping. Daar wachtte ik tien minuten in de hal
voordat ik het er nog eens op waagde. Nu was er niemand in de
garage.

Ik liep naar buiten, naar de pick-up. De lucht was grauw en
het was gaan motregenen. De gebouwen aan weerskanten van
Comstock Street waren van rode baksteen en beton. Geen bo-
men, geen struikgewas, geen gazons ter afwisseling. Als de zon
scheen, zag de straat er lekker stads uit, in de regen grimmig.

Ik reed naar kantoor en parkeerde de pick-up open en bloot.
Connie was al aan het werk. Lula was er nog niet. Vinnie was
nergens te bekennen.

Ik liep meteen door naar de koffiepot en schonk een kopje
vol. 'Ik zie Vinnie de laatste tijd niet meer,' zei ik tegen Connie.
'Hoe zit dat?'

'Hij heeft aambeien. Hij komt een uurtje langs om te klagen
en gaat dan weer naar huis om op zijn rubber donut te zitten.'

Connie en ik grijnsden allebei. Vinnie verdiende aambeien.
Vinnie wás een aambei.

Ik nam een slok koffie. 'Dus nu maak je zelf de borgcontrac-
ten op?'

'Voor de lage borgsommen. Vinnie komt nog wel van zijn
krent voor types als Anton Ward.'

'Ik wou een gunst vragen.'

'O jee,' zei Connie. 'Ik voel hem aankomen.'

'Ik wil dat je me helpt Anton Ward op borgtocht vrij te krijgen. Ik moet hem spreken.'

'Geen denken aan. Gebeurt niet. Uitgesloten. Vergeet het
maar.'

'Je hebt het zelf bedacht! Je hebt zelf gezegd dat ik moest uitzoeken hoe ik op het lijstje van de Jakhals terecht was gekomen.'

'En je denkt dat Ward je dat uit dankbaarheid zal vertellen?'

'Nee, ik was van plan het uit hem te slaan.'

Connie dacht erover na. 'Slaan kan wat opleveren,' zei ze.

'En wie gaat hem aftuigen?'

'Ik en Lula. Jij mag ook meedoen, als je wilt.'

'Even kijken of ik het goed begrijp,' zei Connie. 'We stellen ons garant. Dan begeleiden we hem van de gevangenis naar de achterbak van Lula's Firebird en brengen hem ergens heen voor een goed gesprek.'

'Ja. En als we klaar met hem zijn, trekken we onze garantie in.'

'Strak plan,' zei Connie. 'Heb je het helemaal zelf bedacht?'

'Ja.'

'Wat heeft ze helemaal zelf bedacht?' vroeg Lula, die door de voordeur binnenkwam. 'Man, wat een rotweer. Het blijft nog de hele dag hozen.'

'Stephanie heeft een plan om Anton Ward vrij te krijgen en wat informatie uit hem te slaan,' zei Connie.

Lula's stemming sloeg om en ze grijnsde breed. 'Meen je dat nou? Wat een gaaf idee. Jullie laten mij er toch niet buiten? Ik ben heel goed in mensen slaan. En ik zou het enig vinden om Anton Ward een pak slaag te geven.'

'Je doet mee,' zei ik tegen Lula. 'Maar we moeten eerst nog het een en ander verzinnen. Bijvoorbeeld: waar nemen we hem mee naar toe om hem af te tuigen?'

'Het moet ergens afgelegen zijn, zodat niemand hem hoort gillen,' zei Lula.

'En het moet goedkoop zijn,' zei ik. 'Ik heb geen geld.'

'Ik heb het,' zei Connie. 'Vinnie heeft een huisje in Point Pleasant. Het staat aan het strand, en daar is nu niemand. Het seizoen is afgelopen.'

'Dat is een uitstekend plan,' zei Lula. 'De speelhallen zijn nog open en tussen het slaan door kan ik aan de grijparm.'

'Denk je dat we hem zwaar moeten aftuigen?' vroeg ik aan Connie. Ze had veel familie bij de georganiseerde misdaad, en ik dacht dat zij wel op de hoogte zou zijn.

'Ik hoop het,' zei Lula. 'Ik hoop dat het dagen duurt voordat hij gaat praten. Ik ben gek op Point Pleasant. En ik heb al een hele tijd niemand geslagen. Ik verheug me op dat pak slaag.'

'Ik heb nog nooit iemand geslagen,' zei ik.

'Maak je geen zorgen,' zei Lula. 'Je hoeft alleen maar naar mij te kijken om te zien hoe het moet.'

'We moeten het verstandig aanpakken,' zei Connie. 'Niemand mag weten dat wij Ward in handen hebben. We moeten zorgen dat het erop lijkt dat hij de benen heeft genomen.'

'Daar heb ik al over nagedacht,' zei ik. 'Je kunt Wards broer terugbellen en zeggen dat we bereid zijn ons garant te stellen voor Ward als hij bereid is de elektronische enkelband van iSE-CUREtrac te dragen. Die hebben we toch pas binnen?'

'We hebben hem nog niet gebruikt. Ik heb hem nog niet eens uit de doos gehaald,' zei Connie.

'Als Ward ja zegt op de enkelband, zeggen we dat hij aan ons moet worden overgedragen om de enkelband aan te brengen. En dan zeggen we tegen iedereen dat dat aanbrengen hier moet, op kantoor. We zeggen dat Anton daarna vrij is om te gaan.

We doen Anton de handboeien om zodra hij wordt vrijgelaten en nemen hem mee naar kantoor, maar in plaats van hem de enkelband om te doen, stoppen we hem bij Lula in de achterbak. Ze hoeft alleen maar met de achterkant naar de achterdeur toe te parkeren, en Anton is al onderweg naar Point Pleasant. Daarna doen we alsof Anton is ontsnapt. We kunnen zeggen dat hij op kantoor naar de wc is gegaan en door het raampje naar buiten is geklommen.'

'Briljant,' zei Lula. 'Je bent een crimineel genie.'
'De voorbereiding zal wat tijd in beslag nemen,' zei Connie.
'Ik regel het voor tegen het eind van de werkdag. Dan lijkt het niet verdacht als we het kantoor afsluiten en verdwijnen. Intussen rijden jullie naar Point Pleasant om het huis in orde te maken.' Uit een grote verzameling in haar bovenste lade diepte ze een sleutel op. 'Hier is de sleutel van het huisje. Het heeft geen alarminstallatie. Het is een simpel vakantiehuisje aan het strand.'
Ze schreef het adres op een plakbriefje en gaf het aan mij.

Lula en ik zeiden niet veel onderweg naar Point Pleasant. Moeilijk te zeggen waarom Lula stil was. Mijn stilzwijgen kwam voort uit een mengeling van ongeloof en pure angst. Ik kon nog niet geloven dat we dit echt zouden doen. Het was krankzinnig. En ik had het helemaal zelf bedacht.
Ik reed in Rangers pick-up en Lula las de kaart. We hadden de oceaan bereikt en keken uit naar Vinnies straat. Het regende gestaag en de strandhuisjes die er in de julizon charmant en kleurig uitzagen, stonden er treurig bij in het troosteloos grauwe weer.
'Bij de volgende straat ga je linksaf,' zei Lula. 'En dan doorrijden tot het eind. Het is het laatste huis aan de rechterkant. Volgens Connie is het zalmroze met turkoois. Ik hoop dat ze het mis heeft met die kleuren.'
'Het lijkt wel een spookstad,' zei ik. 'Er brandt nergens licht.'
'Dat komt ons goed uit,' zei Lula. 'Maar het is wel een beetje eng. Of we in een griezelfilm zijn beland. Nachtmerrie in Point Pleasant, zoiets.'
Ik bereikte het laatste huisje aan de rechterkant en verdomd: het was zalmroze geschilderd, met turkooise kozijnen. Het was een simpel huisje, twee kamers beneden en twee boven, uitzicht op zee. Geen garage, wel een oprit die Vinnies huisje scheidde

211

van het vrijwel identieke huisje ernaast. In deze tijd van het jaar zou een auto op de oprit nauwelijks zichtbaar zijn.

Ik parkeerde de pick-up en deed de koplampen uit. Lula en ik tuurden door de regen naar de voordeur van het huisje. Boven de deur hing een met de hand geschilderd bordje: ZEEBRIES.

'Vinnie heeft vast een hele poos nagedacht voor hij op die naam kwam,' zei Lula.

Ik zette mijn capuchon op en Lula en ik sprintten door de regen en stonden samen op het stoepje terwijl ik onhandig deed met de sleutel. Ten slotte zwaaide de deur open, we schoten naar binnen en ik mikte de deur dicht.

Lula schudde haar hoofd met de in rijen gevlochten krullen, zodat het water alle kanten op vloog. 'We hadden geen beroerdere dag kunnen uitzoeken om dit te doen.'

'Misschien moeten we een paar dagen wachten op beter weer.' De angsthaasuitspraak van het jaar, recht uit het hart.

'Ik wil geen paniek zaaien, maar als je een paar dagen wacht, ben je er misschien niet meer om die kerel af te tuigen.'

12

De achterdeur van Vinnies strandhuisje gaf toegang tot de keuken. Op de vloer lag geel met wit zeil dat betrekkelijk nieuw leek. Het werkvlak was van rood formica. De kastjes waren wit geschilderd. De apparaten waren ook wit. Koelkast. Fornuis. Een kleine houten tafel met een blauwwit geblokt plastic tafelkleedje stond tegen een muur. Er stonden vier stoelen omheen. Achter de keuken was een zitkamer en eetkamer in één. Het goudgele vloerkleed was sleets. De eetkamertafel was wit met goud, Frans provinciaal. Waarschijnlijk in beslag genomen bij iemand die zijn borgsom had verbeurd. In de zitkamer stond een bankstel van bruin velours. Zo chic als een duur bordeel. De wandtafeltjes waren van donker vruchtbomenhout in mediterrane stijl. Overal lagen geborduurde kussens met tekst. KUS ME, IK BEN ITALIAANSE. OOST-WEST, THUIS BEST. HIER BEGINT DE ZOMER.

Beneden waren een badkamer en een slaapkamertje. Beide ruimten grensden aan de oprit.

'Hier gaan we Anton aftuigen,' zei Lula toen ze in de badkamer stond. 'Voor het geval er bloed vloeit, met al die tegels hier is dat gemakkelijk schoon te maken.'

Bloed? Mijn maag kromp ineen en ik zag zwarte vlekjes voor mijn ogen zweven.

Lula ging door. 'En er is alleen dat matglasruitje boven de kuip. Dus niemand kan ons zien. Ja, dit is geschikt. Lekker privé. Geen buren in de buurt. Dat is belangrijk omdat hij waarschijnlijk zal gillen van de pijn, en we willen niet dat mensen dat horen.'

Ik ging op de wc zitten en liet mijn hoofd tussen mijn knieën zakken.

'Gaat het wel?' vroeg Lula.

'Ik ben op dieet. Ik denk dat ik slap ben van de honger.'

'Ik weet nog dat ik dat ook had toen ik op dieet was,' zei Lula. 'En toen ontdekte ik dat proteïnedieet waarvoor ik veel gebraden fricandeau moest eten. Op dat dieet voelde ik me prima. Alleen overdreef ik het soms. Zoals toen ik die afgeprijsde gekookte kreeften had gevonden, en al die kreeften met gesmolten boter at. Die boter ging als ganzenvet door me heen.'

Dit was niet het moment waarop ik iets over ganzenvet wilde horen. Ik bleef op de wc zitten en haalde een paar keer diep adem, terwijl Lula de bovenverdieping ging inspecteren.

'Er zijn daar twee slaapkamers en een wc. Niets bijzonders. Lijkt me voor kinderen en logés,' zei Lula toen ze terugkwam. 'Misschien moesten we maar liever zorgen dat je iets te eten krijgt.'

Ik had geen behoefte aan eten. Ik had behoefte aan iemand die me ervan zou weerhouden iemand te ontvoeren en te mishandelen. Ik liep de badkamer uit en liep door de zitkamer naar de voordeur. Ik deed de deur open en stond op een overdekt terras. Er was een minuscule voortuin, net groot genoeg voor de aluminium strandstoel met een bekleding van gevlochten nylon en een tafeltje.

Een houten wandelsteiger liep zover het oog reikte door over het strand. Achter de steiger had het natte zand de kleur en structuur van net aangemaakt cement. De oceaan was lawaaiig en eng. Grote grijze rollers braken op het strand en riepen visioenen op van tsunami's die Point Pleasant zouden wegvagen. De wind was aangewakkerd en joeg een gordijn van regen over het terras. Ik trok me binnen terug en deed de deur op slot. We trokken alle zonweringen en gordijnen dicht voordat we weggingen.

Vanuit White Horse belde ik Connie. 'En?' vroeg ik.

'Het is geregeld,' zei Connie. 'Ward en zijn broer zijn er met open ogen ingetrapt. Ward zit in de bak aan Cass Street. Ik moet er voor vier uur heen om hem vrij te krijgen.'

Ik haalde Connie om half vier op en zette haar af bij de bajes. We dachten dat Ward misschien ongunstig zou reageren als hij Lula en mij zag, dus wachtten we in de pick-up. Na een halfuur kwam Connie met Ward naar buiten; zijn polsen waren op zijn rug geboeid. De cabine van Rangers pick-up was voorzien van een achterbank en stalen ringen in de vloer, heel geschikt om boeien doorheen te halen. Connie stapte met Ward achterin en ik reed weg.

Ward zei niets. En ik zei niets. Lula zei niets. We waren allemaal bang dat we iets verkeerds zouden zeggen. Ward dacht dat hij naar huis werd gebracht, en Lula en Connie en ik dachten dat we hem zouden aftuigen tot hij zijn mond opendeed.

Ik parkeerde langs de stoeprand voor kantoor. We namen de tijd om Ward uit te laden en maakten er zo goed als het ging in de regen een nummer van. We wilden zorgen voor getuigen die konden vertellen dat hij inderdaad hier was geweest. Ik had voortdurend hartkloppingen en moest telkens denken aan de woorden 'onbezonnen plan'.

Eindelijk hadden we hem binnen en zetten hem neer in de stoel voor Connies bureau. De bedoeling was hem in de gelegenheid te stellen zijn mond tegen ons open te doen. Als hij niet wilde meewerken, zouden we het verdovingspistool gebruiken, hem blinddoeken en naar de Firebird verslepen.

'Ik wil meer weten over de Jakhals,' zei ik.

Hij zat onderuitgezakt op de stoel. Dat valt niet mee als je handen op je rug zijn geboeid, maar hem lukte het. Hij bekeek me van tussen zijn slaperige oogleden. Nors. Brutaal. Hij zei niets.

'Ken je de Jakhals?' vroeg ik.

Niets.

'Je moest maar liever antwoord geven,' zei Lula. 'Anders worden we misschien wel kwaad, en dan moet ik weer op je gaan zitten.'

Ward spuwde op de vloer.

'Dat is smerig,' zei Lula. 'Dat willen we niet hebben. Als je niet uitkijkt, geef ik je zo'n zware klap stroom dat je in je broek pist.' En ze liet hem het verdovingspistool zien.

'Wat moet dit verdomme allemaal?' vroeg Ward en ging rechtop zitten. 'Ik dacht dat ik een enkelband zou krijgen. Wat moet dat met die stroomstoot?'

'We dachten dat je misschien eerst met ons wil praten,' zei Lula.

'Ik heb rechten en die worden geschonden,' zei Ward. 'Jullie mogen me helemaal niet met handboeien om laten zitten. Doe me godverdomme die enkelband om of laat me vrij.'

Lula boog zich over hem heen en dreigde hem met haar vinger. 'Zulke woorden gebruik je niet in het gezelschap van dames. Dat willen wij niet hebben.'

'Ik zie geen dames,' zei Ward. 'Ik zie een groot dik zwart...' En hij gebruikte het k-woord. Nog erger dan het h-woord.

Lula liet hem een dot stroom voelen en Ward schoot uit zijn stoel.

Connie was ook gaan staan om te proberen de ramp te beperken. 'Hij mag niet bij de deur komen!' riep ze.

Ik schoot naar de deur om hem tegen te houden. Hij draaide zich om en wilde door de achterdeur vluchten. Connie en Lula hadden allebei een verdovingspistool in de hand.

'Ik heb hem, ik heb hem,' schreeuwde Lula.

Ward boog zijn hoofd en gaf Lula een kopstoot in de maagstreek waardoor ze op haar achterste neerkwam. Connie kwam met haar hoofd tussen haar schouders op hem af en ze namen elkaar taxerend op. Ward ging haastig een stapje opzij om haar te ontwijken. Hij was niet slim, wel beweeglijk.

Ik nam een snoekduik naar zijn rug. We gingen allebei neer, ik rolde van hem af en Connie kwam erbij met haar verdovingspistool.

'Umf,' zei hij en werd slap.

We keken allemaal gauw op om te zien of iemand door het raam aan de straatkant naar binnen keek.

'Gelukt,' zei Connie. 'Gauw, help me hem achter de archiefkasten te slepen voordat iemand hem ziet.'

Tien minuten later konden we weg. Ward was aan enkels en polsen geboeid, in een deken gewikkeld en door de achterdeur naar Lula's auto gedragen. We legden hem in de kofferbak en sloegen alle drie een kruis. Toen mikte Connie de klep dicht.

'Heilige moeder Gods,' zei Connie. Ze ademde zwaar en had zweetdruppeltjes op haar voorhoofd.

'Hij gaat daar toch niet dood?' vroeg ik aan Connie. 'Hij kan toch wel ademhalen?'

'Ja hoor. Ik heb het nagevraagd bij mijn neef Anthony. Anthony weet zulke dingen.'

Lula en ik twijfelden er geen ogenblik aan dat Anthony alles wist over mensen in kofferbakken vervoeren. Anthony werkte voor een aannemersbedrijf. Als je Anthony goed behandelde, vorderde je klus probleemloos; als je besloot dat je Anthony's diensten niet nodig had, kreeg je waarschijnlijk brand.

Connie sloot het kantoor af en we stapten allemaal in de Fire-bird. Nadat we twintig minuten hadden gereden, kwam Anton Ward bij en begon te schreeuwen en te trappen in de kofferbak. Waar ik zat klonk het niet echt luid, maar het werkte wel op je zenuwen. Wat voelde hij? Woede, paniek, angst. Wat voelde ik? Medelijden? Nee. Ondanks de geruststelling van Connies deskundige was ik bang dat Ward dood zou gaan, dat we hem in het donker in de Pine Barrens zouden moeten begraven. Hier-voor zou ik onmiddellijk naar de hel gaan, dacht ik. Het was een opeenstapeling van zonden waar ik me met weesgegroetjes niet uit zou kunnen bidden.

'Ik word knetter van die vent,' zei Lula. Ze zette een cd op en smoorde Ward door middel van rap.

Tien minuten later voelde ik mijn mobieltje trillen. Het zat onder mijn Kevlarvest en door de rap kon ik de ringtone niet horen, maar het trillen voelde ik wel.

Ik klapte mijn mobieltje open en riep: 'Ja?'

Het was Morelli. 'Zeg dat je Ward niet hebt vrijgekocht.'

'De ontvangst is hier heel slecht,' zei ik. 'Ik kan je nauwelijks verstaan.'

'Misschien gaat het beter als je de radio zachter zet. Verdom-me, waar hang je uit?'

Ik maakte kraakgeluiden, beëindigde het gesprek en zette mijn telefoon uit.

Moeilijk te zeggen op welk tijdstip er een einde kwam aan het schoppen en schreeuwen, maar toen Lula op Vinnies oprit par-keerde en de motor uitzette bleef het stil in de achterbak.

Het regende nog steeds en het was donker op straat. Nergens licht in de huisjes. In de verte ging de oceaan tekeer; de golven braken met veel gedruis op het strand, waarna het water zich met een zuigend geluid terugtrok.

Het was pikdonker toen we ons over de achterbak van de Fire-bird bogen. Ik had een zaklantaarn. Connie had het verdovings-pistool. Lula had haar handen vrij om de klep open te maken. 'Het plan,' zei Lula. 'Zodra ik de klep omhoog heb, moet Ste-phanie met haar zaklantaarn in zijn ogen schijnen voor het ge-val hij de deken van zich af heeft, en dan kan Connie hem een stroomstoot geven.'

Lula deed de klep open. Ik knipte het licht aan en richtte op Ward. Connie boog zich over Ward om hem een stroomstoot te geven, en hij trapte Connie. Hij trof Connie vol op de borst en ze kwam een meter verder op haar achterste terecht. Het verdo-vingspistool vloog uit haar hand en verdween in de duisternis.

'Shit,' zei Connie en krabbelde overeind.

Ik liet de zaklantaarn vallen en Lula en ik sjorden Ward uit de auto. Hij bood heftig verzet en vloekte ons stijf, nog gewikkeld in de deken. We lieten hem twee keer vallen voordat we hem binnen hadden.

Zodra we in de keuken waren, lieten we hem opnieuw vallen. Connie deed de keukendeur dicht en op slot; bezweet en hij-gend bleven we kijken naar de kwade man die op het zeil lag te kronkelen. Hij hield op met kronkelen toen de deken van hem af gleed.

Hij droeg een wijde skatebroek die van zijn magere achterste was gegleden en om zijn knieën hing. Hij droeg een katoenen boxer die roodwit gestreept was. Zijn logge basketbalschoenen van vierhonderd dollar waren niet dichtgeknoopt, zoals gebrui-kelijk bij leden van een jeugdbende. Hij zag er niet uit, maar toch al een stuk beter dan de vorige keer dat ik hem had gezien.

'Dit is ontvoering,' zei hij. 'Dat kunnen jullie niet doen, kren-gen.'

'Natuurlijk wel,' zei Lula tegen hem. 'Wij zijn premiejagers en wij ontvoeren zo vaak mensen.'

'Nou, niet echt vaak,' zei ik.

Connie keek gekweld. Mensen ontvoeren was niet echt toegestaan. We konden mensen wel aanhouden en vervoeren, als we over de juiste papieren beschikten.

'Als je ophoudt met spartelen, zetten we je overeind en schuiven een stoel bij,' beloofde ik.

'Dan hijsen we zelfs je broek op, zodat we niet naar Mannetje Slapmans hoeven te kijken,' zei Lula. 'Ik heb Mannetje Slapmans nu zo vaak gezien dat ik echt niet meer hoef. Zo geweldig is hij niet.'

We sjorden hem overeind en hesen zijn broek op, en duwden hem op een van de houten keukenstoelen om hem vast te binden met een eind touw dat we om zijn borst trokken en achter de rugleuning vastknoopten.

'Nu ben je aan onze genade overgeleverd,' zei Lula. 'Je gaat ons vertellen wat we willen weten.'

'Daar word ik toch bang van.'

'En terecht. Als je niet over de Jakhals gaat praten, moet ik je slaan.'

Ward lachte kort.

'Dat is dan duidelijk. Toe maar, Stephanie, zorg dat hij gaat praten.'

'Wat?'

'Toe dan, doe hem pijn. Tuig hem af.'

'Je zult ons even moeten excuseren,' zei ik tegen Ward. 'We moeten even onder vier ogen praten.'

Ik trok Lula en Connie mee naar de zitkamer. 'Ik kan hem niet slaan,' zei ik.

'Waarom niet?' vroeg Lula.

'Ik heb nog nooit iemand geslagen.'

'Nou en?'

'Dus ik kan niet naar hem toe lopen om hem te slaan. Het

is anders wanneer iemand je aanvalt en je je niet kunt beheersen.'

'Nietes,' zei Lula. 'Je moet gewoon bedenken dat hij jou eerst heeft aangevallen. Je loopt naar hem toe en je stelt je voor dat hij je een opdoffer verkoopt. En dan sla je terug. Als je eenmaal bezig bent, krijg je er vast plezier in.'

'Waarom doe jij het niet?'

'Ik zou het wel kunnen, als ik het zou willen,' zei Lula.

'Nou dan.'

'Maar ik vind het niet mijn taak. Ik bedoel: jij bent degene die meer over de Jakhals wilt weten. En jij bent de premiejager. Ik assisteer alleen een premiejager. Ik dacht dat je het juist graag wou doen.'

'Dat heb je dan verkeerd gedacht.'

'Goh, ik had nooit gedacht dat je niet zou durven,' zei Lula.

Hmf. Ik liep terug naar Ward en ging voor hem staan. 'Laatste kans,' zei ik.

Hij zwabberde met zijn tong en spuwde op mijn schoen.

Ik maakte een vuist en hield mezelf voor dat ik hem een stomp zou geven. Maar ik deed het niet. Mijn vuist bleef vlak voor zijn gezicht hangen en mijn knokkels raakten nog net zijn voorhoofd.

'Geen stijl,' zei Lula.

Ik sleepte Connie en Lula weer mee naar de zitkamer.

'Ik kan het niet,' zei ik. 'Iemand anders zal hem moeten slaan.'

Lula en ik keken naar Connie.

'Best,' zei ze. 'Uit de weg, jullie.'

Connie stampte naar Ward toe, trok haar schouders naar achteren en gaf hem een tikje.

'Tjees,' zei Lula. 'Wat een wijventik. Kan je niet harder?'

'Ik werk op kantoor,' zei Connie. 'Wat dacht jij dan?'

'Tja, dan zal ik het moeten doen,' zei Lula. 'Maar als ik eenmaal bezig ben, gaat het hard. Dan krijgt hij butsen en builen en bloedende wonden. Daar zouden we problemen mee kunnen krijgen.'

'Daar zit wat in,' zei ik tegen Connie. 'Het is beter als er niet te veel van te zien is.'

'Laten we hem allemaal voor zijn kloten schoppen,' zei Lula. We trokken ons weer terug in de zitkamer.

'Ik kan hem niet voor zijn kloten schoppen,' zei Connie.

'Ik ook niet,' zei ik. 'Hij zit daar op die stoel. Ik kan iemand niet in zijn kruis schoppen terwijl hij op een stoel zit. Misschien moeten we hem losmaken. Dan kunnen we hem in huis achterna zitten om in de stemming te komen.'

'Uitgesloten,' zei Connie. 'Hij heeft me al een keer ondersteboven geschopt. Daar wil ik hem niet nog een keer de kans toe geven.'

'We kunnen hem met brandende sigaretten bewerken,' zei Lula.

We keken elkaar gaan. We rookten geen van drieën. We hadden geen sigaretten.

'Zal ik een stok pakken?' zei Lula. 'Een bezemsteel of zo. Dan kunnen we hem meppen alsof hij een golfbal is.'

Connie en ik vertrokken ons gezicht.

'Daar kun je iemand heel lelijk mee raken,' zei Connie.

'Dus we willen hem maximale pijn toebrengen zonder hem te bezeren?' zei Lula. 'Zullen we hem dan met een naald prikken? Ik vind het heel vervelend om me aan een naald te prikken. En er komt een klein gaatje van.'

'Dat zou iets kunnen zijn,' zei Connie. 'En we kunnen hem prikken waar het niet te zien is.'

'Zoals zijn pik,' zei Lula. 'We kunnen een speldenkussen maken van zijn pik.'

'Zijn pik raak ik niet aan,' zei ik.

'Ik ook niet,' zei Connie. 'Zelfs niet met rubber handschoe-

nen aan. Zijn voeten dan? Je kunt met de naald tussen zijn te-
nen prikken, dat ziet niemand.'
'Ik wed dat je dat idee van Anthony hebt,' zei Lula.
'Conversatie tijdens het eten,' zei Connie.
We gingen uit elkaar om een naald te zoeken. Ik nam de
slaapkamer beneden en vond een naaidoos in de kast. Ik koos
de grootste naald uit en liep ermee naar de keuken.
'Wie gaat het doen?' vroeg ik.
'Ik wil zijn schoen wel uittrekken,' zei Connie.
'En ik doe zijn sok wel uit,' zei ik.
Dan moest Lula de naald hanteren.
'Ik wed dat jullie denken dat ik niet durf,' zei Lula.
Connie en ik maakten wat aanmoedigende geluiden.
'Hmf,' zei Lula. En ze pakte de naald aan.
Connie trok Wards schoen uit, ik verwijderde de sok. Daarna
gingen Connie en ik achteruit om Lula de ruimte te geven voor
haar operatie.
Ward keek zenuwachtig en bewoog zijn geboeide voeten.
'Het is een bewegend doelwit,' zei Lula. 'Zo kan ik mijn werk
niet doen.'
Connie haalde nog een stuk touw om Wards enkels aan de
stoelpoten vast te binden.
'Dit kleine biggetje ging naar de markt,' zei Lula en raakte
met de punt van de naald zijn kleine teen aan. 'Dit kleine biggetje bleef thuis...'
'Die naald moet erin,' zei Connie.
Lula pakte Wards grote teen, kneep haar ogen dicht en ramde de naald in Ward, precies tussen twee tenen in. Ward liet een
enorme gil horen waardoor al mijn haren recht overeind gingen
staan.
Lula sperde haar ogen open. Haar ogen draaiden weg en Lula
viel flauw. Connie holde naar de wc om over te geven. En ik

strompelde naar buiten om voor de deur in de regen te kunnen staan tot het gedreun in mijn hoofd zou afnemen.

Toen ik in de keuken terugkwam, zat Lula rechtop. De rug van haar shirt was doorweekt van het zweet en zweet parelde op haar bovenlip.

'Zeker iets verkeerds gegeten,' zei ze.

Het toilet werd doorgespoeld en Connie kwam terug. Haar kapsel was uitgezakt en ze had haar make-up afgespoeld. Ze zag er angstaanjagender uit dan Lula met de naald.

Wards zwarte pupillen waren verwijd. Als blikken hadden kunnen doden, waren we er allemaal geweest.

'Wil je praten?' vroeg Lula aan Ward.

Ward richtte zijn vernietigende blik op Lula.

'Hmf,' zei Lula.

We liepen weer naar de zitkamer.

'Wat nu?' vroeg ik.

'Het is wel een harde,' zei Lula.

'Het is helemaal geen harde,' zei ik. 'Het is een sukkel. En wij zijn watjes.'

'Als we hem hier eens opsluiten zonder eten,' zei Lula. 'Als hij honger krijgt, gaat hij vast wel praten.'

'Dat kan dagen duren.'

Connie keek op haar horloge. 'Het wordt laat. Ik moest maar eens naar huis.'

'Ik ook,' zei Lula. 'Ik moet naar huis om de kat te voeren.'

Ik keek Lula aan. 'Ik wist niet dat je tegenwoordig een kat had.'

'Ik denk er hard over,' zei Lula. 'Ik overweeg onderweg naar huis bij de dierenwinkel een kat te kopen en dan moet ik hem voeren.'

'Wat doen we nu verder met die idioot?' vroeg Connie.

We richtten onze aandacht weer op Ward.

'Volgens mij kunnen we hem voorlopig wel hier laten,' zei ik. 'Misschien kunnen we er een nachtje over slapen.'

We maakten de touwen los, zetten Ward overeind, duwden hem de wc in en maakten hem met de handboeien vast aan de afvoer van de wastafel. Hij had één hand vrij en hij kon bij het toilet. We haalden het medicijnkastje leeg. We lieten de enkelboeien zitten, maakten een ketting aan de enkelboeien vast en wikkelden de extra ketting om de voet van het toilet. Daarna deden we de deur dicht.

'Dit voelt een beetje als een ontvoering,' zei ik.

'Welnee,' zei Lula. 'We houden hem alleen vast. Dat mogen we.'

'Ik denk erover om ander werk te gaan doen,' zei Connie. 'Iets normalers... zoals explosieven opruimen.'

We deden het licht uit en sloten af. We stapten in Lula's auto en reden Point Pleasant uit.

'En ik heb niet één speelhal van binnen gezien,' zei Lula.

Rangers pick-up stond nog voor het borgkantoor. Hij was niet besmeurd met graffiti en evenmin met kogels doorzeefd. Dat leek me gunstig. Ik stapte uit de Firebird en zapte de pick-up van het slot. Toen ging ik een stap achteruit, hield mijn adem in en startte de motor met de afstandsbediening. Ik loosde een diepe zucht van opluchting toen de pick-up niet explodeerde.

'Je kunt rijden,' zei Lula. 'Tot morgen. Wees voorzichtig.'

Ik klom in de pick-up en vergrendelde de portieren. In het donker bleef ik nog even van de stilte genieten; ik wist niet goed wat ik van de afgelopen dag moest denken. Ik was moe. Ik was somber. Ik was ontdaan.

Ik schrok toen er iemand tegen de ruit aan de kant van het stuur tikte. Ik zoog mijn adem in toen ik de man zag. Hij was groot. Langer dan een meter tachtig. In het donker was niet goed te zien of hij sterk was. Maar ik vermoedde dat hij heel wat spiermassa had. Hij droeg een ruimvallend zwart sweatshirt met capuchon en zijn gezicht was niet te zien in de schaduw van de capuchon. In het donker leek zijn huid even zwart als het sweatshirt. Zijn ogen gingen schuil achter een donkere bril. Hij kon een van Rangers mannen zijn. Of hij kon een boodschapper van de doden zijn. In elk geval vond ik hem enorm eng. Ik haalde de pick-up van de handrem en schakelde om weg te kunnen scheuren als dat nodig was.

Ik draaide het raam een heel klein eindje omlaag. 'Wat?' vroeg ik.

'Mooie pick-up.'

'Hmmm.'

'Van jou?'

'Voorlopig.'

'Weet je wie ik ben?'

'Nee.'

'Wil je het weten?'

'Nee.'

Verbazingwekkend dat mijn stem niet oversloeg, want mijn hart bonsde en ik had kramp in mijn ingewanden.

'Ik vertel het je toch,' zei hij. 'Ik ben je ergste nachtmerrie. Ik ben de Jakhals. En ik ga je niet alleen doodmaken... Ik ga je levend verslinden. Dat mag je als een letterlijke belofte opvatten.'

Zijn lage stem klonk ernstig. Geen glimlach in zijn stem, maar ik wist dat hij dit ogenblik als een kick beleefde. Hij genoot van andermans angst en hij hoopte angst op mijn gezicht te zien. Ik keek in zijn spiegelende brillenglazen en zag mijn eigen gezicht. Er was weinig aan mijn gezicht te zien, meende ik. Dat was gunstig. Ik leerde van de mannen in mijn leven.

'Waarom wil je me doodmaken?' vroeg ik.

'Voor de lol. En je kunt er nog een tijdje over nadenken, want ik moet nog de kloten van een diender afsnijden voordat ik me met jou kan vermaken.' Het was meer voor hem dan een verzetje, bedacht ik. Hij was geen jochie meer. Zijn spierkracht en houding had hij waarschijnlijk in de gevangenis opgedaan. Hij was door de Slachters hierheen gehaald en ik dacht dat Connie gelijk had, dat het de Jakhals bij het moorden om nog iets anders ging dan het bevredigen van zijn bloeddorstigheid. Ik vermoedde dat de Jakhals genoot van het doden zelf. Waarschijnlijk ontmande hij zijn slachtoffers om zijn macht over de vijand te tonen en ik vermoedde ook dat hij het prettig vond om bloed aan zijn handen te hebben.

Hij maakte een of ander bendegebaar naar me en deed een stap achteruit. 'Geniet maar van je laatste uren op aarde, hoer,' zei hij.

Een zwarte Hummer verscheen uit het niets en stopte naast me. De Jakhals stapte in en de Hummer verdween. Te snel om het nummerbord te kunnen zien.

Ik bleef roerloos en verstijfd zitten tot ik de achterlichten van de Hummer niet meer kon zien. Zodra de lichten uit mijn gezichtsveld waren verdwenen, verdween ook mijn stoerheid. De tranen stroomden over mijn wangen en slikken kostte me moeite. Ik wilde niet dood. Ik had nog donuts om op te eten. Ik had nichtjes om te verwennen. Als ik doodging, werd die arme Rex wees. En Morelli. Niet aan denken, dacht ik. Ik wist niet wat ik van Morelli moest vinden, maar ik had er spijt van dat ik nooit tegen hem had gezegd dat ik van hem hield. Ik had het nooit hardop gezegd. Ik wist niet goed waarom. Het juiste ogenblik was misschien nooit gekomen. En ik had altijd gedacht dat ik nog alle tijd had. Morelli kende ik als kind al. Ik kon me nauwelijks een leven zonder hem voorstellen, maar soms was het net zo moeilijk me zijn rol in mijn toekomst voor te stellen. Ik kon geen twee maanden met hem samenwonen zonder sentimenteel te worden. Waarschijnlijk was dat geen goed teken. Nu zat ik met een dilemma. Mijn ogen drupten en ik had een loopneus. Ik moest heel erg mijn best doen om niet hardop te janken. Ophouden! hield ik mezelf voor. Beheers je. Gemakkelijker gezegd dan gedaan. Ik voelde me kwetsbaar en machteloos. De kwetsbare en machteloze Stephanie wilde naar Morelli toe. De koppige Stephanie wilde daar niet aan toegeven. En de min of meer intelligente Stephanie besefte dat het onverstandig zou zijn Rangers pick-up voor Morelli's huis te parkeren. De Jakhals zou de wagen herkennen als hij erlangs reed en Morelli's huis zou het doelwit worden van god mocht weten wat.

Ik koos voor actie zonder er verder bij na te denken. Ik gaf gas en liet me door de pick-up ergens heen brengen. Natuurlijk bracht hij me naar Rangers gebouw. Ik parkeerde op de gebruikelijke plek, twee straten bij de garage vandaan. Ik voelde onder de zitting om Rangers wapen te pakken. Het was een halfautomaat. Ik wist vrij zeker dat hij geladen was. Eigenlijk hield ik niet van vuurwapens, en dat was nog te zwak uitgedrukt. Ik wist niet of ik met dit wapen zou kunnen schieten, maar ik dacht dat ik er misschien iemand bang mee kon maken.

Ik dook weg in mijn sweatshirt met capuchon, sloot de pick-up af en liep met gebogen hoofd door de regen naar de garage. Minuten later was ik in Rangers flat met de deur op slot. Ik legde de sleutels en het wapen in de hal neer. Ik ontdeed me van sweatshirt, pet en Kevlarvest. Ik deed mijn natte schoenen en sokken uit. Mijn spijkerbroek was onder de knie doorweekt, maar dat had ik de hele dag al gehad en dat kon ik nog wel even verdragen. Ik jammerde niet meer, en ik was uitgehongerd.

Ik stak mijn hoofd in Rangers koelkast en haalde er een van zijn pakken magere yoghurt uit. Ik wilde niet doodgaan met een vetrol die over mijn tailleband hing.

Ik schraapte het laatste beetje yoghurt uit de kom en keek naar Rex. 'Jammie,' zei ik. 'Ik kan niet meer.'

Rex draafde in zijn molentje en reageerde niet. Rex is een beetje traag van begrip. Hij ziet niet altijd de humor van sarcasme in.

'Waarschijnlijk zou ik Morelli moeten bellen,' zei ik tegen Rex. 'Wat vind jij?'

Rex reageerde neutraal, dus belde ik Morelli.

'Hallo,' zei Morelli.

Ik zette een lief stemmetje op. 'Met mij. Sorry dat de verbinding vanmiddag zo slecht was.'

'Je moet nog oefenen op je gekraak. Het klinkt niet droog genoeg.'

'Ik vond het anders niet slecht.'

'Tweederangs,' zei Morelli. 'Hoe zit het? Vertel je me nu eindelijk wat er met Ward aan de hand is? Hij schijnt verdwenen te zijn.'

'Die is ons ontsnapt.'

'Hij schijnt aan iedereen ontsnapt te zijn. Zijn broer heeft hem ook niet gezien.'

'Hmmm. Dat is interessant.'

'Je hebt hem toch niet ontvoerd?'

'Ontvoeren is een naar woord.'

'Dat is geen antwoord op mijn vraag,' zei Morelli.

'Wil je dat dan, nee toch?'

'Jezus.'

'Ik heb je nog iets te vertellen voordat je neerlegt. Ik heb de Jakhals vandaag ontmoet. Ongeveer een uur geleden. Ik zat in Rangers pick-up voor kantoor, en de Jakhals tikte op mijn ruit om zich voor te stellen.'

Er viel een lange stilte waarin ik de knisperende emotie in de verbinding voelde. Verbijstering dat dit was gebeurd. Angst om mij. Woede omdat ik het contact had laten plaatsvinden. Toen hij zich eindelijk weer liet horen, gebruikte hij zijn vlakke dienderstem.

'Vertel alles maar,' zei Morelli.

'Hij is fors. Langer dan een meter tachtig. En stevig. Het leek me spiermassa, maar daar ben ik niet zeker van. Zijn gezicht heb ik niet te zien gekregen. Hij droeg een bril met donkere glazen. En hij had een enorme sweatshirtcapuchon over zijn hoofd.'

'Blank, latino, Afro-Amerikaans?'

'Afro-Amerikaans. Misschien voor een deel latino. Hij had een licht accent. Hij zei dat hij me dood zou maken, maar eerst nog een politieman dood moest maken. Hij zei dat hij het voor de lol deed, maar dat lijkt me niet het hele verhaal. Bij het afscheid maakte hij een bepaald gebaar. Waarschijnlijk een bendegebaar. Beslist niet Italiaans.'

'Het is bijna tien uur. Wat deed je om negen uur 's avonds voor kantoor?'

'Lula en Connie en ik waren naar Ward op zoek geweest.'

'Waar dan?'

'Overal.'

Er viel weer een lange stilte en ik had het gevoel dat er niets goeds uit dit gesprek kon komen, dus draaide ik er een punt aan. 'Ik ga je hangen,' zei ik. 'Ik wil vanavond vroeg naar bed. Ik wilde het je alleen laten weten. En ik wilde tegen je zeggen dat ik... eh... je lief vind.' *Shit!* Wat laf van me! Waarom kon ik dat woord niet uitspreken? Stom, stom, stom.

Morelli zuchtte in de telefoon. 'Stom, stom, stom.'

Ik zuchtte terug en verbrak de verbinding.

'Dat ging goed,' zei ik tegen Rex. *Tjees.*

13

Het was tien uur in de avond en ik was bekaf. Ik had het de hele dag koud gehad in mijn natte kleren. Ik had net een gênant gesprek met Morelli achter de rug. En van een kommetje vetvrije, fruitloze, ongezoete yoghurt zonder chocola was ik ook niet echt opgeknapt.

'Soms moeten er offers worden gebracht,' hield ik Rex voor. 'Soms moet je het afvallen onderbreken voor het genoegen van pindakaas op waardeloos witbrood.'

Ik voelde me een stuk beter nadat ik een waardeloze witte boterham met pindakaas had gegeten, dus negeerde ik de karnemelk met twee procent vet en dronk een glas van Rangers waterige taptemelk zonder smaak. Levenskunst, toch?

Ik zei Rex welterusten en deed het licht in de keuken uit. Ik was te moe en had het te koud om tv te kijken. En ik was te groezelig om meteen in bed te duiken. Dus sleepte ik mezelf naar de douche.

Ik bleef onder de warme straal staan tot ik rimpelig was geworden en het heerlijk warm had gekregen. Ik trok een rood bikinislipje aan en liet een van Rangers T-shirts over mijn hoofd glijden. Ik wreef mijn haar droog en klom in bed.

Hemels. Jammer toch dat het bed, het shirt en de hele comfortabele flat niet echt van mij waren. Jammer dat de eigenaar iemand was die nogal angstaanjagend kon zijn. Die gedachte bracht me op de vraag of ik de voordeur wel op het nachtslot had gedaan. Ik kroop uit bed, liep op blote voeten naar de voordeur en voelde aan het slot. Alles zat op slot. Niet dat Ranger zich daardoor liet weerhouden. Hij kon elk slot openkrijgen. Ook een nachtslot, een grendel of een ketting. Ranger liet zich nergens door weerhouden. Gelukkig werd Ranger nog niet terugverwacht. En de gemiddelde dief, verkrachter, moordenaar, gangster beschikte niet over Rangers talenten.

Ik kroop weer in bed en deed mijn ogen dicht. Ik was veilig, in elk geval nog een paar dagen.

Ik werd moeizaam wakker met het gevoel dat er iets mis was. Ik zat op het randje van een droom, maar iets gaf me in dat ik wakker moest worden. Het kwam door het licht, dacht ik. Het was niet fel, maar wel hinderlijk. Ik was in slaap gevallen terwijl er ergens in de flat nog licht brandde. Waarschijnlijk was het gebeurd toen ik ging kijken of alles op slot zat. Waarschijnlijk moest ik even het bed uit om het licht uit te doen.

Ik lag op mijn buik met mijn gezicht in het kussen gedrukt. Ik tuurde naar het klokje bij het bed. Twee uur. Ik wou niet opstaan. Ik lag, om met oma Mazur te spreken, zo knus als een mus in mijn warme nestje. Dat licht kon barsten.

Ik deed mijn best om het licht te negeren toen ik in de verste hoek van de kamer geritsel van kleding hoorde. Als ik een man was geweest, zou ik op dit ogenblik mijn testosteron hebben gemobiliseerd en een vechthouding hebben aangenomen. Bij gebrek aan testosteron hield ik mijn ogen dicht en hoopte dat de dood snel zou komen.

Na zo'n twintig seconden hield ik het niet langer uit om de dood af te wachten. Ik deed mijn ogen open en draaide op mijn rug.

Ranger stond tegen de deurpost geleund, met zijn armen losjes voor zijn borst over elkaar geslagen. Hij droeg zijn gebruikelijke werkkleding: zwart T-shirt en zwarte cargobroek.

'Ik probeer te bedenken of ik je uit het raam moet gooien of naast je moet gaan liggen,' zei Ranger, zonder veel verbazing of verontwaardiging.

'Zijn er nog andere mogelijkheden?' vroeg ik.

'Wat doe je hier?'

'Ik had een veilig onderkomen nodig.'

Zijn mondhoeken krulden. Niet echt een grijns, maar hij vond het kennelijk grappig. 'En hier dacht je veilig te zijn?'

'In elk geval tot je terugkwam.'

De bruine ogen staarden me strak aan. 'Waar ben je banger voor: uit het raam gegooid worden of het bed delen met mij?'

Ik ging rechtop in bed zitten, met het dek onder mijn kin. 'Verbeeld je maar niks. Zo eng ben je niet.' *Gelogen, natuurlijk.*

Het bijna-lachje bleef zichtbaar. 'Ik zag het pistool en het kogelvrije vest toen ik binnenkwam.'

Ik vertelde hem hoe de Jakhals me had bedreigd.

'Je had Tank moeten vragen je te helpen,' zei Ranger.

'Ik voel me niet altijd op mijn gemak bij Tank.'

'En bij mij voel je je wel op je gemak?'

Ik aarzelde.

'Meid,' zei Ranger, 'je ligt in mijn bed.'

'Ja. Nou ja, dat wijst waarschijnlijk op een zeker vertrouwen.'

Zijn aandacht ging naar mijn borst. 'Heb je een T-shirt van mij aan?'

'Ik moet nodig wassen.'

Ranger maakte de veters van zijn laarzen los.

'Wat doe je?'

Hij keek me aan. 'Ik ga naar bed. Ik ben al sinds vanmorgen vier uur op en heb er een rit van negen uur naar huis op zit-

233

ten. De laatste uren stortregende het. Ik ben moe. Ik ga onder de douche en dan ga ik naar bed.'

'Eh...'

'Kijk niet zo paniekerig. Je kunt op de bank slapen, of je kunt weggaan, of je kunt in bed blijven liggen. Ik zal je niet in je slaap belagen. Dat ben ik althans niet van plan. Morgenochtend praten we verder.'

En hij verdween in de badkamer.

De hemel sta me bij. Ik wilde het bed niet uit. Het bed was heerlijk warm. De lakens waren zijdezacht. De kussens waren precies goed. En het was een groot bed. Ik kon aan mijn kant blijven liggen en hij kon aan zijn kant blijven liggen, en dan was er toch niets aan de hand? Kennelijk vatte hij mijn logeerpartij niet als seksuele uitnodiging op. We waren allebei volwassen. Dit kon gewoon.

Ik ging op mijn zij liggen, met mijn gezicht naar de muur en mijn rug naar de badkamer, in slaap gesust door het geluid van de douche in de verte en de regen tegen het raam.

Ik werd langzaam wakker en dacht eerst dat ik weer bij Morelli thuis was. Ik voelde de warmte van de man die naast me lag en schoof naar hem toe. Ik stak mijn hand uit en zodra mijn vingertop zijn huid raakte, besefte ik mijn vergissing.

'Sorry,' zei ik.

'Meid,' zei Ranger die zijn armen om me heen schoof en me tegen zich aan drukte.

Ik wilde terugrollen, maar werd afgeleid door de geur van het sexy badschuim in combinatie met warme Ranger. 'Je ruikt lekker,' zei ik, met mijn lippen bij zijn hals en zonder verbinding tussen mijn verstand en mijn mond. 'Ik heb elke keer onder de douche aan je gedacht. Ik vind het heerlijk, het spul dat je gebruikt.'

'Dat koopt mijn huishoudster voor me,' zei Ranger. 'Misschien moet ik haar opslag geven.'

En hij kuste me.

'O shit!' zei ik.

'Wat is er?'

'Het spijt me. Ik heb opeens een ontzettend schuldgevoel vanwege Morelli.'

'Nu we het toch over hem hebben: waarom lig je niet in zijn bed?'

'Het oude liedje.'

'Jullie hebben ruzie gehad en jij bent boos weggelopen.'

'Niet echt ruzie, eerder verschil van mening.'

'Ik zie hier een ongezond patroon in, meid.'

Vertel mij wat. 'Ik wou niet terug naar mijn ouders omdat de Jakhals achter me aan zat en ik wou mijn familie niet in gevaar brengen.' Bovendien werken ze op mijn zenuwen. 'Ik wou eerst in de pick-up slapen, maar die bracht me hier. De GPS stond aan. Ik hoefde alleen maar de aanwijzingen te volgen.'

'En toen heb je bij mij ingebroken?'

'Ik had een sleutel. Je lijkt niet echt kwaad of verbaasd dat ik je flat heb geleend.'

'Met uitzondering van de zesde verdieping is het hele gebouw van binnen en van buiten voorzien van camera's en microfoons. Tank belde me op toen je voor het hek parkeerde. Ik ging ervan uit dat je een goede reden had om de flat te gebruiken, dus zei ik tegen hem dat je kon blijven.'

'Dat was aardig van je.'

'Ja, maar ik ben ook aardig. En ik moet nodig naar mijn werk.' Hij stond op en drukte naast het bed op een knopje.

Een vrouw liet zich horen. 'Goeiemorgen,' zei ze. 'Welkom thuis.'

'Ontbijt voor twee personen vandaag,' zei Ranger.

Ik keek naar hem. Hij droeg de zwartzijden boxer. Die hing verontrustend laag op zijn heupen en zijn haar was in de war. Hoe het me was gelukt een eind aan zijn kus te maken en toe te geven aan mijn schuldbesef was me een raadsel. Het kostte me de grootste moeite niet uit bed te springen om hem vast te pakken.

'Wat was dat?' vroeg ik, dankbaar dat mijn stem niet zo opgewonden klonk als ik me voelde.

'Ella en Louis Guzman onderhouden dit gebouw voor me. Ik werk hier en soms slaap ik hier. Niet veel meer. Ella neemt me alles uit handen. Ze kookt, maakt schoon, doet de was en de boodschappen.'

'En ze brengt je ontbijt?'

'Over tien minuten staat ze voor de deur. Ik heb hier nog nooit een vrouw ontvangen, dus ze zal wel nieuwsgierig zijn. Accepteer dat met een glimlach. Ze is erg aardig.'

Ik was aangekleed en had mijn tanden gepoetst toen Ella aanbelde. Ik deed de deur voor haar open en ze kwam met een groot zilveren dienblad binnen.

'Hallo. Goeiemorgen!' zei ze met een lachend gezicht in het voorbijgaan.

Ze was klein en stevig, met kort zwart haar en de kwieke oogopslag van een vogel. Begin vijftig, dacht ik. Ze had felrode lippenstift op. Geen andere make-up. Ze droeg een zwarte spijkerbroek en een zwart tricot truitje met een V-hals. Ze zette het dienblad op de tafel in de eetkamer neer en dekte voor twee personen.

'Dit is Rangers gebruikelijke ontbijt,' zei Ella tegen mij. 'Als je iets anders wilt, maak ik het graag voor je klaar. Eieren misschien?'

'Dank u. Dat hoeft niet. Het ziet er heerlijk uit.'

Ella trok zich terug en deed de deur achter zich dicht. Ze had hete koffie in een zilveren pot gebracht, met een bijpassend room-en-suikerstel, een bord met voorgesneden vers fruit en bessen, een zilveren schaaltje met gerookte zalm en twee potjes verse kaas. Er lag een witlinnen servet over een mandje gesneden, geroosterde bagels.

In de slaapkamer strikte Ranger de veters van zijn laarzen. Hij droeg zijn gebruikelijke uniform en zijn haar was nog vochtig van de douche.

'Wat is dit?' zei ik en wees met gestrekte arm en wijsvinger naar de eetkamer.

Hij liep naar de eettafel. 'Ontbijt?'

'Eet je elke dag zo?'

'Elke dag dat ik hier ben.'

'Geen boombast en wilde knollen meer?'

Hij schonk koffie in en at wat fruit. 'Alleen in een jungle in de Derde Wereld. En daar ben ik zelden.'

'Ik heb die kartonnen ontbijtvlokken gegeten die in de keuken staan.'

Ranger keek me aan. 'Meid, ik heb in de kast gekeken. Je hebt er ook suikerbommen staan.'

'Hm,' zei ik. 'Is dit nou de Batmangrot?'

'Dit is een flat in mijn kantoorgebouw. Ik heb soortgelijke kantoorgebouwen en flats in Boston, Atlanta en Miami. Beveiliging is tegenwoordig big business. Ik bied een ruime kring van cliënten een scala aan diensten aan. Trenton was mijn eerste uitvalsbasis en hier breng ik ook de meeste tijd door. Mijn familie woont nog in Jersey.'

'En vanwaar die geheimzinnigheid?'

'We doen niet geheimzinnig over de kantoorgebouwen, maar we willen niet opvallen.'

'We?'

'Ik heb zakenpartners.'

'Laat me raden: Spiderman, de Flash, Wonder Woman en Superman.'

Zo te zien overwoog Ranger om te lachen.

'Nou goed, laat je zakenpartners maar zitten,' zei ik. 'Terug naar de Batmangrot. Is er een Batmangrot?'

Ranger prikte wat gerookte zalm op een bagel. 'Daar zul je meer moeite voor moeten doen. Hij staat niet in het telefoonboek en de GPS brengt je er niet heen.'

Een uitdaging.

Ranger keek op zijn horloge. 'Ik heb nog vijf minuten. Vertel me over de Jakhals.'

'Er valt niet veel te vertellen. Hij wil me doodmaken. Ik heb je gisteravond alles al verteld wat ik weet.'

'Wat doe je eraan?'

'Connie en Lula en ik hebben een Slachter ontvoerd. De bedoeling was dat hij ons meer over de Jakhals zou vertellen, maar dat is niet gelukt.'

Ranger schoof zijn stoel iets achteruit om zijn koffie op te drinken. 'Een Slachter ontvoeren is heel goed. Waarom wilde hij niet praten?'

'Omdat hij dat niet wou.'

Rangers koffiekopje bleef halverwege zijn mond hangen. 'Je wordt geacht hem over te halen.'

'We wilden hem aftuigen, maar toen we hem op een stoel hadden vastgebonden, bleek niemand van ons in staat om hem te slaan.'

Ranger proestte het uit en morste koffie op de tafel. Hij zette zijn kopje neer en pakte zijn servet; hij probeerde zijn lachen in te houden, maar dat lukte niet erg.

'Tjees,' zei ik. 'Ik geloof dat dit de eerste keer is dat ik je zo zie lachen.'

'Er valt niet veel te lachen als je tot je knieën in de shit staat. En dat is meestal de omgeving waarin we opereren.' Met zijn servet maakte hij de tafel droog.

'Als je dit allemaal hebt, waarom sloof je je dan nog uit om voortvluchtigen op te sporen?'

'Ik ben er goed in. En iemand moet het doen.'

Ik liep met hem mee naar zijn garderobe, zag dat hij de afgesloten la openmaakte en er een pistool uit haalde. Ik moest erg mijn best doen om boven zijn middel te blijven kijken, maar ik dacht: geen ondergoed!

'Heb je die Slachter nog ergens?' vroeg hij.

'Ja.'

'Kan hij niet ontsnappen?'

'Nee.'

'Vandaag heb ik overdag andere dingen te doen, maar we kunnen vanavond met hem gaan praten. Mijd intussen alle contact met hem. Ga hem geen eten brengen. Hij kan zich beter zorgen maken.' Hij schoof het pistool in de holster aan zijn riem. 'Ik heb de pick-up nodig. Neem maar een van de Porsches. De sleuteltjes liggen op de schaal in de hal. De communicatieruimte en de sportschool zijn op de vierde verdieping. Maak gerust gebruik van de sportschool. Ella en Louis wonen op de vijfde verdieping. Als je iets nodig hebt, druk je op knop vijf. Ze komt vandaag langs om het bed op te maken en de vuile was op te halen. Als je je wasgoed voor haar klaarlegt, doet ze je was.' Hij keek weer op zijn horloge. 'Ik moet naar een vergadering. Ik neem aan dat je hier nog een poosje wilt wonen?'

'Graag.' Ik had niet veel keus.

Zijn mondhoeken krulden tot het vage lachje. 'Je steekt je bij me in de schuld, meid. Je moest maar eens wat doen aan je schuldgevoel.'

Ai.

Hij pakte me vast om me te kussen en ik voelde mijn tenen krullen. En ik vroeg me af hoelang ik erover zou doen om hem uit te kleden. En hoeveel minuten hij nog had voor die vergadering. Ik dacht niet dat ik veel tijd nodig zou hebben. Hij droeg immers geen ondergoed. Dan ging het toch sneller?

'Ik moet weg,' zei hij. 'Ik ben al te laat.'

Goddank dat hij al te laat was. Er waren geen minuten meer. Geen gelegenheid om Joe te bedriegen. Geen tijd voor een directe hellevaart. Ik streek de rimpels in zijn hemd glad waar ik de stof had vastgepakt. 'Weet je waar de pick-up staat?'

'In de garage. Tank heeft hem gisteren binnen geparkeerd. Alle wagens zijn voorzien van GPS. We weten altijd waar ze zijn.'

Geweldig. Ik was echt blij dat ik de moeite had genomen hem twee straten verderop neer te zetten.

Ik nam een douche, kleedde me aan en ging naar beneden, waarbij ik ervoor zorgde geen van Rangers mannen tegen te komen. De regeling gaf me een onbehaaglijk gevoel.

Ik koos de Turbo en parkeerde voor het kantoor om er een oogje op te kunnen houden. Dat ik een goedkope Lincoln was kwijtgeraakt, was één ding; ik wilde geen kogelgaten in Rangers dure Porsche.

'Godallemachtig,' zei Lula terwijl ze door het raam naar de Porsche keek. 'Is dat Rangers Porsche?'

'Ja. Hij is terug en hij had de pick-up nodig, dus heeft hij me de 911 gegeven. Hij gaat vanavond met onze vriend praten. Hij zegt dat we geen contact met hem moesten hebben. En hij wil niet dat we hem te eten geven.'

'Dat is prachtig,' zei Connie. 'Ik heb geen behoefte aan een herhaling van gisteren.'

'Nee,' zei Lula. 'Dat was gênant.'

'Zijn er nog nieuwe klanten?' vroeg ik.

'Nee, maar je hebt er nog drie uitstaan,' zei Connie. 'Shoshan-

na Brown, Harold Pancek en die man van de duim, Jamil Rodriguez. Misschien wil je Rodriguez overdoen aan Ranger.'
'We zien wel,' zei ik. 'Ik ga zo meteen bij Shoshanna Brown langs.'
Lula keek me hoopvol aan. 'Kun je hulp gebruiken?'
'Met Brown niet. Haar heb ik eerder opgebracht. Meestal werkt ze goed mee.' Dat ik de opvallende Turbo tot mijn beschikking had, zou het nog gemakkelijker maken. Shoshanna zat vast thuis in haar armoedige flatje te blowen en naar het reiskanaal op haar gestolen tv te kijken, en ze zou haar vrijheid graag inruilen voor een ritje in de Porsche.
Shoshanna woonde in de sociale woningbouw aan de andere kant van de stad. Ik nam Hamilton Avenue naar Olden en bereikte mijn bestemming via een omweg om bekend Slachtersgebied te vermijden. Ik parkeerde voor het flatgebouw waarin Shoshanna woonde en belde haar op. Normaal gesproken zou ik naar boven gaan om op Shoshanna's deur te kloppen en te vragen mee te gaan. Als ik dat vandaag deed, alleen en in de Porsche, zou de auto verdwenen zijn zodra ik binnen was.
'Ja, wat is er?' vroeg Shoshanna over de telefoon.
'Met Stephanie Plum. Kijk eens naar buiten in de voorkamer.'
'Het mag wel bijzonder zijn. Ik zit te kijken naar de beste badkamers in Las Vegas.'
'Ik kom je een ritje aanbieden in Rangers Turbo.'
'Is dat een geintje? De Porsche? Kom je me halen in de Porsche? Wacht even, ik kom eraan. Ik moet alleen even lippenstift opdoen voor mijn nieuwe foto. Ik zat toch al op je te wachten. Ik hoop dat ik de bak in moet, want ik heb veel last van een kies en ze hebben daar een goede tandarts. En daar hoef ik dan geen cent voor te betalen.'
Twee minuten later kwam Shoshanna naar buiten gestormd en ze werkte zich in de Porsche. 'Dit is pas een wagen,' zei ze. 'Ik

hoop maar dat alle buren kijken. Je kunt zeker niet langs het huis van mijn vriendin Latisha Anne rijden zodat ze me kan zien?'

Ik reed met Shoshanna langs het huis van Latisha Anne, langs Shirelle Marie en Lucy Sue. En daarna bracht ik haar naar de gevangenis.

Shoshanna zat aan een bank geboeid toen ik met mijn papieren kon vertrekken. 'Bedankt,' zei ik. 'Tot de volgende keer.'

'No problemo,' zei ze. 'Ik word alleen gepakt als ik naar de tandarts moet.'

Buiten stond Morelli op me te wachten. 'Leuke auto,' zei hij.

'Van Ranger geleend om Shoshanna op te halen. Ze wou maar wat graag mee.'

'Handig.'

Ik voelde me enorm schuldig. Ik had een droge keel en mijn borst gloeide. Ik voelde zweet prikken bij mijn haarwortels. Ik ben heel goed in het wegredeneren van mijn stommiteiten, maar nu wist ik me geen houding te geven. Ik had met Ranger in bed gelegen! Er was natuurlijk niets seksueels gebeurd. Maar ik had met hem in bed gelegen. En dan het badschuim. En zijn kussen. En, de hemel sta me bij, begeerte. Veel begeerte.

'Het kwam allemaal door het badschuim,' zei ik.

Morelli kneep zijn ogen bijna dicht. 'Badschuim?'

Ik moest me verbijten om niet te zuchten. 'Lang verhaal. Waarschijnlijk wil je het niet horen. Trouwens, uit morbide nieuwsgierigheid: wat voor relatie hebben we eigenlijk?'

'Volgens mij zijn we in het uitstadium van aan/uit. Of misschien is het weer aan... maar wel op afstand.'

'Stel dat ik dat zou willen veranderen in permanent weer aan?'

'Dan zou je allereerst ander werk moeten zoeken. Of liever nog: helemaal geen werk.'

'Geen werk?'

'Je kunt toch huisvrouw worden,' zei Morelli.

We keken elkaar aan vol verbijstering en ongeloof omdat hij zoiets ook maar had voorgesteld.

'Nou goed dan, huisvrouw misschien niet,' zei Morelli. Dat vatte ik op als een veroordeling van mijn huisvrouwelijke vermogens. 'Als ik zou willen, zou ik best huisvrouw kunnen zijn. En een goeie.'

'Tuurlijk wel,' zei Morelli. 'Uiteindelijk. Misschien.'

'Ik was alleen verbaasd omdat een huwelijk meestal een voorwaarde is om huisvrouw te worden.'

'Ja,' zei Morelli. 'Is dat geen griezelig idee?'

Lula en Connie drukten hun neuzen tegen de ruit toen ik uit Rangers Cayenne stapte.

'Waar is de Turbo? Wat is er met de Turbo gebeurd?' wilde Lula weten. 'Je hebt hem toch niet aan puin gereden?'

Ik gaf Connie de documenten. 'Er is niets met de Turbo. Ik heb hem omgeruild nadat ik Shoshanna had afgeleverd. Hij was heel geschikt om Shoshanna uit haar huis te lokken, maar minder geschikt voor wat ik vanmiddag wil doen. Ik wou Pancek weer gaan zoeken en dan hebben we een achterbank nodig, als we geluk hebben.'

Ik stond met mijn rug naar de deur en zag Connies ogen groot worden.

'Hou me vast,' zei Lula die langs me heen door het raam naar buiten keek.

Volgens mij keken ze of naar Johnny Depp of Ranger. Ranger leek me het waarschijnlijkst.

De deur ging open en ik keek over mijn schouder, omdat ik Johnny Depp niet wilde missen. Maar ik was niet echt teleurgesteld toen het Ranger bleek te zijn.

Hij kwam binnen en kwam achter me staan, met zijn hand op mijn rug, zodat mijn huid onder zijn aanraking begon te gloeien.

'Tank zei dat je had gevraagd of ik langs kon komen,' zei hij tegen Connie.

Connie pakte de map van Jamil Rodriguez van de stapel op haar bureau. 'Ik had hem eerst aan Stephanie gegeven, maar die heeft momenteel nogal veel op haar bordje.'

Ranger nam de map aan en bladerde hem door. 'Deze man ken ik. De duim is van Hector Santinni. Santinni had Rodriguez belazerd bij een drugsdeal, dus hakte Rodriguez zijn duim af en stopte hem in een potje met formaline. Rodriguez heeft die duim altijd bij zich. Denkt dat het goed is voor zijn reputatie.'

'Dat is afgelopen,' zei Connie. 'De politie heeft beslag gelegd op de duim.'

'Nu de rest nog,' zei Ranger. Zijn hand gleed naar mijn nek. 'Zeg het maar, meid,' zei hij. 'Wil jij hem hebben?'

'Is het een bendelid?'

'Nee. Hij is een onafhankelijk opererende gek.'

'Dan wil ik hem wel houden.'

'Waarschijnlijk zoekt hij een nieuwe duim,' zei Ranger. 'Dus wees voorzichtig. Meestal is hij 's middags te vinden in de bar op de hoek van Third Avenue en Laramie.'

Hij liet zijn vingertoppen over mijn wervelkolom gaan, waardoor hij gevoelens opriep die ik beslist wilde onderdrukken. En toen was hij weg.

'Verdomd,' zei Lula, die haar duimen opstak en er strak naar keek. 'Ik weet niet of ik achter iemand aan wil gaan die verlegen zit om een duim. Ik ben erg gehecht aan mijn duimen.'

'Je durreft niet,' plaagde ik.

'Hmf,' zei Lula. 'Alsof jij zo moedig bent. Waar haal jij opeens het lef vandaan?'

Ten eerste werd elke rit die ik in de Cayenne maakte gevolgd in de RangeMan-centrale. En alsof dat nog niet genoeg was, had ik het vermoeden dat ik werd geschaduwd. Ranger en Morelli waren aan elkaar gewaagd wat hun gebrek aan vertrouwen in mijn kunnen betrof. Het enige verschil was de mate van geniepigheid. Als er een code rood-alarm is gegeven, begint Morelli te razen en te tieren en probeert me op te sluiten. Ranger geeft een van zijn sterke mannen opdracht me te schaduwen. Ondanks de onzichtbaarheid van de aangewezen sterke man verliest die me geen ogenblik uit het oog; liever dood dan Ranger moeten vertellen dat hij me kwijt is geraakt.

Ik draaide me om naar het raam en zag Ranger wegrijden in de grote zwarte pick-up. Een glimmende zwarte SUV met gekleurd glas rondom stond met stationair draaiende motor achter de Cayenne. 'Daar ontleen ik mijn lef aan,' zei ik.

'Hmf,' zei Lula die met me mee keek naar de SUV. 'Ik wist het toch.'

Lula en ik liepen naar buiten en stapten in de Cayenne. 'Ik wou eerst langs Panceks huis rijden,' zei ik. 'Kijken of hij terug is.'

'Ga je nog proberen de SUV af te schudden?'

'In deze auto kan ik de SUV niet afschudden. Hij is aangesloten op een GPS-systeem dat elke positie doorgeeft.'

'Ik wed dat er een manier is om dat uit te schakelen,' zei Lula.

'Dit is een van Rangers eigen wagens en ik wed dat hij soms niet wil laten weten waar hij naartoe gaat.'

Die gedachte was bij mij ook opgekomen, maar voorlopig wilde ik het systeem helemaal niet uitschakelen. En mijn bodyguard wilde ik ook niet kwijt. Ik had het kogelvrije vest en het sweatshirt op de achterbank liggen en Rangers geladen vuurwapen in mijn tas. Ik dacht dat ik betrekkelijk veilig zou zijn tot de Jakhals zijn derde slachtoffer had gemaakt, maar ik nam geen onnodig risico.

Ik keek om naar de SUV. 'Eerlijk gezegd ben ik wel blij met wat meer bescherming.'

'Begrijp ik wel,' zei Lula.

Ik reed een eindje over Hamilton, ging linksaf de Wijk in en zocht mijn weg in een wirwar van straatjes naar Canter. Ik zag de blauwe Honda Civic niet staan in de buurt van Panceks huis. Ik parkeerde twee huizen verderop, trok mijn vest aan en daarover het sweatshirt, stapte uit en liep naar Panceks deur. Ik belde aan. Geen reactie. Ik belde nog twee keer aan en liep toen terug naar de auto.

'Geen geluk,' zei ik tegen Lula.

'Gaan we weer naar Newark?'

'Vandaag niet. Ranger heeft me verteld waar ik Rodriguez kan vinden. Nu ik toch een escorte heb, wil ik naar die bar.'

'Aan de ene kant klinkt dat goed,' zei Lula. 'Omdat we hulp kunnen inschakelen als het nodig is. Aan de andere kant: als het niet lukt, hebben we een getuige die zich kapot lacht.'

Daar zat iets in. 'Misschien lukt het wel.'

'Ik hoop alleen maar dat het niet Tank is die achter ons zit. Ik zou Tank best een keer mee naar huis willen nemen, en dan helpt het niet als ik betrokken ben bij een mislukte aanhouding.'

De SUV bleef vrij ruim op afstand. Te ver om te kunnen zien wie erin zat. Terwijl we een discussie voerden over de kans om het er goed af te brengen ging mijn telefoon.

'Waar blijf je nou?' wilde Sally weten. 'We wachten al twintig minuten op je.'

'Hoezo?'

'Je zou je vanmiddag de maat laten nemen voor je bruiloftsjurk.'

Hè nee. 'Vergeten.'

'Hoe kan je dat nou vergeten? Je zus gaat trouwen. Dat gebeurt toch niet elke dag. Hoe moet ik de bruiloft voorbereiden als jij je afspraken vergeet?'

'Ik kom eraan.'

'We zijn in de bruidswinkel naast de fijnbakkerij.'
'Wat heb je vergeten?' vroeg Lula.
'Ik moet me de maat laten nemen voor de jurk die ik als bruidsmeisje moet dragen. Ik maak me er zo snel mogelijk af en dan kunnen we Rodriguez gaan halen.'
'Ik ben gek op bruidsjurken,' zei Lula. 'Misschien ga ik er wel een kopen, zelfs al trouw ik nooit. Jurken van bruidsmeisjes zijn ook leuk. En weet je waar ik ook gek op ben? Bruidstaart.'

14

Ik reed als een haas terug naar Hamilton. Ik nam de bocht naar het parkeerterrein van de bruidswinkel op twee wielen en parkeerde de SUV schuin naast de Buick LeSabre van mijn moeder.

Lula en ik sprongen uit de auto en sprintten naar de winkeldeur. Rangers mannen in de SUV kwamen direct na ons aanrijden. De inzittende naast de bestuurder had zijn ene voet al op de grond toen ik me naar hem omdraaide en wees.

'Blijf!' zei ik. En toen gingen Lula en ik haastig naar binnen.

De bruidswinkel was de zaak van Maria Raguzzi, een mollig wijfje van tegen de zestig. Maria heeft kort zwart haar met lange zwarte tochtlatten en dunne zwarte haartjes op haar knokkels. Ze heeft altijd een polsband van klittenband om met een bolrond speldenkussen eraan en zo lang als ik haar ken draagt ze een geel maatlint om haar hals. Ze is drie keer getrouwd en gescheiden, dus ze weet veel van bruiloften.

Loretta Stonehouser, Rita Metzger, Margaret Durski, Valerie, oma Mazur en de 'bruidsadviseur' verdrongen elkaar in de kleine winkel. Maria Raguzzi en Sally waren druk in de weer met het uitdelen van de jurken.

Margaret Durski was de eerste die me zag staan. 'Stephanie!' gilde ze. 'O mijn god, wat is dat lang geleden. Ik heb je niet meer gezien sinds Valeries eerste bruiloft. O mijn god, ik zie je zo vaak in de krant staan. Dan heb je weer iets in brand gestoken.'

Rita Metzger stond vlak achter haar. 'Stephanie-ie-ie!' brulde ze. 'Helemaal te gek, dit! Allemaal weer bij elkaar. Cool, toch? En heb je de jurken gezien? De jurken zijn zó bijzonder. Pompoen. Ik ben dol op pompoen.'

Mijn moeder staarde me aan. 'Word je nog steeds dikker? Je lijkt zo dik.'

Ik ritste het sweatshirt open. 'Het komt door het vest. Daardoor lijk ik dik. Ik had zo'n haast dat ik er niet aan heb gedacht om het uit te doen.'

Alle monden vielen open.

'Wat heb jij nou voor een ding aan?' wilde Rita weten. 'Zo worden je borsten toch platgedrukt? Het is geen gezicht.'

'Het is een kogelvrij vest,' zei oma. 'Dat moet ze dragen omdat ze een belangrijke premiejager is en er altijd mensen zijn die haar willen doodschieten.'

'Er zijn niet altijd mensen die haar willen doodschieten,' zei Lula. 'Maar soms wel... en nu dus ook,' voegde ze eraan toe.

'O mijn god!' zei Margaret.

Mijn moeder onderdrukte een gekreun en sloeg een kruis.

'Maar dat puntjepuntjevest past niet in het puntjepuntjeplan,' zei Sally. Wat moet ik puntjepuntje daar nou mee aan? Zo blijft er puntjepuntje toch geen puntjepuntje over van het model van de puntjepuntjejurk.'

'Het is een kogelvrij vest, geen kuisheidsgordel,' zei ik. 'Het kan uit.'

'Cool,' zei hij.

'Je moet je niet zo druk maken,' zei Lula. 'Je krijgt nog een hersenbloeding als je zo doorgaat.'

'Het is de puntjepuntje verantwoordelijkheid,' zei Sally. 'Ik vat mijn taak als bruidsadviseur serieus op.' Hij tilde een jurk van het rek en gaf die aan mij. 'Deze is voor jou,' zei hij. Nu viel mijn mond open. 'Hij zou toch pompoen zijn?' 'De andere meisjes gaan in het pompoen. Jij bent de belangrijkste, dus ga jij in een andere kleur. Dit is aubergine.' Lula schaterde het uit en sloeg haar hand voor haar mond. Aubergine. Geweldig. Alsof pompoen niet al erg genoeg was. Ik rukte mijn vest los en maakte mijn veters los. 'Waar moet ik dat ding passen?'

'Achter de roze deur is een hokje,' zei Sally en ging me voor met Valeries japon over zijn arm, wankelend onder het gewicht.

Vijf minuten later waren we allemaal dichtgeritst. Drie pompoenen en een aubergine. En Valerie, die gehuld was in zoveel schitterend wit dat we er allemaal sneeuwblind van werden. Haar borsten puilden uit boven de halslijn van het lijfje en de rits op de rug deed een moedige poging de japon bij elkaar te houden. De rok was klokkend om resten van kinderspek te verhullen. In werkelijkheid accentueerde de rok haar heupen en achterste.

Valerie wankelde naar de driedelige spiegel, keek naar zichzelf en slaakte een gil. 'Ik ben dik!' riep ze. 'Mijn god, moet je zien. Ik lijk wel een walvis. Een grote witte walvis. Waarom heeft niemand dat tegen me gezegd? Zo kan ik toch niet over het middenpad. Daar is het middenpad te smal voor.'

'Zo erg is het niet,' zei mijn moeder, die pogingen deed het vet rond het middel glad te strijken. 'Alle bruiden zijn mooi. Je moet jezelf eerst onder de sluier zien.'

Maria kwam met de sluier aandraven om de tule over Vals ogen te draperen. 'Met de sluier erbij is het toch een veel beter gezicht?'

'Ja, en als je echt in een goed humeur wilt komen, moet je Stephanie in aubergine zien,' zei Lula.

'De proeflapjes zagen er veel minder groenteachtig uit,' zei Sally, die naar mijn japon keek.

'Ze heeft een andere make-up nodig,' zei Loretta. 'Aubergine bij haar ogen voor het evenwicht met de jurk. En wat glittertjes onder haar voorhoofd om de ogen te accentueren. En meer blusher.'

'Véél meer blusher,' zei Lula.

'Waarom moet ik eigenlijk trouwen?' vroeg Valerie. 'Wil ik eigenlijk wel trouwen?'

'Natuurlijk wil je trouwen,' zei mijn moeder, met een stem waarin haar paniek duidelijk doorklonk; haar leven trok voor haar ogen voorbij.

'Ja,' zei Valerie. 'Maar wil ik wel met Albert trouwen?'

'Hij is de vader van je kind. Hij is advocaat, eigenlijk. Hij is bijna even lang als jij.' Hierna wist mijn moeder niets meer en zocht steun bij oma.

'Hij is je knuffelbeertje,' zei oma. 'Je honneponnetje en kielekielemannetje en nog veel meer. Zo is het toch?'

'Enig,' zei Lula met een brede grijns op haar gezicht. 'Ik dacht dat ik vanmiddag een duim zou kwijtraken, maar nu ben ik midden tussen de honneponnetjes op de pompoenenakker terechtgekomen.' Lula richtte zich tot Sally. 'En wat ga jij doen? Moet de bruidsadviseur niet een assistente hebben? Of moet je het beslist in je eentje doen?'

'Ik ga zingen,' zei Sally. 'Ik heb een schitterende japon van roestbruin satijn. Ik wilde het herfstthema verder doorvoeren.'

'Misschien moeten we de *Trenton Times* inseinen,' zei Lula tegen mij. 'Of MTV.'

Maria was van de ene japon naar de andere gehuppeld om overal spelden in te doen. 'Klaar,' zei ze.

Sally nam me apart. 'Je heb toch wel aan de bruidsavond gedacht? Vrijdagavond in de Veteranenzaal.'

'Natuurlijk. Hoe laat?'

'Zeven uur. En het is een verrassing, dus kijk uit met wat je tegen Valerie zegt.'

'Slot op mijn mond.'

'Laat me de rits zien,' zei oma. 'Ik zie graag dat iemand de rits dichttrekt en de sleutel weggooit.'

Ik ritste mijn lippen dicht en gooide de sleutel weg.

Lula draaide zich om op de bank. 'De mannen van Ranger zijn er nog.'

Het was al de tweede keer dat ik langs de bar op de hoek van Third Avenue en Laramie reed. Het was een wijk met woonhuizen, als je die bakstenen kubussen volgepakt met menselijke ellende huizen kon noemen. Er waren geen openbare parkeerplaatsen en langs de stoep was nergens plek. De helft van de geparkeerde auto's leek er al jaren te staan.

Ik parkeerde dubbel voor de bar en Lula en ik stapten uit. Ik nam niet de moeite om de Cayenne af te sluiten. Rangers mannen zouden wel zorgen dat niemand een vinger naar de wagen zou uitsteken. Ik had een stel handboeien achter de tailleband van mijn spijkerbroek gestoken. Ik droeg het Kevlarvest onder het sweatshirt. Ik had pepperspray in mijn zak. Lula liep vlak achter me en ik kon haar beter niet vragen wat zij bij zich had.

Hoofden werden omgedraaid toen we binnenkwamen. Dit was geen bar waar vrouwen vrijwillig kwamen. Het duurde even voordat onze ogen aan het schemerige interieur gewend waren. Vier man aan de bar, een barman, een eenzame man aan een rond tafeltje met brandgaten. Jamil Rodriguez. Hij was direct herkenbaar van de foto. Een zwarte man van gemiddeld postuur met siersteentjes aan zijn bandana. Druipsnor en sik. Een lelijk litteken op zijn wang; het leek wel of die met zuur was bewerkt.

Hij zat onderuitgezakt op zijn stoel. 'Dames?'

'Jamil?' vroeg Lula.

Hij knikte. 'Waar komen jullie voor?'

Lula keek me lachend aan. 'Die sukkel denkt dat we willen kopen.'

Ik trok een stoel bij naast Rodriguez. 'Het gaat hierom, Jamil,' zei ik. 'Je bent niet op de zitting verschenen.' En ik mepte een boei om zijn pols.

'Als je maar geduld hebt komen de goede dingen vanzelf,' zei Rodriguez. 'Ik moet een nieuwe duim hebben.' En hij haalde een fors jagersmes uit zijn zak.

De vier mannen aan de bar volgden de ontwikkelingen aandachtig. Ze waren jong en leken belust op actie. Ik vermoedde dat ze zich er op het juiste ogenblik mee zouden bemoeien.

Lula trok een pistool uit haar stretchbroek met tijgerprint en richtte dat op Rodriguez. En uit de deuropening kwam het onmiskenbare geluid van het overhalen van een pal van een jachtgeweer met afgezaagde loop. Ik herkende de man in het zwart in de deuropening niet, maar ik wist dat hij uit de SUV was gesprongen. Rangers mannen waren heel herkenbaar. Veel spiermassa, geen hals, zwaar wapen, weinig conversatie.

'Laat dat mes vallen,' zei ik tegen Rodriguez.

Rodriguez kneep zijn ogen bijna dicht. 'Dan zul je me moeten dwingen.'

Rangers man schoot een gat van een meter in het plafond boven Rodriguez en de pleisterschilfers vlogen alle kanten op.

'Hé,' zei Lula tegen de man van Ranger. 'Doe een beetje voorzichtig, wil je? Ik heb net mijn haar laten doen. Daar wil ik geen pleister in. Volgende keer kan je beter een gat schieten in die sukkel hier.'

Rangers man lachte haar toe.

Een paar minuten later zat Rodriguez geboeid aan polsen en

253

enkels op de achterbank van de Cayenne en waren we onderweg naar het politiebureau.

'Heb je gezien hoe dat ruige stuk naar me lachte?' zei Lula tegen mij. 'Wat een lekker ding, hè? Heb je gezien hoe groot zijn wapen was? Echt waar, de vlammen slaan me uit. Die zou ik wel eens vaker willen zien.'

'Wat dacht je van mij?' vroeg Rodriguez.

'Kop dicht,' zei Lula. 'Jij bent al bijna platgereden. We kunnen je uit de wagen gooien en over je heen rijden en dan ziet niemand het verschil.'

Ik nam Third Avenue naar State en reed naar het zuiden. Ik passeerde een dwarsstraat, stopte voor rood en toen het licht op groen sprong ging Harold Pancek me in zijn blauwe Honda Civic in de andere richting voorbij.

'Allemachtig,' zei Lula. 'Zag je hem? Dat was Harold Pancek. Dat vierkante gele hoofd zou ik overal herkennen.'

Ik was al aan het keren, hoewel het daar verboden was. Door agressief rijden slaagde ik erin direct achter Harold Pancek te komen. Rangers mannen waren verrast en deden een paar auto's achter me pogingen in mijn buurt te komen. We stopten weer voor rood en Lula sprong uit de Porsche om Pancek te halen. Ze had haar hand al op het rechterportier toen hij opzij keek en haar zag. Het licht sprong op groen en Pancek reed door. Lula sprong weer in de Porsche en ik verkleinde de onderlinge afstand. Ik kleefde aan zijn bumper in de hoop dat hij zo ontmoedigd zou raken dat hij stopte. Hij loerde in zijn spiegels, haalde keer op keer in en schoot in een poging me af te schudden zijstraten in.

'Hij kan geen kant op,' zei Lula. 'Hij probeert je alleen te lossen. Ik wed dat hij deze buurt niet kent.'

Dat leek mij ook. We reden door een arme buurt van Trenton, op weg naar een nog armere buurt. Pancek reed als een bezetene door Sixth Street, langs vier zijstraten.

Ik ging op mijn rem staan toen Pancek Lime overstak. Comstock was een straat verder. Comstock was Slachtersterrein. Ik wilde Pancek niet tot op Slachtersterrein achtervolgen. 'Hebben we het nummer van Panceks mobieltje?' vroeg ik aan Lula. 'Kunnen we hem waarschuwen dat hij in het Slachtersgebied dreigt te komen?' 'We hebben geen nummer van hem,' zei Lula. 'En trouwens, het is al te laat. Hij heeft Comstock gepakt.'

Ik reed in bedaard tempo verder over Lime in de hoop dat Pancek weer uit Slachtersland zou opduiken. Geen geluk. Dus keerde ik en reed terug in de richting van North Clinton.

Bij het bureau aangekomen liet ik Lula in de Cayenne zitten en duwde Rodriguez door de voordeur. Ik wist dat het onzinnig was, maar ik wilde de jongens laten zien dat ik een man kon aanhouden die kleren aanhad.

Het was bijna vijf uur en Morelli was al naar huis. Goddank, dat viel mee. Ik wist niet meer wat ik met Morelli aan moest. Door dat stomme badschuim van Ranger waren directe confrontaties met Morelli nu hoogst moeizaam. Nou goed, eerlijk gezegd was het meer dan het badschuim. Het was Ranger zelf. Hij was levensgevaarlijk sexy.

En hij liep zonder ondergoed rond. Ik moest daar telkens weer aan denken. In gedachten sloeg ik me voor mijn hoofd. Beheers je, hield ik mezelf voor. Je weet het niet echt zeker. Dat ik geen ondergoed had kunnen vinden, betekende niet dat hij geen ondergoed bezat. Nou goed, misschien was dat onwaarschijnlijk. Maar ik hield eraan vast, want bij de gedachte aan Ranger zonder ondergoed had ik het niet meer.

Connie had het kantoor al afgesloten toen ik terugkwam, dus zette ik Lula bij haar auto af en ging terug naar het RangeMangebouw. De zwarte SUV reed achter me aan de garage in en parkeerde tegen een van de zijmuren. Twee van de voor Ranger gereserveerde plaatsen waren bezet. De Mercedes en de Turbo stonden op hun plaats. De pick-up stond er niet. Ik parkeerde de Cayenne naast de Turbo, liep naar de SUV en klopte op het rechter zijraam.

'Bedankt voor jullie hulp,' zei ik.

De man die aan de rechterkant zat knikte alleen. Geen van beiden zei iets. Ik liet de mannen iets tussen een grimas en een grijns in zien en haastte me naar de lift.

Ik ging de flat binnen en liet de sleutels op de schaal op het kastje in de hal vallen. Op hetzelfde kastje stonden een schaal vers fruit en een zilveren schaal met ongeopende post.

Ik wilde net een vrucht uitzoeken toen ik het slot hoorde. Ik schoof de grendel weg en deed de deur open voor Ranger.

Hij liet zijn sleutels op de schaal vallen en bekeek de post zonder hem open te maken. 'Hoe is het vandaag gegaan?' vroeg hij.

'Goed. Je had gelijk wat Rodriguez betrof. Hij deed zaken in een bar op de hoek van Third Avenue en Laramie.' Meer hoefde ik niet te zeggen. Ik wist zeker dat Ranger al volledig op de hoogte was gesteld.

'Wie gaat trouwen?'

'Valerie.'

Er werd geklopt en Ella kwam binnen met een dienblad.

'Zal ik de tafel dekken?' vroeg ze.

'Dat hoeft niet,' zei Ranger. 'Zet het eten maar in de keuken neer.'

Ella passeerde ons, zette het dienblad neer en keerde terug naar de hal.

'Anders nog iets?' vroeg ze.

'Nee,' zei Ranger. 'We hebben vanavond niets meer nodig. Dank je.'

Ik kon maar niet geloven dat die grote stoere survivalfanaat echt zo leefde. Kleren gewassen en gestreken, bed opgemaakt, elke dag verfijnde maaltijden aan huis bezorgd.

Ranger deed achter Ella de deur op slot en volgde me naar de keuken. 'Dus van mijn image blijft niets over?' vroeg hij. 'Ik dacht dat je juist heel spartaans leefde. Ik dacht dat je ergens op de grond sliep.'

Hij tilde een cloche op. 'Die jaren zijn er ook geweest.'

Ella had een groenteschotel gebracht, wilde rijst en kip met citroensaus. We schepten borden vol en aten zittend op krukken aan de eetbar.

Ik at mijn bord leeg en keek naar het dienblad. 'Geen toetje?' Ranger stond op. 'Sorry, ik eet nooit iets toe. Waar bewaar je die Slachter?'

'In Vinnies huis in Point Pleasant.'

'Wie weten ervan?'

'Connie, Lula en ik.'

Hij stak zijn hand naar me uit, ritste mijn sweatshirt open en maakte de klittenbandsluiting van het vest los. 'Hier schiet je niets mee op, meid,' zei hij. 'De Jakhals heeft zijn beide laatste slachtoffers in het hoofd geschoten.'

Ik trok het sweatshirt en het vest uit en trok het sweatshirt weer aan. Het regende niet meer, maar het was kouder geworden.

Ranger belde Ella om te zeggen dat we weggingen. Hij haalde een gereedschapskoppel en een sweatshirt uit zijn garderobe. Aan de koppel van zwart nylon band droeg hij een pistool, verdovingspistool, pepperspray, handboeien en een Maglite, plus munitie. We sloten de flat af en namen de lift. In de garage stonden twee mannen te wachten. Ik kende ze allebei: Tank en Hal. Ze namen een zwarte Ford Explorer en Ranger en ik namen de Porsche Turbo. Ranger had het sweatshirt aangetrokken. De koppel lag achterin.

We reden de garage uit. Het was een donkere avond zonder

maan. Het wolkendek hing laag en er dreigde nog meer regen. De koplampen van de SUV schenen onafgebroken achter ons. Ranger zweeg en reed ontspannen door, met de mouwen van zijn sweatshirt opgestroopt tot aan zijn ellebogen; af en toe viel het licht van een straatlantaarn op zijn horloge.

Ik was veel minder ontspannen. Ik vreesde dat Anton Ward was ontsnapt. Maar ik was ook bang dat hij nog in het huisje was. 'Je gaat hem toch geen pijn doen?' vroeg ik aan Ranger.

Ranger wierp me een blik toe via het spiegeltje. 'Meid,' zei hij.

'Ik weet dat hij waarschijnlijk wel een paar mensen heeft omgelegd,' zei ik, 'maar ik ben als het ware verantwoordelijk voor hem.'

'Wil je dat uitleggen?'

Ik vertelde Ranger hoe we Ward vrij hadden gekregen en daarna ontvoerd.

'Leuk,' zei Ranger.

Het was volslagen donker in Vinnies straat; nergens brandde licht. Ranger zette de Porsche op de oprit en Tank parkeerde de SUV erachter.

'Ik kan jou bij Hal in de auto laten zitten,' zei Ranger terwijl hij de gordel pakte. 'Heb je dat liever?'

'Nee, ik wil mee naar binnen.'

Het was stil in huis, maar ik voelde Wards wrokkige aanwezigheid. Hij was nog op de wc, precies zoals we hem hadden achtergelaten, geboeid aan de wc en de afvoer. Hij leek niet blij Ranger te zien.

'Weet je wie ik ben?' vroeg Ranger rustig.

Ward knikte en keek naar de gordel met het pistool en de Maglite. 'Ja, ik weet wie je bent.'

'Ik ga je een paar vragen stellen,' zei Ranger. 'En daar wil ik de juiste antwoorden op.'

Wards blik schoot van mij naar Ranger en naar Tank, achter Ranger.

'Als je me niet de juiste antwoorden geeft, laat ik je hier in huis alleen achter met Tank en Hal,' zei Ranger. 'Begrijp je?'

'Ja hoor.'

'Vertel op over Jakhals.'

'Er valt niets te vertellen. Hij is niet van hier. Hij komt uit LA. Niemand weet hoe hij echt heet. Jakhals, meer niet.'

'Waar woont hij?'

'Telkens bij een andere hoer. Telkens een nieuwe hoer. We zijn niet echt de beste vrienden, snap je? Die hoeren van hem ken ik niet.'

'En die moordlijst? Waar komt die vandaan?'

'Maar man, daar kan ik met jou niet over praten. Ik ben een brother.'

Ranger mepte met de Maglite op Wards knie, die vervolgens als een zoutzak in elkaar zakte.

'Als iemand hoort dat ik met je heb gepraat, ben ik dood,' zei Ward, gebogen over zijn knie.

'Als je het mij niet vertelt, zul je wensen dat je dood was,' zei Ranger.

'Het gaat erom wie vijfsterrengeneraal wordt. Jakhals is luitenant bij de organisatie in LA. Hij is hierheen gehaald omdat de leiding in Trenton problemen heeft met het leiderschap. Machtsvacuüm na de uitschakeling van onze veteraan Moody Black. Alleen moet Jakhals eerst indruk maken op onze leden. Met een paar serieuze acties. Dingen die ertoe doen. Hij heeft al de Tweede Kroon van de Kings gepakt en een rus. Hij moet nog een rus en dat wijffie hier.'

'Waarom Stephanie?'

'Ze is premiejager. Ze heeft nogal wat brothers opgehaald. En het is niet gunstig om gehaald te worden door een snee. Dat is slecht voor je naam. Dus de raad heeft besloten dat Jakhals zich nog één keer moet bewijzen door een premiejager te pakken. Het is de bedoeling dat hij die snee pakt en doorgeeft aan de brothers voordat hij haar omlegt. Ze is onderdeel van de kroning.'

Het begon te schemeren voor mijn ogen en er klonk allerlei gebonk in mijn hoofd. Ik strompelde de wc uit en liet me op de bank in de zitkamer vallen. Mijn moeder en Morelli hadden gelijk. Ik moest ander werk zoeken.

Ik hoorde de wc-deur dichtgaan en Ranger kwam naar me toe en hurkte voor me neer.

'Gaat het?' vroeg hij.

'Best. Ik vond het saai, dus dacht ik aan een dutje.'

Dat leverde me de bijna-glimlach op. 'We zijn klaar met Anton Ward. Heb je nog plannen met hem?'

'Ik wou mijn garantstelling intrekken en hem weer in de cel laten stoppen.'

'En de reden?'

'Hij was bereid zich onder elektronisch toezicht te laten stellen, maar weigerde nadat we hem vrij hadden gekregen; hij is via het wc-raampje op het borgkantoor ontsnapt voordat we de enkelband hadden kunnen aanbrengen.'

'Ik laat hem aan Tank over. Die houdt hem tot morgenochtend vast en dan kunnen we meteen de papieren in orde maken. Heb je hem geblinddoekt vervoerd?'

'In een deken gewikkeld. Het was donker, dus ik denk niet dat hij veel heeft gezien.'

Het kostte bijna drie kwartier om terug te rijden naar Trenton en we zeiden geen van beiden iets. Normaal voor Ranger. Niet normaal voor mij. Ik had allerlei gedachten in mijn hoofd, maar vrijwel geen gedachten die ik hardop wilde uitspreken. Ranger parkeerde en we stapten samen uit. In de lift drukte hij op knop drie.

'Wat is er op de derde?' vroeg ik.

'Flatjes voor employés van RangeMan. Ik heb een van de mannen laten verhuizen zodat jij een eigen flatje hebt tot het niet gevaarlijk meer voor je is om weg te gaan.' De deuren schoven op de derde open en Ranger vouwde mijn hand om een sleutel. 'Je moet niet van me verwachten dat ik altijd zo beschaafd zal zijn.'

'Ik ben er kapot van. Ik weet niet wat ik moet zeggen.'

Ranger pakte de sleutel weer af, liep door de gang en maakte de deur open van 3B. Hij maakte licht, gaf me de sleutel en duwde me naar binnen.

'Sluit de deur af voordat ik me bedenk,' zei hij. 'Druk op zes als je me nodig hebt.'

Ik deed de deur dicht en op slot en keek om me heen. Keukentje aan de ene muur. Twijfelaar in een nis. Bureau met stoel. Comfortabel ogende leren bank. Salontafel en tv. Allemaal in aardekleuren. Schoon en stijlvol. Schone lakens op het bed. Schone handdoeken in de natte cel en een mandje met toiletartikelen.

Mijn kleren lagen gewassen en gevouwen in een rieten mand voor de slaapnis.

Ik ging onder de douche en trok een schoon T-shirt en een schone boxer aan. De boxer was niet zwart en zijdezacht en sexy zoals die van Ranger. Hij was van zachte katoen. Roze met gele bloemetjes. Precies goed voor een avond in mijn eentje, waarop ik moest veinzen dat er geen vuiltje aan de lucht was.

Het was even na tienen, dus belde ik Morelli thuis. Er werd niet opgenomen. Pijnlijke hartkramp, veroorzaakt door jaloezie en onzekerheid. Als ik de grootste moeite had met mijn handen van Ranger af te blijven, kon Morelli een soortgelijk probleem hebben. Vrouwen liepen hem op straat achterna en begingen misdrijven in de hoop met hem in contact te komen. Het zou Morelli geen enkele moeite kosten een vriendelijk lichaam te vinden om bij te slapen.

Morelli met een andere vrouw was geen prettige gedachte, dus ging ik op de bank zitten zappen, in de hoop op afleiding. Ik bleef hangen bij een honkbalwedstrijd aan de westkust. Ik keek er tien minuten naar, maar kon er niet in komen. Ik zapte nog wat. Ik keek naar het plafond. Ranger bevond zich een paar etages hoger. Het was prettiger aan Ranger te denken dan aan Morelli. Van denken aan Ranger raakte ik oververhit en gefrustreerd. De gedachte aan Morelli maakte me treurig.

Ik zette de tv uit, kroop in bed en gelastte mezelf in slaap te vallen. Een halfuur later lag ik nog wakker. Het kamertje voelde steriel aan. Wel veilig, maar het bood geen troost. Het rook er niet naar Ranger. En wat Anton Ward had gezegd bleef door mijn hoofd spoken. Een traan drupte uit mijn oog. Tjees. Wat moest dat met al dat gehuil! Ik moest niet eens ongesteld worden. Misschien kwam het door mijn dieet. Niet genoeg Keek-Happers. Te veel groente.

Ik stond op, pakte al mijn sleutels en nam de lift naar de zesde. Ik liep door de hal en belde bij Ranger aan. Ik wilde net opnieuw bellen toen hij opendeed. Hij was nog aangekleed, in zwart T-shirt en cargobroek. Daar was ik blij om. Ik dacht dat ik me goed genoeg zou kunnen beheersen om niet zijn broek van zijn lijf te rukken. Van die zwarte boxer wist ik dat minder zeker.

'Het is eenzaam op de derde,' zei ik. 'En jouw lakens voelen prettiger aan.'

'Normaal gesproken zou ik dat als een seksuele uitnodiging opvatten, maar na vanmorgen denk ik dat het je echt om mijn lakens te doen is.'

'Ik hoopte eigenlijk dat ik op je bank mag slapen.'
Ranger trok me naar binnen en deed de deur op slot. 'Je mag slapen waar je maar wilt, maar ik sta niet voor mezelf in als je me weer knuffelt in mijn slaap.'
'Ik heb je niet geknuffeld!'

We zaten aan het ontbijt en Ranger keek hoe ik een croissant at. 'Vertel eens eerlijk,' zei Ranger. 'Was je gisteravond echt bang? Of ging het je om mijn lakens en mijn badschuim en mijn eten?'
Ik lachte hem toe terwijl ik kauwde. 'Maakt het wat uit?'
Daar dacht Ranger een lang ogenblik over na. 'Nauwelijks.'
Ik had op zijn bank geslapen onder een donzen dekbed, met mijn hoofd op zo'n heerlijk glad kussen. Minder comfortabel dan zijn bed, maar vrij van schuldgevoel.
'Ik heb slecht nieuws gehoord terwijl je onder de douche stond,' zei Ranger. 'Jakhals heeft zijn rus gepakt.'
Mijn hart begon te bonken. 'Iemand die ik ken?'
'Nee. Hij was van de regiopolitie, afdeling straatbendes. Hij werkte hier, maar hij was gedetacheerd vanuit het noorden van New Jersey.'
Nu was ik aan de beurt.
'Jakhals wordt wel gepakt,' zei Ranger. 'Veel mensen kijken naar hem uit. Intussen wil ik graag dat jij binnen blijft. Als ik me geen zorgen hoef te maken over jou, kan ik nog twee mensen op straat inzetten om de Jakhals op te sporen.'
Mij best. Ik voelde heel weinig voor deelname aan de inhuldiging van de Jakhals. En in Rangers flat binnenblijven was geen straf.
Ik schonk nog wat koffie in mijn beker. 'Je maakt nogal wat overheadkosten. Hoe kun je het je veroorloven mannen achter mij aan te sturen en naar Jakhals uit te kijken?'

'Jakhals heeft net iemand van de regiopolitie vermoord. De beloning die voor hem is uitgeloofd is hoog genoeg voor een poging hem te vinden. Er is geen financiële vergoeding voor twee mensen die jou in de gaten houden. Ik leg er elke keer op toe als jij beschermd moet worden.'

Ik wist niet hoe ik daarop moest reageren. Ik had Ranger eigenlijk nooit als zakenman gezien. Hij had me altijd eerder doen denken aan een superheld, die mensen en auto's uit een parallel universum betrok. Of misschien van de maffia.

'Tjees,' zei ik. 'Het spijt me.'

Ranger dronk zijn beker leeg. 'Ik heb alleen gezegd dat er geen financiële vergoeding tegenover staat om jou te beschermen. Maar in feite ben je een vliegenpoepje op mijn jaarrekening.'

Ik liep met hem mee naar de slaapkamer om toe te kijken terwijl hij zijn pistool pakte, nakeek en aan zijn koppel hing.

'Je valt onder de categorie amusement,' zei Ranger, terwijl hij geld en creditcards in zijn achterzak schoof. 'Er is veel stress in dit vak en jij bent een vrolijke noot voor mijn hele team. Bovendien ben je een aftrekpost voor de belasting.'

Ik zette grote ogen op en mijn wenkbrauwen schoten omhoog. Het klonk niet vleiend. 'Een vrolijke noot?'

Ranger lachte me zo voluit toe als hij maar zelden deed. 'Ik mag je graag. We mogen je allemaal graag.' Hij pakte me bij de voorkant van mijn hemd vast, tilde me vijf centimeter van de grond en kuste me. 'Ik houd zelfs van je... op mijn eigen manier.' Hij zette me weer op de grond en draaide zich om. 'Prettige dag verder. En bedenk wel dat de camera je ziet zodra je de flat uit gaat. Ik heb opdracht gegeven je met een verdovingspistool buiten gevecht te stellen als je probeert naar buiten te gaan.'

En weg was Ranger.

Ik was totaal verbijsterd. Ik had geen flauw idee wanneer Ranger iets meende of een grapje maakte. Wel stond voor me vast dat hij me grappig vond. In het verleden had dat altijd gevoeld als vertedering, zonder iets malicieus. Maar een vliegenpoepje zijn en een vrolijke noot, dat stak. En hoe moest ik verdorie die uitspraak opvatten dat hij op zijn eigen manier van me hield? Dat moest ik als een compliment opvatten, nam ik aan. Ik hield immers op mijn manier ook van hem.

De bel ging en ik deed open voor Ella. Ze had de mand met schone kleren in haar handen die ik op de derde verdieping had laten staan.

'Ranger heeft me gevraagd je dit te brengen,' zei Ella. 'Je mobieltje ligt er ook bij. Dat lag op het nachtkastje.' Ze pakte het dienblad met de ontbijtspullen om weg te gaan. 'Hoe laat kan ik komen schoonmaken?' vroeg ze nog.

'Wanneer het je uitkomt,' zei ik.

'Ik kan het ook nu meteen doen,' zei ze. 'Het duurt niet lang. Er hoeft vandaag niet veel te gebeuren.'

Afgezien van mijn moeder had niemand ooit voor me schoongemaakt of gekookt. Ik verdiende niet genoeg om er een huishoudster op na te kunnen houden. Ik kende niemand behalve Ranger die over zo iemand kon beschikken. Het was een luxe waarnaar ik altijd had verlangd, maar nu was het nog onbekend terrein voor me en het voelde bizar. Het was tot daaraan toe dat Ella Rangers leven kwam verlichten terwijl hij op desperado's joeg. Maar het was iets heel anders dat ze mijn rommel opruimde terwijl ik tv zat te kijken.

15

Ik loste het Ellaprobleem op door haar te helpen het bed op te maken en op te ruimen in de flat. Ik mocht van haar niet aan het wasgoed komen; ze wilde niet verantwoordelijk zijn voor het geval ik Rangers zwarte spullen bij de witte gooide. Niet dat Ranger witte kleren had; alleen zijn beddengoed was gedeeltelijk licht van kleur. Van de slaapkamer gingen we naar de badkamer. Ella legde schone handdoeken neer en ik rook aan de zeep.

'Deze zeep ruikt zo lekker,' zei ik.

'Mijn zus werkt in een warenhuis op de afdeling cosmetica en van haar heb ik een proefstukje Bulgari gekregen. Het is wel erg duur, maar Ranger vind het best. Niet dat hij zulke dingen opmerkt. Hij denkt alleen maar aan zijn werk. Zo'n aardige, knappe jongeman en dan geen vriendin. Tot jou.'

'Ik ben niet echt een vriendin.'

Ella richtte zich op en zuchtte hoorbaar; ze bekeek me keurend met haar scherpe vogeloogjes. 'Hij geeft je toch geen geld? Zoals Richard Gere geld gaf aan Julia Roberts in *Pretty Woman*?'

'Nee. Ranger en ik zijn collega's. Ik ben premiejager.'

'Misschien word je zijn vriendin.'

'Misschien.' Maar niet waarschijnlijk. Ik dacht niet dat liefde plus seks gelijk was aan een vriendin, in dit geval. 'Heb je de zorg voor al zijn adressen?' vroeg ik.

'Alleen voor dit gehouw,' zei Ella. 'Ik zorg voor de flats op de derde verdieping en voor Ranger. Mijn man Louis doet verder alles.'

Jammer. Ik had gehoopt meer te weten te komen over de Batmangrot.

Ella verzamelde de vuile was en draaide zich om. 'Zal ik je straks je lunch brengen?' vroeg ze. 'Ranger luncht nooit thuis, maar ik wil best een sandwich voor je maken met een lekkere salade.'

'Dat hoeft niet,' zei ik. 'Ik heb hier genoeg om van te lunchen. Maar bedankt voor het aanbod.'

Ik hield de deur voor Ella open en mijn mobieltje ging.

'Iedereen probeert je te vinden,' zei oma. 'Je neemt niet op.'

'Ik was hem even kwijt.'

'We worden gek van je zus. Sinds het passen gedraagt ze zich onmogelijk. Echt waar, ik heb nog nooit iemand gezien die zo'n last had van trouwstress. Ik moet er niet aan denken wat er zal gebeuren als Valerie er onderuit wil. Je moeder is toch al aan de fles. Niet dat ik het haar kwalijk kan nemen. Ik neem zelf af en toe ook een drupje, als het me te veel wordt met dat geknuffelbeer en oesjewoesjesnoezemannetje. Maar goed, ik bel alleen of je met Sally en mij naar de bruidsreceptie wilt. Je moeder gaat met Valerie.'

'Bedankt voor het aanbod,' zei ik, 'maar ik kom wel op eigen gelegenheid.' Ik kreunde onhoorbaar. De receptie was vrijdag en ik had geen cadeau. Als de Jakhals me toch moet vermoorden, dan maar vandaag, dacht ik. Dan hoef ik tenminste niet naar die receptie.

Ik verbrak de verbinding en belde Morelli.

'Wat?' vroeg hij. Het klonk niet opgewekt.

'Met mij,' zei ik. 'Heb je geprobeerd me te bellen?'

'Ja. Ik heb gisteren een dubbele dienst gedraaid om aanwijzingen over de Jakhals na te trekken. Ik was pas na elven thuis, maar toen was er geen bericht. Laat volgende keer een bericht achter, dan weet ik dat je oké bent. Als ik je nummer zie op mijn nummerherkenning en je dan niet kan bereiken, krijg ik het zuur.'

'Sorry. Ik belde zomaar. En daarna was ik mijn telefoon kwijt.'

'Jakhals heeft zijn rus vermoord.'

'Dat heb ik net gehoord.'

'Ik zou me een stuk beter voelen als ik wist waar je uithing.'

'Welnee,' zei ik. 'Maar je zou je minder zorgen maken.'

'Ik begrijp wat je bedoelt,' zei Morelli. 'Wees voorzichtig.'

Geen geraas en getier. Geen jaloerse beschuldigingen. Alleen een hartelijk 'wees voorzichtig'.

'Je vertrouwt me,' zei ik.

'Ja.'

'Dat is pas beroerd.'

'Weet ik. Zie er maar mee te leven.'

Ik voelde zijn lachje. Ook voor Morelli was ik amusement.

Ik verbrak de verbinding en belde Valerie.

'Wat is er?' vroeg ik. 'Volgens oma sta je op instorten.'

'Toen ik mezelf in die jurk zag, raakte ik totaal in paniek. Het was trouwens niet alleen mijn figuur. Het kwam door alles. Al dat gedoe. Ik weet best dat het mijn eigen schuld is. Ik wou zelf een bruiloft, maar het wordt nu toch wel heel eng. En nu moet ik ook nog naar die receptie! Achtenzeventig vrouwen in de Veteranenzaal. Het is maar goed dat er geen vuurwapens in huis zijn, anders had ik er allang een eind aan gemaakt.'

'De receptie wordt geacht geheim te zijn.'

'Ik heb zelf alles voorbereid! Wat bezielde me? En stel dat dit huwelijk geen succes wordt? Ik dacht dat mijn eerste huwelijk volmaakt was. Ik had geen idee!'

'Albert is een beste jongen. Die zul je niet in de jassenkast vinden met je babysitter. Met Albert ga je een fijn, rustig leven tegemoet.'

En dat kan niet worden gezegd van de beide mannen in mijn leven, dacht ik. Allebei alfamannetjes, allebei licht ontvlambaar. Het leven zou met geen van beiden saai zijn, maar ook zeker niet gemakkelijk.

'Misschien moet je het stiekem doen,' zei ik tegen Valerie. 'Gewoon ergens in alle stilte trouwen en normaal verder leven.'

'Dat kan ik ma niet aandoen.'

'Misschien zou het wel een opluchting voor haar zijn.'

Ja hoor, ik wil best toegeven dat ik een egoïstisch motief had voor mijn voorstel, omdat ik echt niet in het aubergine wilde lopen. Maar het leek me een redelijk advies.

'Ik zal erover nadenken,' zei Valerie.

'Als je maar niemand vertelt dat het idee van mij komt.'

Ik hing op en liep naar de keuken om Rex te begroeten. Ik liet een paar ontbijtvlokken in zijn kooi vallen; hij schoot uit zijn soepblik tevoorschijn, propte ze in zijn wangzakken en schoot terug in zijn blik.

Nou, dat was leuk, maar hoe moest het nu verder? Wat doen mensen de hele dag als ze niets te doen hebben?

Ik zette de tv aan en kon op wel veertig kanalen niets vinden. Hoe kon er zo weinig te beleven zijn op zo veel zenders?

Ik belde met kantoor.

'Wat gebeurt er?' vroeg ik aan Connie.

'Ranger is langs geweest. Hij is op zoek naar de Jakhals. Hij is bij lange na niet de enige. Alle premiejagers en alle dienders in de staat New Jersey zoeken naar de Jakhals. Heb je gehoord dat hij weer iemand heeft vermoord?'

'Ja.'

'En heb je ook gehoord wat er met Pancek is gebeurd? Die heeft gisteravond een kogel door zijn hoofd gekregen, op de

269

hoek van Comstock en Seventh Avenue. Op een of andere manier is hij nog vier straten verder gereden voordat hij verongelukte. Hij ligt in het St. Francis. Het ziet ernaar uit dat hij het zal overleven.'

'Mijn schuld,' zei ik. 'Ik heb hem opgejaagd tot in Slachtersland.'

'Niet waar,' zei Connie. 'Je bent achter hem aan gereden tot de grens van Slachtersland. Je bent niet verschenen, dus ik neem aan dat je bent ondergedoken?'

'Dat is de bedoeling, maar het bevalt me slecht.'

'Ja, hoelang duurt het ook al, drie of vier uur?'

Ik maakte een einde aan het gesprek met Connie en slofte naar de slaapkamer om een dutje te doen. Ik stond bij het bed en kon het niet over mijn hart krijgen een deuk te maken in de rimpelloos gestreken en opgemaakte lakens. Ik was al onder de douche geweest. Ik liep terug naar de keuken om zachtjes aan de kooi van Rex te schudden.

'Word eens wakker, stomme hamster,' zei ik. 'Ik verveel me.'

Er klonk een zacht geritsel in het soepblik; Rex dook er dieper in weg.

Ik kon het gebouw verkennen, maar dat zou leiden tot interactie met Rangers mannen. Ik wist niet of ik daar wel aan toe was. Ze hadden immers opdracht me met een verdovingspistool buiten gevecht te stellen, zodra ik probeerde mijn vrijheid te heroveren.

Ik belde Ranger op zijn mobiele nummer.

'Yo,' zei ik. 'Ik vlieg hier tegen de muren op. Wat moet ik de hele dag doen? Er is niets op de tv. Er zijn hier geen boeken of tijdschriften. Geen smyrnawerk, geen kruissteekpatroon, geen breinaalden en wol. En probeer maar niet me naar de sportschool te krijgen. Dat weiger ik.'

Ranger hing op.

Ik deed nog een poging. 'Wat krijgen we nou?' zei ik. 'Had je opgehangen?'

'Meid,' zei Ranger.

Ik zuchtte en verbrak de verbinding.

Een paar minuten over zes kwam Ranger binnenwandelen. Hij gooide zijn sleutels op de schaal en wierp een snelle blik op de post die Ella eerder was komen brengen. Hij keek op van de enveloppen, recht in mijn ogen. 'Je ziet er een beetje dolgedraaid uit, meid.'

Ik had vijf uur voor de tv doorgebracht en twee uur geijsbeerd. 'Ik ga nu weg,' zei ik. 'Ik ga naar het winkelcentrum en ik heb alleen nog even gewacht om je te bedanken, en ik zal het badschuim enorm missen, maar ik moet weg. Dus het zou prettig zijn dat je het zo regelt dat ik niemand met een verdovingspistool op me af krijg.'

Ranger draaide zich weer om naar de post op de schaal. 'Nee.'

'Nee?'

'Jakhals is nog niet gepakt.'

'Heb je vorderingen gemaakt?'

'We hebben een naam,' zei Ranger. 'Norman Carver.'

'Norman gaat echt niet naar het winkelcentrum. En wil je nu even opzij gaan?'

'Hou op,' zei Ranger.

'Hou zelf op,' zei ik en duwde tegen zijn schouder. 'Uit de weg.'

De hele dag hadden de autosleuteltjes op de schaal gelegen. En ik dacht niet echt dat Ranger me door zijn mannen zou laten uitschakelen met behulp van een verdovingspistool. Ik was binnen gebleven omdat ik niet dood wilde. En ik wilde nog steeds niet dood, maar ik had het erg moeilijk met de defensieve rol die ik moest spelen. Ik was onrustig en ontevreden. Ik wilde een ander leven. Ik wilde Ranger zijn. Hij was goed in stoer doen. Ik bracht er weinig van terecht. Ik vond het bovendien ironisch dat ik Morelli de rug had toegekeerd en nu met Ranger in dezelfde positie verkeerde.

Ik gaf Ranger nog een duw, hij duwde terug en drukte me met zijn lichaam tegen de muur.

'Ik heb een lange, onbevredigende dag achter de rug,' zei Ranger. 'Mijn geduld is bijna op. Terg me niet.'

Hij hield me moeiteloos tegen met zijn gewicht en ik kon me niet verroeren. Bovendien wond het me op.

'Hier word ik behoorlijk pissig van,' zei ik.

Hij was de hele dag op pad geweest en toch rook hij nog heerlijk. Zijn warmte trok in me, zijn wang drukte tegen de zijkant van mijn hoofd, zijn handen rustten naast mijn schouders tegen de muur. Zonder erbij na te denken omarmde ik hem en streek met mijn lippen in een lichte kus langs zijn hals.

'Dat is gemeen,' zei hij.

Ik schoof onder hem door en voelde zijn opwinding.

'Ik ben groot en sterk genoeg,' zei hij. 'Maar volgens mij heb jij meer macht.'

'Heb ik de macht je over te halen om mee te gaan winkelen?'

'Die macht heeft God zelfs niet. Heeft Ella het avondeten al gebracht?'

'Tien minuten geleden. Het staat in de keuken.'

Hij woelde even met zijn hand in mijn haar en liep naar de keuken, naar zijn eten. De deur werd niet meer bewaakt. De autosleuteltjes lagen op de schaal.

'Wat een arrogantie,' riep ik hem na.

Hij draaide zich naar me om en lachte breed.

Ik zat nog aan het ontbijt toen Ranger met een volledig opgetuigde koppel en met openhangend kogelvrij vest uit de slaapkamer kwam. 'Probeer je vandaag niet te veel op te winden,' zei hij bij de deur.

'Zal ik doen,' zei ik. 'En probeer jij kogels te ontwijken.'

Het was een verontrustend afscheid omdat we allebei meenden wat we zeiden.

Om vijf uur belde Lula me op mijn mobieltje.

'Ze hebben hem,' zei ze. 'Connie en ik hebben naar de politieradio geluisterd en net gehoord dat ze de Jakhals te pakken hebben.'

'Weet je nog meer?'

'Niet veel. We dachten te horen dat hij werd aangehouden omdat hij door rood was gereden, en toen hij zich moest legitimeren, hadden ze beet.'

'Geen gewonden?'

'Geen gewonden doorgegeven.'

Ik voelde me bijna misselijk van opluchting. 'Bedankt,' zei ik. 'Tot morgen dan.'

'Amuseer je,' zei Lula.

Als ik opschoot, kon ik nog iets voor Valerie kopen en naar de receptie. Ik maakte een briefje voor Ranger, greep de sleutels van de Turbo en nam de lift naar de garage.

De liftdeuren gingen open ter hoogte van de garage en Hal kwam van de trap aangedraafd. 'Sorry,' zei hij. 'Ranger wil niet dat je naar buiten gaat.'

'Het kan weer,' zei ik. 'Code rood is ingetrokken en ik ga winkelen.'

'Sorry, dat kan ik niet toelaten.'

Dus het was geen loos dreigement van Ranger geweest. Hij had echt opdracht gegeven me binnen te houden.

'Mannen!' zei ik. 'Allemaal bevooroordeelde idioten.'

Daar had hij geen antwoord op.

'Ga eens opzij,' zei ik.

'Je mag het gebouw niet uit,' zei hij.

Hij verplaatste nerveus zijn gewicht van het ene been op het andere. Hij had een verdovingspistool in zijn hand.

'Nou?' zei ik.

'Ik heb opdracht je buiten gevecht te stellen, als het niet anders kan.'

'Heb ik het goed begrepen? Je wilt dat verdovingspistool gebruiken tegen de vrouw die met Ranger samenwoont?'

Hals gezicht werd vuurrood, bijna paars. 'Maak het me nou niet zo moeilijk,' zei hij. 'Ik heb hier een verdomd goeie baan, maar die raak ik kwijt als ik je niet tegenhoud.'

'Als je dat pistool tegen mij gebruikt, laat ik je aanhouden wegens geweldpleging. Dan hoef je je geen zorgen meer te maken over je baan.'

'Tjees,' zei Hal.

'Wacht even,' zei ik. 'Mag ik dat ding even bekijken?'

Hal gaf me het verdovingspistool. Ik pakte het aan en zette het tegen zijn arm en hij ging als een meelzak tegen de vlakte. Een beste kerel, Hal, maar wel erg onnozel.

Ik boog me over hem heen om na te gaan of hij nog wel ademhaalde, gaf hem zijn pistool terug, stapte in de Turbo en reed de garage uit. Ik wist dat iemand in de centrale hem op de monitor zou zien liggen en naar Hal zou komen kijken. Ik had het niet prettig gevonden zijn wapen tegen hem te gebruiken, maar ik was een vrouw met een missie. Ik moest een cadeau voor de bruid kopen.

Normaliter ging ik naar het winkelcentrum bij Route 1, maar ik had niet veel tijd en vreesde een file. Op weg naar de andere kant van de stad stopte ik bij een elektronicawinkel om een mobieltje voor Val te kopen waarmee ze kon fotograferen, met een jaarabonnement erbij. Het was niet echt een romantisch cadeau,

maar ik wist dat ze een telefoon nodig had en zelf geen geld had
om er een te kopen. Ik ging een andere winkel in om er een
kaartje en een cadeauzakje bij te kopen, en toen was ik er klaar
voor. Ik was niet echt gekleed op een receptie. Spijkerbroek en
sportschoenen, een T-shirt van witte stretch en een denim jasje
waren niet echt gebruikelijk op een receptie in de Wijk, maar
als ik iets anders ging kopen, kwam ik nog later.

Het parkeerterrein was vol toen ik kwam aanrijden. De grote
gele schoolbus stond aan de zijkant. Mijn moeder had Sally en
zijn bandje ingehuurd voor de muziek en JoAnne Waleski ver-
zorgde de drankjes en de hapjes. Een receptie in de Wijk was
een serieuze kwestie.

Ik liep over het parkeerterrein toen mijn mobieltje ging.

'Meid,' zei Ranger. 'Wat moet je met de Veteranenzaal?'

'Valeries receptie. Alles goed met Hal?'

'Ja hoor. Je bent weer door de camera betrapt. De mannen in
de centrale moesten zo hard lachen toen je Hal platspoot dat ze
niet snel genoeg beneden waren om je tegen te houden.'

'Ik heb gehoord dat de Jakhals is gepakt, dus leek het me vertrouwd om naar buiten te gaan.'

'Dat heb ik ook gehoord, maar ik heb er nog geen bevesti-
ging van. Ik heb een mannetje op je gezet. Probeer hem heel te
houden.'

Verbinding verbroken.

Ik ging de zaal in om oma te zoeken. In een rode cocktailjurk
en op rode schoenen met hoge hakken en lovertjes stond Sally
op het toneel een rap te doen. De andere leden van de band
droegen reusachtig wijde T-shirts en laaghangende broeken.

Er was te veel lawaai om mijn telefoon te horen overgaan,
maar ik voelde het trilalarm.

'Stephanie,' zei mijn moeder, 'is Valerie bij jou? Ze had hier
een uur geleden al moeten zijn.'

'Heb je de flat gebeld?'

'Ja. Ik kreeg Albert aan de lijn. Valerie was weg. Hij zei dat ze in de Buick is weggereden. Ik dacht dat ze er misschien niet meer aan had gedacht dat ze mij zou afhalen. Ze is de laatste tijd zo verstrooid.'

'Valerie heeft geen Buick.'

'Haar eigen wagen wou niet starten, dus heeft ze gisteren de Buick van oom Sandor geleend.'

Ik kreeg een wee gevoel in mijn maag. 'Ik bel je terug.'

Ik vond oma en vroeg haar of ze Valerie had gezien.

'Nada,' zei oma. 'Maar ze moest maar liever gauw binnenkomen. Het volk mort.'

Ik liep naar de parkeerplaats, pakte het pistool dat Ranger altijd onder de zitting bewaarde en stak het in mijn jaszak. Ergens op het terrein stond een zwarte SUV met Rangers 'mannetje' erin. Dat leek me gunstig. En mijn zuster was ergens in de zachtblauwe Buick. Dat was niet gunstig. Ik werd met die zachtblauwe Buick in verband gebracht. Daarom reed ik er zelf niet in. Ik dacht dat hij veilig achter slot en grendel in de garage van mijn ouders stond. Uit het zicht, beschermd tegen Slachters. Geen paniek, hield ik mezelf voor. De Jakhals zit in de cel en waarschijnlijk zit Valerie zich ergens in een bar moed in te drinken voor de receptie. Ik hoopte maar dat ze niet bewusteloos zou raken voordat ze in de zaal was aangekomen.

Ik belde Morelli.

'Jullie hebben de Jakhals toch in de cel zitten?' vroeg ik.

'We hebben wel een arrestant, maar we weten niet precies wie het is. Hij zegt zelf dat hij de Jakhals is, maar zijn verhaal klopt niet. Hij reed in een wagen met een Californisch kenteken die op naam staat van Norman Carver, en volgens het team georganiseerde misdaad heet de Jakhals Norman Carver.'

'Wat is het probleem dan?'

'Hij is te klein. Volgens het rijbewijs is Carver juist lang. En wij hebben een klein kereltje opgepakt.'

'Kan hij zich niet legitimeren?'

'Nee.'

'Is hij getatoeëerd?'

'Nee.'

'Dat is niet gunstig.'

'Vertel mij wat,' zei Morelli. 'Waar ben je?'

'Valeries receptie.'

'Ik neem aan dat Ranger een mannetje op je heeft gezet?'

'Hij zegt van wel.'

'Arme onnozele sukkel,' zei Morelli. En daarmee was het gesprek afgelopen.

Ik wist niet goed wat ik nu moest doen. Eigenlijk was ik het liefst naar Rangers veilige haven gevlucht. Anderzijds wilde ik naar binnen om me te goed te doen aan gehaktballen. Bovendien maakte ik me zorgen over Valerie. De zorg om Valerie was het grootst. Maar ik had geen flauw idee waar ik haar moest zoeken.

Ik zag dat mijn moeder het parkeerterrein op reed. Ze stapte haastig uit en ik stond al bij haar.

'Ik heb je vader thuisgelaten om op Valerie te wachten,' zei ze. 'Ik heb geen idee wat er met haar gebeurd kan zijn. Ik hoop maar dat ze geen ongeluk heeft gekregen met de auto. Vind je dat ik het ziekenhuis moet bellen?'

Ik was de wanhoop nabij. Ik maakte me geen zorgen over een ongeluk. Ik was bang dat Valerie door een Slachter was opgemerkt. Ik was bang dat ze een oogje hielden op plaatsen waar ik geregeld kwam. Mijn flat, bijvoorbeeld. Geen gedachte die ik met mijn moeder wilde delen. Ik had mijn telefoon in mijn hand en wilde net Morelli terugbellen toen ik een vertrouwd slurpgeluid hoorde. Het was het geluid van benzine die in verbazend hoog tempo door een verbrandingsmotor werd opge-slobberd. Het was de Buick.

Valerie kwam in Big Blue het parkeerterrein op en zette hem neer op een invalidenplaats, een meter bij mijn moeder en mij vandaan. We zeiden geen van beiden iets tegen haar omdat we Valerie voor geschift hielden.

'Ik was verdwaald,' zei ze. 'Toen ik instapte, had ik zoveel aan mijn hoofd dat ik op de automatische piloot reed. Maar goed, toen ik eindelijk om me heen keek, was ik aan de andere kant van de stad, bij het Helene Fuld-ziekenhuis.'

Ik voelde een rilling over mijn hele lichaam. Ze was veel te dicht bij het Slachtersgebied gekomen. Waarschijnlijk was ze zelfs over Comstock gereden. Goddank had ze geluk gehad en had ongedeerd de Veteranenzaal bereikt.

Oma verscheen bij de ingang.

'Ben je daar eindelijk?' riep ze. 'Kom gauw binnen. De band was uitgespeeld en is naar buiten gegaan om weed te roken. Ik snap niet waarom ze onkruid willen roken, maar dat zeiden ze. Erger nog, we kunnen niet toe met het eten als de mensen niet gauw gaan zitten.'

Ik vond het geen prettig idee dat de Buick was gebruikt. En ik wilde zeker niet dat Valerie ermee naar mijn huis terug zou rijden. 'Geef me je sleuteltjes,' zei ik tegen Valerie. 'Dan zal ik je auto even verzetten.' Naar een heel eind verderop. Naar de garage van mijn ouders.

Val gaf me de sleuteltjes en iedereen ging naar binnen. Ik stapte in de Buick en startte. Ik reed achteruit de invalidenpar-keerplaats af en reed zo sloom mogelijk naar de uitgang. Ik had Rangers man aan de overkant opgemerkt. Hij had een goede plek gekozen, want hij had vrij zicht op de toegang tot het par-keerterrein en de ingang van de zaal. Jammer genoeg had hij geen goed zicht op de uitgang, zodat ik linksaf een blokje om reed om bij hem te komen. Hij mocht achter me aan naar het huis van mijn ouders rijden, en daarna kon hij me een lift terug aanbieden naar de zaal. Val kon met mijn moeder of mij terugrijden.

Ik was net het parkeerterrein af toen de zwarte Hummer uit het niets opdook en me de doorgang belette. Ik leunde op de claxon en wilde Rangers pistool pakken, maar ik had al twee kerels in mijn nek voordat ik het wapen in mijn hand had. Ik deed alles wat van me kon worden verwacht. Me verzetten. Lawaai maken. Het maakte niets uit. Seconden later was ik achter het stuur weggesleurd en naar de achterkant van de Buick gesleept. De klep ging omhoog en ik werd in de kofferbak gedumpt. De klep ging dicht en de wereld werd zwart.

16

Ik heb eens een natuurfilm op de tv gezien waarin een grond-eekhoorn in een hol onder de grond zat, en een veelvraat stak zijn poot naar binnen en greep de grondeekhoorn. Het ging zo snel dat het beeld onscherp werd. Zo gaat dat als zich een ramp voltrekt. In een ogenblik kan je toekomst verdwijnen. En je kunt je op geen enkele manier adequaat voorbereiden op dat ogenblik. Gedurende een fractie van een seconde is er verba-zing en dan moedeloosheid als het besef doordringt dat het noodlot heeft toegeslagen.

Ik had het pistool niet bij me. Het was bij de worsteling uit mijn jaszak gevallen. Mijn mobieltje had ik ook niet. Mijn mo-bieltje zat in mijn schoudertas en mijn schoudertas lag in de auto. Ik had wat lawaai gemaakt, dus het was mogelijk dat Ran-gers man dat had gehoord. De kans leek me niet groot. Er was misschien een mogelijkheid om de klep van binnenuit open te maken, maar ik wist niet hoe dat moest. Het was een oude auto, ontworpen toen er nog geen voorschriften waren voor het van binnenuit kunnen openmaken van kofferbakken. Ik bevoelde het slot, probeerde het deksel met mijn nagels open te wrikken door een pal te verschuiven die ik niet kon zien.

Ik lag in foetushouding, over de reserveband heen. Ik wist dat er een krik in de kofferbak moest liggen. Als ik die kon vinden, kon ik daarmee misschien de achterklep openwringen. Of ik zou er misschien schade mee kunnen toebrengen wanneer een Slachter de kofferbak openmaakte. Genoeg voor een kans om te vluchten. Het stonk naar autoband en de volslagen duisternis was verstikkend. Toch was de verstikkende duisternis nog beter dan wat me wachtte wanneer de kofferbak werd opengedaan. Nog meer ironie, dacht ik. Ik heb Anton Ward zo naar de kust vervoerd. En nu word ik afgevoerd onder dezelfde angstaanjagende, pijnlijke omstandigheden. De katholiek in me kwam naar boven. Wat gij niet wilt dat u geschiedt...

Ik staakte het zoeken naar de krik. Waarschijnlijk lag hij onder de reserveband. En al kronkelde ik nog zo, ik kon niet bij de onderkant van de band. Dus concentreerde ik me op schoppen tegen de kofferbak en schreeuwen. De auto stopte voor rood en minderde vaart bij kruisingen. Misschien zou iemand me horen.

Ik ging zo op in het schoppen en schreeuwen dat me het ogenblik ontging waarop de motor werd afgezet. Ik was halverwege een schreeuw toen het deksel openging, waarna ik de gezichten kon zien van degenen die me hadden ontvoerd. Na al mijn aanhoudingen verkeerde ik nu in de tegenovergestelde positie.

Ik had altijd aangenomen dat ik in een situatie als deze voornamelijk doodsangst zou voelen, maar mijn voornaamste emotie was verontwaardiging. Ik was nota bene door die vlerken weggerukt bij de receptie van mijn zus. Bovendien was ik nog steeds op dieet, zodat ik een pesthumeur had. Op de receptie waren gehaktballen te krijgen geweest. Ik had me in de kofferbak steeds erger liggen opwinden bij de gedachte aan Zwitsers gebak. Ik keek woedend naar de gezichten van de ontaarde sukkels die me hadden ontvoerd en wilde ze het liefst de ogen uitkrabben. Ik wilde bloed aan mijn nagels.

Tierend werd ik uit de kofferbak getild en over straat meegesleurd naar een geasfalteerd speelplaatsje. De sobere toestellen waren ondergekalkt met bendegraffiti. Overal lagen lege flessen en blikjes en snackzakjes. De verlichting was kil. Donkere schaduwen en een onwezenlijk groen schijnsel van een straatlantaarn.

Om het speelplaatsje heen stonden flatgebouwen van rode baksteen, drie woonlagen hoog. De ramen aan de kant van het speelplaatsje waren dicht en zonweringen of gordijnen sloten het uitzicht buiten. Niemand wilde zien of horen wat hier gebeurde. Dit was midden in Comstock Street, waar de huisnummers boven de zevenhonderd waren, het hart van het Slachtersgebied.

Iemand had een grote witte kring op het gebarsten asfalt geschilderd. Ik werd in die kring neergezet en de bendeleden gingen om me heen staan, net buiten de kring. De meesten waren jong. Tieners of rond de twintig. Moeilijk te zeggen hoeveel het er waren. Het konden er tien zijn. Of misschien vijftig. Ik was te kwaad om te kunnen tellen.

Een forse gedaante kwam naar voren, wiens gezicht schuilging in de schaduw van zijn capuchon. Jakhals.

'In deze kring stellen we de vijand op de proef,' zei hij. 'Als je geen lid bent, ben je de vijand. Wij hebben al drie vijanden uit de weg geruimd. Ben je de vijand?'

Ik zei niets. Zijn vuist schoot uit en trof mijn wang. De klap klonk als een geweerschot in mijn hoofd, mijn tanden sloegen door mijn onderlip en ik wankelde enkele passen achteruit. Er klonk een gebrul van de groep en handen graaiden naar me, grepen mijn jasje vast, scheurden mijn T-shirt. Ik rukte me los en offerde mijn jasje op aan de graaiende mannen. Ik liet me op mijn ene knie zakken.

Dit is het spel, dacht ik, terwijl ik naar de betrekkelijke veiligheid van het midden van de kring kroop. Ze mogen geen voet binnen de kring zetten. Alleen Jakhals mag in de kring. En Jakhals zou me blijven slaan tot ik door de graaihanden uit de kring werd getrokken. Zodra ik buiten de kring terecht was gekomen, was ik aan de bendeleden overgeleverd, schatte ik, en die zouden doen wat opgehitste perverse mannen deden met vrouwen.

Jakhals trok me overeind en gaf me weer een dreun, waardoor ik bij de rand van de kring terechtkwam. Ik probeerde zo gauw mogelijk naar het midden van de kring te komen, maar een van de mannen had een handvol T-shirt te pakken gekregen en een ander had mijn haar vast. Ik werd uit de kring getrokken en doorgegeven tot ik oog in oog stond met Eugene Brown.

'Ken je me nog?' vroeg Eugene. 'Je hebt me overreden. Nu ben ik de eerste die jou gaat overrijden.'

Mijn neus drupte en ik zag alles door een waas van tranen. Ik wist niet of het tranen van angst waren of van kolkende, withete woede. Ik dacht niet dat ik veel te verliezen had door nog één schop uit te delen, dus hief ik zo krachtig als ik kon mijn knie en trof Brown met de punt van mijn schoen vol in het kruis. Hij sloeg dubbel en ging neer. Waarschijnlijk zouden alle andere bendeleden me verkrachten, maar ik had het bevredigende gevoel dat ik Eugene Brown die eer had ontzegd. Zijn ballen moesten ergens halverwege zijn strot zitten. Brown zou voorlopig niemand verkrachten.

Er klonk gemompel van de mannen achter me. Ik stond klaar om opnieuw iemand te schoppen, maar de aandacht van de kijkers werd afgeleid door de straat. Een eind verderop was op Comstock het licht van twee koplampen te zien. Hiervoor was er geen verkeer op straat geweest. Waarschijnlijk hadden de Slachters schildwachten opgesteld om het verkeer om te leiden. Of misschien waagde niemand zich hier in het donker op straat. Ik hoopte vurig dat het Joe was of Ranger, of Rangers man in de SUV. Geen rood zwaailicht. Moeilijk te zeggen aan wat voor wagen die koplampen vastzaten.

Iedereen keek naar de naderende wagen. Niemand zei iets. Er werden wapens getrokken.

Het voertuig was nog maar één zijstraat van de speelplaats verwijderd.

'Maar hoe...' zei een van de mannen.

Het was een grote gele schoolbus.

De teleurstelling was verpletterend. Ik wist door wie die bus werd bestuurd en het was onwaarschijnlijk dat hij uitkomst zou kunnen bieden. Zijn bedoeling was ongetwijfeld heldhaftig, maar ik was bang dat hij me niet alleen niet zou kunnen redden, maar er zelf het leven bij in zou schieten.

De bus reed verontrustend hard door de straat, deinend en hobbelend, nauwelijks in bedwang gehouden. Het was surrealistisch. Het was onmogelijk je ogen ervan af te houden. De mannen keken er in zwijgende verbijstering naar.

De bus raakte ter hoogte van het speelplaatsje in een slip. Hij wipte de stoep op en denderde op de verbijsterde bendeleden af, met gierende remmen; de bendeleden schreeuwden en holden weg.

De bus kwam rokend tot stilstand, midden boven de kring. De voordeur ging sissend open en Sally strompelde naar buiten, met zijn onelegante harige benen en knokige knieën, in zijn rode cocktailjurk en torenhoge paillettenpumps. Zijn haardos leek op die van de orang-oetanmannetje uit Borneo. Zijn ogen waren wijd opengesperd.

Een fractie van een seconde stond ik doodsangst om Sally uit. Toen zag ik dat hij een Uzi in beide handen vasthield.

'*Let's rock,*' zei Sally.

Een kogel floot langs hem heen en ketste tegen de bus. Ik liet me plat op de grond vallen en Sally vuurde zo te horen wel zevenhonderd kogels af. Toen het stof was neergedaald, lagen er verschillende bebloede lichamen te kronkelen op het asfalt. Sommigen waren overreden, anderen neergeschoten. Gelukkig gold dat voor mij niet.

Jakhals was een van de degenen die waren overreden; zijn voeten staken onder de bus uit, zoals die van de boze heks in *The Wizard of Oz*. De overige Slachters waren blindelings gevlucht, als kakkerlakken wanneer het licht aangaat.

'P-p-p-put,' zei Sally. 'Godverdepotverdomme nog aan toe.'

'Was je bang?'

'Sodeflikkers nog aan toe,' zei hij. 'Ik deed het bijna in mijn broek.'

Ik was verrassend kalm. Mijn leven was in een speelfilm veranderd. Ik beleefde *Die Hard* in Trenton. En Bruce Willis was als vrouw gekleed. Ik was niet dood. Ik was niet verkracht. Ik was bijna helemaal aangekleed. Ik was het toppunt van kalmte. Ik was euforisch. Mijn woede was totaal verdwenen.

Uit de verte kwamen zwaailichten en jankende sirenes. Veel koplampen. Het leek of alles behalve het korps mariniers naar het speelplaatsje kwam.

Op het asfalt lagen nogal wat wapens. Ik schopte ertegen om te zorgen dat alle mannen die Sally had neergemaaid een wapen bij zich hadden, niet binnen handbereik, maar dichtbij genoeg om aannemelijk te maken dat zij als eerste op Sally hadden geschoten.

Twee hoofden verschenen in de deuropening van de bus. De andere leden van de band.

'Godallemachtig,' zei een van de hoofden. Beiden trokken zich schielijk terug en sloten de deur.

'We waren achter de zaal aan het pauzeren toen ik zag dat ze je pakten,' zei Sally. 'Ik kon niet snel genoeg over het parkeerterrein komen om ze tegen te houden, dus ben ik gauw de bus gaan halen. Toen ik die eenmaal had gestart, waren jullie al weg, maar ik moest aan deze plek denken. Die is op mijn route en de kleintjes vertellen er van alles over, want hier wordt gestraft en gemoord.'

De eerste wagen die ter plekke arriveerde was een blauwwitte surveillancewagen van het politiekorps van Trenton. Hij stopte achter de bus en Robin Russell stapte uit, met getrokken dienstwapen en grote ogen. 'Krijg nou wat,' zei ze.

'Ik heb onder het rijden iedereen gebeld die ik kon bedenken,' zei Sally. 'Ook de brandweer.'

Vandaar. Ik werd duizelig van al die zwaailichten.

Ranger stopte achter Russells dienstwagen en Morelli stopte achter Ranger. Morelli had zijn losse rode Kojak-zwaailicht op het dak van zijn SUV. Ik wist dat hij door de stad moest zijn gevlogen om hier zo snel te zijn.

Morelli en Ranger kwamen aangerend. Ze hielden pas in toen ze Sally en mij zagen staan te midden van het bloedbad. De Uzi bungelde aan Sally's trekkervinger.

Ik lachte Morelli en Ranger toe en stak even mijn hand op.

'Mijn helden,' zei ik tegen Sally. 'Weggespeeld door een kerel in een rode jurk en op hoge hakken.'

'Best vernederend,' zei Sally.

Robin Russell was al bezig de plaats delict af te zetten met lint. Ranger en Morelli doken onder het lint door en liepen voorzichtig tussen de lijken door.

'Hoi,' zei ik. 'Hoe gaat het?'

'Z'n gangetje,' zei Morelli. 'En met jou?'

'Ach ja.'

'Dat zie ik,' zei Morelli.

'Sally Sweet ken je nog wel,' zei ik.

Ranger en Sally drukten elkaar de hand. En Joe en Sally drukten elkaar de hand.

'Sally heeft al die Slachters neergemaaid,' zei ik.

'Het is een beetje een puinhoop geworden,' zei Sally. 'Ik heb ze niet expres overreden. Ik probeerde nog te remmen, maar Betsy's remmen zijn niet best meer. En het valt verdorie niet mee om te remmen op hoge hakken. Maar ach verdorie, het is toch goed afgelopen? Eind goed, al goed.'

'Er is een aardige beloning uitgeloofd voor de Jakhals,' zei Morelli tegen Sally. 'Tien ruggen.'

Ranger keek naar de Uzi die Sally in zijn hand had. 'Loop je . daar altijd mee rond?'

'Die heb ik in de bus,' zei Sally. 'Ik moet de kleintjes toch beschermen. Eerst had ik een AK-47, maar die paste niet onder de zitting. De Uzi bevalt me trouwens toch beter. Hij staat ook beter bij mijn jurk. De AK vond ik toch wat grof.'

'Accessoires zijn zó belangrijk,' zei ik.

'Potverdomme nou,' zei Sally.